浙江省文化研究工程指导委员会

《人间词话》评注

王国维 著

彭玉平 评注

浙江人民出版社

图书在版编目（CIP）数据

《人间词话》评注 / 王国维著；彭玉平评注.

杭州：浙江人民出版社，2024. 7. — ISBN 978-7-213

-11532-5

Ⅰ. I207.23

中国国家版本馆CIP数据核字第2024EQ3437号

《人间词话》评注

王国维　著　彭玉平　评注

出版发行：浙江人民出版社(杭州市环城北路177号　邮编　310006)

　　　　　市场部电话：(0571)85061682　85176516

丛书策划：王利波　卓挺亚　　　　营销编辑：陈雯怡　陈芊如　张紫懿

责任编辑：卓挺亚　　　　　　　　责任印务：幸天骄

责任校对：王欢燕　　　　　　　　大家读浙学经典印章设计：锁　剑

封面设计：王　芸

电脑制版：杭州天一图文制作有限公司

印　　刷：杭州富春印务有限公司

开　　本：710毫米×1000毫米　1/16　　印　　张：20

字　　数：249千字　　　　　　　　插　　页：6

版　　次：2024年7月第1版　　　　印　　次：2024年7月第1次印刷

书　　号：ISBN 978-7-213-11532-5

定　　价：89.00元

如发现印装质量问题,影响阅读,请与市场部联系调换。

"浙江文化研究工程成果文库"总序

有人将文化比作一条来自老祖宗而又流向未来的河，这是说文化的传统，通过纵向传承和横向传递，生生不息地影响和引领着人们的生存与发展；有人说文化是人类的思想、智慧、信仰、情感和生活的载体、方式和方法，这是将文化作为人们代代相传的生活方式的整体。我们说，文化为群体生活提供规范、方式与环境，文化通过传承为社会进步发挥基础作用，文化会促进或制约经济乃至整个社会的发展。文化的力量，已经深深熔铸在民族的生命力、创造力和凝聚力之中。

在人类文化演化的进程中，各种文化都在其内部生成众多的元素、层次与类型，由此决定了文化的多样性与复杂性。

中国文化的博大精深，来源于其内部生成的多姿多彩；中国文化的历久弥新，取决于其变迁过程中各种元素、层次、类型在内容和结构上通过碰撞、解构、融合而产生的革故鼎新的强大动力。

中国土地广袤、疆域辽阔，不同区域间因自然环境、经济环境、社会环境等诸多方面的差异，建构了不同的区域文化。区域文化如同百川归海，共同汇聚成中国文化的大传统，这种大传统如同春风化雨，渗透于各种区域文化之中。在这个过程中，区域文化如同清溪山泉潺潺不息，在中国文化的共同价值取向下，以自己的独特个性支撑着、引领着本地经济社会的发展。

从区域文化入手，对一地文化的历史与现状展开全面、系统、扎实、有序的研究，一方面可以借此梳理和弘扬当地的历史传统和文化资源，繁荣和丰富当代的先进文化建设活动，规划和指导未来的文化发展蓝图，增强文化软实力，为全面建设小康社会、加快推进社会主义现代化提供思想保证、精神动力、智力支持和舆论力量；另一方面，这也是深入了解中国文化、研究中国文化、发展中国文化、创新中国文化的重要途径之一。如今，区域文化研究日益受到各地重视，成为我国文化研究走向深入的一个重要标志。我们今天实施浙江文化研究工程，其目的和意义也在于此。

千百年来，浙江人民积淀和传承了一个底蕴深厚的文化传统。这种文化传统的独特性，正在于它令人惊叹的富于创造力的智慧和力量。

浙江文化中富于创造力的基因，早早地出现在其历史的源头。在浙江新石器时代最为著名的跨湖桥、河姆渡、马家浜和良渚的考古文化中，浙江先民们都以不同凡响的作为，在中华民族的文明之源留下了创造和进步的印记。

浙江人民在与时俱进的历史轨迹上一路走来，秉承富于创造力的文化传统，这深深地融汇在一代代浙江人民的血液中，体现在浙江人民的行为上，也在浙江历史上众多杰出人物身上得到充分展示。从大禹的因势利导、敬业治水，到勾践的卧薪尝胆、励精图治；从钱氏的保境安民、纳土归宋，到胡则的为官一任、造福一方；从岳飞、于谦的精忠报国、清白一生，到方孝孺、张苍水的刚正不阿、以身殉国；从沈括的博学多识、精研深究，到竺可桢的科学救国、求是一生；无论是陈亮、叶适的经世致用，还是黄宗羲的工商皆本；无论是王充、王阳明的批判、自觉，还是龚自珍、蔡元培的开明、开放，等等，都展示了浙江深厚的文化底蕴，凝聚了浙江人民求真务实的创造精神。

代代相传的文化创造的作为和精神，从观念、态度、行为方式和价值取向上，孕育、形成和发展了渊源有自的浙江地域文化传统和与时俱进的浙江文化精神，她滋育着浙江的生命力、催生着浙江的凝聚力、激发着浙江的创造力、培植着浙江的竞争力，激励着浙江人民永不自满、永不停息，在各个不同的历史时期不断地超越自我、创业奋进。

悠久深厚、意韵丰富的浙江文化传统，是历史赐予我们的宝贵财富，也是我们开拓未来的丰富资源和不竭动力。党的十六大以来推进浙江新发展的实践，使我们越来越深刻地认识到，与国家实施改革开放大政方针相伴随的浙江经济社会持续快速健康发展的深层原因，就在于浙江深厚的文化底蕴和文化传统与当今时代精神的有机结合，就在于发展先进生产力与发展先进文化的有机结合。今后一个时期浙江能否在全面建设小康社会、加快社会主义现代化建设进程中继续走在前列，很大程度上取决于我们对文化力量的深刻认识、对发展先进文化的高度自觉和对加快建设文化大省的工作力度。我们应该看到，文化的力量最终可以转化为物质的力量，文化的软实力最终可以转化为经济的硬实力。文化要素是综合竞争力的核心要素，文化资源是经济社会发展的重要资源，文化素质是领导者和劳动者的首要素质。因此，研究浙江文化的历史与现状，增强文化软实力，为浙江的现代化建设服务，是浙江人民的共同事业，也是浙江各级党委、政府的重要使命和责任。

2005年7月召开的中共浙江省委十一届八次全会，作出《关于加快建设文化大省的决定》，提出要从增强先进文化凝聚力、解放和发展生产力、增强社会公共服务能力入手，大力实施文明素质工程、文化精品工程、文化研究工程、文化保护工程、文化产业促进工程、文化阵地工程、文化传播工程、文化人才工程等"八项工程"，实施科教兴国和人才强国战略，加快建设教育、科技、卫生、体育等"四个强省"。作为文化建设"八项工程"之一的文化研究工程，其任务就是系统研究浙江文化的历史成就和当代发展，深入挖掘浙江文化底蕴、研究浙江现象、总结浙江经验、指导浙江未来的发展。

浙江文化研究工程将重点研究"今、古、人、文"四个方面，即围绕浙江当代发展问题研究、浙江历史文化专题研究、浙江名人研究、浙江历史文献整理四大板块，开展系统研究，出版系列丛书。在研究内容上，深入挖掘浙江文化底蕴，系统梳理和分析浙江历史文化的内部结构、变化规律和地域特色，坚持和发展浙江精神；研究浙江文化与其他地域文化的异同，厘清浙江文化在中国文化中的地位和相互影响的关系；围绕浙江生动的当代实践，深入解读浙江现象，总结浙江经验，指导浙江发展。在研究力量上，通过课题组织、出版资助、重点研究基地建设、加强省内外大院名校合作、整合各地各部门力量等途径，形成上下联动、学界互动的整体合力。在成果运用上，注重研究成果的学术价值和应用价值，充分发挥其认识世界、传承文明、创新理论、咨政育人、服务社会的重要作用。

我们希望通过实施浙江文化研究工程，努力用浙江历史教育浙江人民、用浙江文化熏陶浙江人民、用浙江精神鼓舞浙江人民、用浙江经验引领浙江人民，进一步激发浙江人民的无穷智慧和伟大创造能力，推动浙江实现又快又好发展。

今天，我们踏着来自历史的河流，受着一方百姓的期许，理应负起使命，至诚奉献，让我们的文化绵延不绝，让我们的创造生生不息。

2006年5月30日于杭州

"浙江文化研究工程成果文库"序言

易炼红

国风浩荡、文脉不绝，钱江潮涌、奔腾不息。浙江是中国古代文明的发祥地之一，是中国革命红船启航的地方。从万年上山、五千年良渚到千年宋韵、百年红船，历史文化的风骨神韵、革命精神的刚健激越与现代文明的繁荣兴盛，在这里交相辉映、融为一体，浙江成为了揭示中华文明起源的"一把钥匙"，展现伟大民族精神的"一方重镇"。

习近平总书记在浙江工作期间作出"八八战略"这一省域发展全面规划和顶层设计，把加快建设文化大省作为"八八战略"的重要内容，亲自推动实施文化建设"八项工程"，构筑起了浙江文化建设的"四梁八柱"，推动浙江从文化大省向文化强省跨越发展，率先找到了一条放大人文优势、推进省域现代化先行的科学路径。习近平总书记还亲自倡导设立"文化研究工程"并担任指导委员会主任，亲自定方向、出题目、提要求、作总序，彰显了深沉的文化情怀和强烈的历史担当。这些年来，浙江始终牢记习近平总书记殷殷嘱托，以守护"文献大邦"、赓续文化根脉的高度自觉，持续推进浙江文化研究工程，接续描绘更加雄浑壮阔、精美绝伦的浙江文化画卷。坚持激发精神动力，围绕"今、古、人、文"四大板块，系统梳理浙江历史的传承脉络，挖掘浙江文化的深厚底蕴，研究浙江现象、总结浙江经验、丰富浙江精神，实施"'八八战略'理论与实践研究"等专题，为浙江干在实处、走在前列、勇立潮头提供源源不断的价值引导力、文化凝聚力、精神推动力。坚持打造精品力作，目前一期、二期工程已经完结，三期工程正在进行中，出版学术著作超过1700部，推出了"中国历代绘画大系"等一大批有重大影响的成果，持续擦亮阳明文化、和合文化、宋韵文化等金名片，丰富了中华文化宝库。坚持砥炼精兵强将，锻造了一支老中青梯次配备、传承有序、学养深厚的哲学社会科学人才队伍，培养了一批高水平学科带头人，为擦亮新时代浙江学术品牌提供了坚实智力人才支撑。

文化是民族的灵魂，是维系国家统一和民族团结的精神纽带，是民族生命力、创造力和凝聚力的集中体现。在以中国式现代化全面推进强国建设、民族复兴伟业的新征程上，习近平文化思想在坚持"两个结合"中，以"体用贯通、明体达用"的鲜明特质，茹古涵今明大道、博大精深言大义、萃菁取华集大成，鲜明提出我们党在新时代新的文化使命，推动中华文脉绵延繁盛、中华文明历久弥新，推动全党全国各族人民文化自信明显增强、精神面貌更加奋发昂扬。特别是今年9月，习近平总书记亲临浙江考察，赋予我们"中国式现代化的先行者"的新定位和"奋力谱写中国式现代化浙江新篇章"的新使命，提出"在建设中华民族现代文明上积极探索"的重要要求，进一步明确了浙江文化建设的时代方位和发展定位。

文明薪火在我们手中传承，自信力量在我们心中升腾。纵深推进文化研究工程，持续打造一批反映时代特征、体现浙江特色的精品佳作和扛鼎力作，是浙江学习贯彻习近平文化思想和习近平总书记考察浙江重要讲话精神的题中之义，也是浙江一张蓝图绘到底、积极探索闯新路、守正创新强担当的具体行动。我们将在加快建设高水平文化强省、奋力打造新时代文化高地中，以文化研究工程为牵引抓手，深耕浙江文化沃土、厚植浙江创新活力，为创造属于我们这个时代的新文化贡献浙江力量。要在循迹溯源中打造铸魂工程，充分发挥习近平新时代中国特色社会主义思想重要萌发地的资源优势，深入研究阐释

"八八战略"的理论意义、实践意义和时代价值，助力夯实坚定拥护"两个确立"、坚决做到"两个维护"的思想根基。要在赓续厚积中打造传世工程，深入系统梳理浙江文脉的历史渊源、发展脉络和基本走向，扎实做好保护传承利用工作，持续推动优秀传统文化创造性转化、创新性发展，让悠久深厚的文化传统、源头活水畅流于当代浙江文化建设实践。要在开放融通中打造品牌工程，进一步凝炼提升"浙学"品牌，放大杭州亚运会亚残运会、世界互联网大会乌镇峰会、良渚论坛等溢出效应，以更有影响力感染力传播力的文化标识，展示"诗画江南、活力浙江"的独特韵味和万千气象。要在引领风尚中打造育德工程，秉持浙江文化精神中蕴含的澄怀观道、现实关切的审美情操，加快培育现代文明素养，让阳光的、美好的、高尚的思想和行为在浙江大地化风成俗、蔚然成风。

我们坚信，文化研究工程的纵深推进，必将更好传承悠久深厚、意蕴丰富的浙江文化传统，进一步弘扬特色鲜明、与时俱进的浙江文化精神，不断滋育浙江的生命力、催生浙江的凝聚力、激发浙江的创造力、培植浙江的竞争力，真正让文化成为中国式现代化浙江新篇章中最富魅力、最吸引人、最具辨识度的闪亮标识，在铸就社会主义文化新辉煌中展现浙江担当，为建设中华民族现代文明作出浙江贡献！

2023 年 12 月

丛书引言

陈　来

　　改革开放以来，浙江的经济社会发展取得了迅速的、巨大的进步。面对于此，浙江省政府和学术界，积极探讨经济社会发展的文化根源，展开了不少对于"浙学"的梳理、探讨和总结，使之成为当代浙江文化发展的一项重要课题。

　　就概念来说，"浙学"并不是一个新的概念，而是一个宋代以来就不断使用于每个时代用以描述浙江学术文化的概念。经过20余年的梳理，如浙江学者吴光、董平等的研究，已经大致弄清了浙学及与之相关的学术学派观念的历史源流，为我们今天总结思考这一问题提供了坚实的基础。

　　本文所理解的"浙学"，当然以历史上的浙学观念为基础，但强调其在新时代的意义。今天我们所讲的浙学，应该是"千百年来的浙江人的文化创造和代代相传的文化传统"，包含了"浙江大地上曾经有的文化思想成果"，因此这一浙学概念不是狭义的，而是广义的大浙学的观念。

　　这样一个大浙学的观念，在历史上有没有依据呢？我认为是有的。从宋代以后，浙学的观念变化过程就是一个内涵和外延不断扩大的过程。以下我们就对这一过程作一个简述。

一

众所周知，最早提出"浙学"这一观念的是南宋大儒朱熹。但浙学的开端，现有的研究者基本认为可以追溯到汉代的王充。王充在其《论衡》中提倡的"实事疾妄"的学术精神，明显影响到后来浙学的发展。王充之后，浙学又经历了相当长的演化过程，不过直到南宋，浙江才有了成型的学术流派。朱熹不仅提出并使用浙学的概念，而且还使用"浙中学者""浙中之学""浙间学问"等概念，这些概念与他使用的浙学概念类似或相近。朱熹说：

> 浙学尤更丑陋，如潘叔昌、吕子约之徒，皆已深陷其中，不知当时传授师说，何故乖讹便至于此？（《朱子文集》卷五十《答程正思》）

潘叔昌，名景愈，金华人，是吕祖谦的弟子，而吕子约是吕祖谦的弟弟，可见朱子这里所说的浙学是指以吕祖谦为代表的婺学。《朱子年谱》淳熙十一年（1184）下："是年辩浙学。"所列即朱子与吕子约书等，说明朱子最开始与浙学的辩论是与以吕子约为首的婺学辩论。上引语录中朱熹没有提到其他任何人。这也说明，朱子最早使用的浙学概念是指婺学。

《朱子年谱》列辩浙学之后，同年中又列了辩陈亮之学。事实上，朱子与陈亮的辩论持续了两年。这也说明《朱子年谱》淳熙十一年一开始所辩的浙学不包括陈亮之学，以后才扩大到陈亮的永康之学。朱子也说：

> 婺州近日一种议论愈可恶，大抵名宗吕氏，而实主同父，深可忧叹。（《朱子文集》，《续集》卷一《答黄直卿》）

同父（同甫）是陈亮的字，朱子还说："海内学术之弊，江西顿悟，永康事功。"（《朱子年谱》淳熙十二年）用事功之学概括陈亮永康之学的宗旨要义。

《朱子年谱》淳熙十二年（1185）言"是岁与永嘉陈君举论学"，说明到了淳熙十二年，朱子与浙学的辩论从吕氏婺学、陈亮永康之学进一步扩大至陈傅良之学。绍熙二年（1191）又扩大至叶适之学。陈傅良、叶适二人皆永嘉学人，此后朱子便多以"永嘉之学"称之，而且把永康、永嘉并提了。

《朱子年谱》为朱子门人李方子等编修，李本年谱已有"辩浙学"的部分，说明朱子门人一辈当时已正式使用浙学这个概念。

朱子谈到永嘉之学时说：

> 因说永嘉之学，曰："张子韶学问虽不是，然他却做得来高，不似今人卑污。"（《朱子语类》卷一百二十三）

这是朱子晚年所说，他以张子韶之学对比永嘉之学，批评永嘉之说卑污，这是指永嘉功利之说。

> "永嘉学问专去利害上计较，恐出此。"又曰："'正其谊不谋其利，明其道不计其功。'正其谊，则利自在；明其道，则功自在。专去计较利害，定未必有利，未必有功。"（《朱子语类》卷三十七）
> 因言："陆氏之学虽是偏，尚是要去做个人。若永嘉永康之说，大不成学问，不知何故如此。"（《朱子语类》卷一百二十二）

这里的"大不成学问"，也是指卑陋、专去利害上计较功利。

以上是对南宋浙学观念的概述。朱子提出的浙学，原指婺州吕学，后扩大到永康陈亮之学，又扩大到永嘉陈傅良、叶适之学，最后定位在指南宋浙江的事功之学。由于朱子始终将浙学视为"专言功利"之学而加以批判，故此时的"浙学"之概念不仅是贬义词，而且所指也有局限性，并不足以反映当时整个浙学复杂多样的形态和思想的丰富性。

二

现在我们来看看明代。明代浙江学术最重要的是阳明学的兴起。那么，阳明学在明代被视为浙学吗？

明代很少使用"浙学"一词，如《宋元学案》中多次使用浙学，《明儒学案》中竟无一例使用。说明宋人使用"浙学"一词要远远多于明人，明代学术主流学者几乎不用这一概念。不过，明代万历时的浙江提学副使刘麟长曾作《浙学宗传》，此书具有标志性的意义。《浙学宗传》仿照周汝登《圣学宗传》，但详于今儒，大旨以王阳明为主，而援朱子以入之。此书首列杨时、朱子、象山，以作为浙学的近源：

> 缘念以浙之先正，呼浙之后人，即浙学又安可无传？……论浙近宗，则龟山、晦翁、象山三先生。其子韶、慈湖诸君子，先觉之鼻祖欤？阳明宗慈湖而子龙溪数辈，灵明耿耿，骨骨相贯，丝丝不紊，安可诬也！（刘麟长《浙学宗传序》）

刘麟长不是浙江人，他把南宋的杨时、朱熹、陆九渊作为浙学的近宗之源，而这三人也都不是浙江人。如果说南宋理学的宗师是浙学的近宗，那么远宗归于何人？刘麟长虽然说是尧舜孔孟，但也给我们一个启发，即我们把王充作为浙学的远源应该也是有理由的。然后，刘麟长把南宋的张子韶（张九成）、杨慈湖（杨简）作为浙学的先觉鼻祖，这两位确实是浙江人。《浙学宗传》突出阳明、龙溪，此书的意义是，把阳明心学作为浙学的主流，而追溯到宋代张子韶和杨慈湖，这不仅与朱子宋代浙学的观念仅指婺州、永康、永嘉之学不同，包括了张九成和杨简，而且在学术思想上，把宋代和明代的心学都作为浙学，扩大了浙学的范围。

此书的排列，在杨时、朱熹、陆九渊居首之后，在宋代列张九成、吕祖谦、杨简、何基、王柏、金履祥、许谦。刘麟长说："於越东莱先生与吾里考亭夫子，问道质疑，卒揆于正，教泽所渐，金华四贤，称朱学世嫡焉。"何基以下四人皆金华人，即"北山四先生"，这四先生都是朱学的传人。这说明在刘麟长思想中，浙学也是包括朱子学的。这个问题我们下面再讲。

此书明代列刘伯温、宋潜溪、方正学、吴叡仲、陈克庵、黄世显、谢文肃、贺医闾、章枫山、郑敬斋、潘孔修、萧静庵、丰一斋、胡支湖、王阳明、王龙溪、钱绪山、邵康僖、范栗斋、周二峰、徐曰仁、胡川甫、邵弘斋、郑淡泉、张阳和、许敬庵、周海门、陶石篑、刘念台、陶石梁、陈几亭。其中不仅有王阳明学派，还有很多是《明儒学案》中《诸儒学案》的学者，涵盖颇广。但其中最重要的应是王阳明和刘宗周（念台）。可见王阳明的心学及其传承流衍是刘麟长此书所谓浙学在明代的主干。在此之前蔡汝楠也说过"吾浙学自得明翁夫子，可谓炯如日星"，把王阳明作为浙学的中坚。

三

朱子的浙学观念只是用于个人的学术批评，刘麟长的浙学概念强调心学是主流，而清初的全祖望则是在学术史的立场上使用和理解浙学这一概念，他对浙学范围的理解就广大得多。

全祖望对南宋永嘉学派的渊源颇为注意，《宋元学案》卷六：

    王开祖，字景山，永嘉人也。学者称为儒志先生。……又言：

> "由孟子以来，道学不明。今将述尧、舜之道，论文、武之治，杜淫邪之路，开皇极之门。吾畏天者也，岂得已哉！"其言如此。是时，伊、洛未出，安定、泰山、徂徕、古灵诸公甫起，而先生之言实遥与相应。永嘉后来问学之盛，盖始基之。

这是认为，北宋，在二程还未开始讲学时，被称为"宋初三先生"的胡瑗（安定）、孙复（泰山）、石介（徂徕）等刚刚讲学产生影响，王开祖便在议论上和"三先生"远相呼应而成为后来永嘉学派的奠基人。

全祖望在《宋元学案·周、许诸儒学案》案语中说：

> 世知永嘉诸子之传洛学，不知其兼传关学。考所谓"九先生"者，其六人及程门，其三则私淑也。而周浮沚、沈彬老，又尝从蓝田吕氏游，非横渠之再传乎？鲍敬亭辈七人，其五人及程门。……今合为一卷，以志吾浙学之盛，实始于此。（《宋元学案》卷三十二）

这就指出，在南宋永嘉学派之前，北宋的"永嘉九先生"（周行己、许景衡、沈躬行、刘安节、刘安上、戴述、赵霄、张辉、蒋元中）都是二程理学的传人。南宋浙学的盛行，以"永嘉九先生"为其开始。这就强调了二程理学对浙学产生的重要作用，也把二程的理学看作浙学的奠基源头。

> 祖望谨案：伊川之学，传于洛中最盛，其入闽也以龟山，其入秦也以诸吕，其入蜀也以谯天授辈，其入浙也以永嘉九子，其入江右也以李先之辈，其入湖南也由上蔡而文定，而入吴也以王著作信伯。（《宋元学案》卷二十九）

这就明确指明伊川之学是由"永嘉九先生"引入浙江，"永嘉九子"是二程学说入浙的第一代。

"九先生"之后，郑伯熊、薛季宣都是程氏传人，对南宋的永嘉学派起了直接的奠基作用。《四库全书总目提要》说："朱子喜谈心性，季宣兼重事功，永嘉之学遂为一脉。"

> 永嘉以经制言事功，皆推原以为得统于程氏。永康则专言事功而无所承，其学更粗莽抢魁，晚节尤有惭德。述《龙川学案》。（《宋元学案》卷五十六）

永嘉学派后来注重经制与事功，其源头来自二程；而永康只讲事功不讲经制，这正是因为其学无所承。

> 祖望谨案：永嘉之学统远矣，其以程门袁氏之传为别派者，自艮斋薛文宪公始。艮斋之父，学于武夷，而艮斋又自成一家，亦入门之盛也。其学主礼乐制度，以求见之事功。（《宋元学案》卷五十二）

按照全祖望的看法，永嘉之学的学统可远溯及二程，袁道洁曾问学于二程，又授其学于薛季宣，而从薛氏开始，向礼乐兵农方向发展，传为别派。此派学问虽为朱子所不喜，被视为功利之学，但其程学渊源不可否认。

> 梓材谨案：永嘉之学，以郑景望为大宗，止斋、水心，皆郑氏门人。郑本私淑周浮沚，以追程氏者也。（《宋元儒学案》序录）

王梓材则认为，"永嘉九先生"之后，真正的永嘉学派奠基于郑景望，而郑景望私淑周行己，追慕二程之学。

梓材谨案：艮斋为伊川再传弟子，其行辈不后于朱、张，而次于朱、张、吕之后者，盖永嘉之学别起一端尔。（《宋元儒学案》序录）

王梓材也认为，薛季宣是二程再传，但别起一端，即传为别派，根源上还是程学。

黄百家《宋元学案·龙川学案》案语说：

永嘉之学，薛、郑俱出自程子。是时陈同甫亮又崛兴于永康，无所承接。然其为学，俱以读书经济为事，嗤黜空疏随人牙后谈性命者，以为灰埃，亦遂为世所忌，以为此近于功利，俱目之为浙学。（《宋元学案》卷五十六）

总之，传统学术史认为，两宋浙学的总体格局是以程学为统系的，南宋的事功之学是从这一统系转出而"别为一派"的。

二程门人中浙人不少，在浙江做官者亦不少，如杨时曾知余杭、萧山。朱熹的门人、友人中浙人亦不少，如朱子密友石子重为浙人，学生密切者巩仲至（婺州）、方宾王（嘉兴）、潘时举（天台）、林德久（嘉兴）、沈叔晦（定海）、周叔瑾（丽水）、郭希吕（东阳）、辅广（嘉兴）、沈偁（永嘉）、徐寓（永嘉）等都是浙人。

全祖望不仅强调周行己是北宋理学传入浙江的重要代表，"永嘉九先生"是浙学早期发展的引领者，永嘉学派是程氏的别传，更指出朱熹一派的传承在浙学中的地位：

勉斋之传，得金华而益昌，说者谓北山绝似和靖，鲁斋绝似上蔡，而金文安公尤为明体达用之儒，浙学之中兴也。述北山四先生学案。（《宋元学案》卷八十二）

勉斋即黄榦，是朱子的高弟，北山即何基，鲁斋即王柏，文安即金履祥，再加上许谦，这几人都是金华人，是朱学的重要传人，代表了南宋末年的金华学术。全祖望把"永嘉九先生"称为"浙学之始"，把"北山四先生"称为"浙学之中兴"，可见他把程朱理学看作浙学的主体框架，认为程朱理学的一些学者在特定时期代表了浙学。这一浙学的视野就比宋代、明代要宽广很多了。于是，浙学之中，不仅有事功之学，有心学，也有理学。

其实，朱学传承，不仅是勉斋传北山。黄震的《日钞》说：

> 乾淳之盛，晦庵、南轩、东莱称三先生。独晦庵先生得年最高，讲学最久，尤为集大成。晦庵既没，门人如闽中则潘谦之、杨志仁、林正卿、林子武、李守约、李公晦，江西则甘吉父、黄去私、张元德，江东则李敬之、胡伯量、蔡元思，浙中则叶味道、潘子善、黄子洪，皆号高弟。（《宋元学案》卷六十三《勉斋学案》附录）

浙江的这几位传朱学的人，都是朱子有名的门人，如叶味道，"嘉定中，叶味道、陈埴以朱学显"（《宋元学案》卷三十二）。"永嘉为朱子学者，自叶文修公（味道）、潜室（陈埴）始。"（《宋元学案》卷六十五）黄子洪名士毅，曾编《朱子语类》"蜀类"。潘子善名"时举"。这说明南宋后期永嘉之学中也有朱学。

关于朱学，全祖望还说：

> 四明之专宗朱氏者，东发为最，《日钞》百卷，躬行自得之言也，渊源出于辅氏。晦翁生平不喜浙学，而端平以后，闽中、江右诸弟子，支离舛戾固陋无不有之，其能中振之者，北山师弟为一支，东发为一支，皆浙产也。（《宋元学案》卷八十六）

他把黄震（字东发）视为四明地区传承朱学最有力的学者，说黄震出自朱子门人辅广。全祖望指出，南宋末年，最能振兴朱学的，一支是前面提到的金华的"北山四先生"，一支就是四明的黄震。他特别指出，这两支都是浙产，即都是浙学。《宋元学案》序录底本谓："勉斋之外，庆源辅氏其庶几乎！故再传而得黄东发、韩恂斋，有以绵其绪焉。"

此外，全祖望在浙江的朱学之外，也关注了浙江的陆学：

> 槐堂之学，莫盛于吾甬上，而江西反不逮……甬上之西尚严陵，亦一大支也。（《宋元学案》卷七十七）

"甬上四先生"是陆学在浙江的代表。全祖望称之为"吾甬上"，即包含了把浙江的陆学派视为浙学的一部分之意。严陵虽在浙西，但在全祖望看来，是浙江陆学在甬上之外的另一大支，自不能不看作浙学的一部分。

四

谈到浙学就不能不谈及浙东学派的概念。

黄宗羲是浙东学派这一概念的最早使用者之一。在《移史馆论不宜立理学传书》中，他反驳了史馆馆臣"浙东学派最多流弊"的说法，这说明馆臣先已使用了"浙东学派"这个概念，并对浙东学术加以批评。黄宗羲认为：

> 有明学术，白沙开其端，至姚江而始大明。……逮及先师蕺山，学术流弊，救正殆尽。向无姚江，则学脉中绝；向无蕺山，则流弊充塞。凡海内之知学者，要皆东浙之所衣被也。今忘其衣被之

功，徒訾其流弊之失，无乃刻乎！（《黄宗羲全集》增订本第十册）

黄宗羲认为陈白沙开有明一代学脉，至王阳明始大明，这说明他是站在心学的立场上论述明代思想的主流统系。他同时指出，阳明之后流弊充塞，刘蕺山（刘宗周）出，才将流弊救正过来。所以，明代思想学术中，他最看重的是陈白沙、王阳明和刘蕺山，而王阳明、刘蕺山被视为浙东学术的中坚。在这个意义上，他强调要看到浙东学派的功绩，而不是流弊。黄宗羲是在讨论浙东学派的历史功绩，但具体表述上他使用的是"学脉"，学脉比学派更宽，超出了学派的具体指向。从黄宗羲这里的说法来看，他对"浙东学派"的理解是儒学的、理学的、哲学的，而不是历史的。而黄宗羲开其端，万斯同、全祖望等发扬的清代浙东学派则以史学为重点，不是理学、哲学的发展了。

浙东学派的提法，可以看作是历史上一个与浙学观念类似的、稍有局限的学术史观念。因为浙东学派在名称上就限定了地域，只讲浙东，不讲浙西。这和"浙学"不分东西是不同的。浙东学派这样一个概念的提出也是有理由的，因为历史上浙学的发展，其重点区域一直在浙东，宋代、明代都是如此。

在全祖望之后，乾隆时章学诚《浙东学术》提出：

浙东之学，虽出婺源，然自三袁之流，多宗江西陆氏，而通经服古，绝不空言德性，故不悖于朱子之教。至阳明王子，揭孟子之良知，复与朱子抵牾。蕺山刘氏本良知而发明慎独，与朱子不合，亦不相诋也。梨洲黄氏，出蕺山刘氏之门，而开万氏弟兄经史之学，以致全氏祖望辈，尚存其意，宗陆而不悖于朱者也。唯西河毛氏，发明良知之学，颇有所得，而门户之见，不免攻之太过，虽浙东人亦不甚以为然也。

世推顾亭林氏为开国儒宗，然自是浙西之学，不知同时有黄梨洲氏出于浙东，虽与顾氏并峙，而上宗王、刘，下开二万，较之

> 顾氏,源远而流长矣。顾氏宗朱,而黄氏宗陆,盖非讲学专家,各持门户之见者,故相互推服,而不相非诋。学者不可无宗主,然必不可有门户。故浙东、浙西,道并行而不悖也。(《文史通义》内篇卷五)

其实,清初全祖望在回顾北宋中期的学术思想时曾指出:

> 庆历之际,学统四起。齐、鲁则有士建中、刘颜夹辅泰山而兴。浙东则有明州杨、杜五子,永嘉之儒志、经行二子,浙西则有杭之吴存仁,皆与安定湖学相应……(《宋元学案》卷六)

这说明全祖望在回顾浙学发展之初,就是浙东、浙西不分的。章学诚认为浙东之学,出于朱熹,而从"三袁"(袁燮为"明州四先生"之一,袁燮与其子袁肃、袁甫合称"三袁")之后多宗陆象山,但是宗陆不悖于朱。他又说王阳明与朱子不合亦不相诋,这就不符合事实了,阳明批评朱子不少,在其后期尤多。章学诚总的思想是强调学术上不应有门户之见,宗陆者应不悖朱,宗朱者可不诋陆,不相非诋。他认为浙东与浙西正是如此,道并行而不悖。所以,他论浙学,与前人如黄宗羲不同,是合浙东、浙西为一体,这就使其浙学观较之前人要宽大得多了。

> 四明之学多陆氏。深宁之父亦师史独善以接陆学,而深宁绍其家训,又从王子文以接朱氏,从楼迂斋以接吕氏,又尝与汤东涧游,东涧亦兼治朱、吕、陆之学者也。和齐斟酌,不名一师。(《宋元学案》卷八十五》)

《宋元学案·深宁学案》中把兼治陆学、朱学、吕学,没有门户之见的状态描述为"和齐斟酌"。章学诚用"并行不悖"概括浙学"和齐斟酚"的性格，也是很有见地。

由以上所述可见，"浙学"所指的内容从宋代主要是事功之学，到明代扩大到包含心学，再到清初进一步扩大到包含理学，"浙学"已经变成一个越来越大的概念；经过全祖望、章学诚等的论述，浙学由原来只重浙东学术而变成包括浙东、浙西，成为越来越宽的概念。这些为我们今天确立大的浙学概念，奠定了深厚的历史基础。

五

有关儒学的普遍性与地域性，我一向认为，中国自秦汉以来，各地文化已经交流频繁，并没有一个地区是孤立发展的，特别是在帝国统一的时代。宋代以后，文化的同质性大大提高，科举制度和印刷业在促进各地文化的统一性方面起了巨大作用。因此，儒学的普遍性和地域性是辩证的关系，这种关系用传统的表述可谓"理一而分殊"，统一性同时表达为各地的不同发展，而地域性是在统一性之下的地方差别。没有跳出儒学普遍性之外的地域话语，也不可能有离开全国文化总体性思潮涵盖的地方儒学。不过，地域文化的因素在交往还不甚发达的古代，终究是不能忽视的，但要弄清地域性的因素表现在什么层次和什么方面。如近世各地区的不同发展，主要是因为各地的文化传统之影响，而不是各地的经济—政治结构不同。所以，问题的关键不在于承认不承认地域性的因素，而在于如何理解和认识、掌握地域性因素对思想学术的作用。

近一二十年，全国各地，尤其是经济发达的地区或文化教育繁荣发展的地区，都很注重地域文化的挖掘与传承。这可以看作是中国崛起的总态势下、中华文化自觉的总体背景之下各种局部的表达，有着积极的意义，也促进了地域文化研究的新开展。其中浙学的探讨似乎是在全国以省为单位的文化溯源中特别突出的。这一点，只要对比与浙江地域文化最接近、经济发展和教育发展水平最相当的邻省江苏，就很清楚。江苏不仅没有浙江那么关注地域文化总体，其所关注的也往往是"吴文化"一类。指出下面一点应该是必要的，即与其他省份多侧重"文化"的展示不同，浙江更关注的是浙学的总结发掘。换言之，其他省份多是宣传展示广义的地域文化的特色，而浙江更多关注的是学术思想史意义上的地域学术的传统，这是很不相同的。

当然，这与一个省在历史上是否有类似的学术资源或论述传统有关。如朱熹在南宋时已使用"浙学"，主要指称婺州吕氏、永康陈亮等所注重的着重古今世变、强调事功实效的学术。明代王阳明起自越中，学者称阳明学在浙江的发展为"浙中心学"；清初黄宗羲倡导史学，史称"浙东史学"。明代以后，"浙学"一词使用渐广。特别是，"浙东史学"或"浙东学派"的提法，清代以来已为学者所耳熟能详，似乎成了浙学的代名词。当代关于浙学的探讨持续不断，在浙江尤为集中。可以说，南宋以来，一直有一种对浙学的学术论述，自觉地把浙学作为一个传统来寻求其建构。我以为这显示着，至少自南宋以来，浙江的学术思想在各朝各代都非常突出，每一时代浙江的学术都在全国学术中成为重镇或重点，产生了较大影响。所谓浙学也应在这一点上突出其意义，而与其他各省侧重于"文化"展现有所分别。事实上，"浙学"与"浙江文化"的意义就并不相同。总之，这些历史上的浙学提法显示，宋代以来，每一时代总有一种浙学被当时的学术思想界所重视、所关注，表明近世以来的浙江学术总是积极地参与中国学术思想、思潮的发展潮流，使浙学成为宋代以来中国学术思想发展中的重要成分。每一时代的浙江学术都在全国发出一种重要的声音，影响了全国，使浙学成为中国学术思想史内在的一个重要部分。

当然，每一时代的浙江学术及其各种学术派别往往都有所自觉地与历史上某一浙学的传统相联结而加以发扬，同时参与全国学术思想的发展。因此，浙学的连续性是存在的，但这不是说宋代永嘉事功学影响了明代王阳明心学，或明代阳明心学影响了清代浙东史学，而是说每一时期的学术都在以往的浙学传统中有其根源，如南宋"甬上四先生"可谓明代浙中心学的先驱，而浙东史学又可谓根源于南宋浙学等。当然，由于全国学术的统一性，每一省的学术都不会仅仅是地方文化的传承，如江西陆氏是宋代心学的创立者，但其出色弟子皆在浙江如甬上；而后来王阳明在浙中兴起，但江右王学的兴盛不下于浙中，这些都是例子。浙学的不断发展不仅是对以往浙江学术的传承，也是对全国学术思想的吸收、回应和发展，是"地方全国化"的显著例子。

对浙学的肯定不必追求一个始终不变的特定学术规定性，然而，能否寻绎出浙学历史发展中的某种共同特征或精神内涵呢？浙学中有哪些是与浙江的历史文化特色有密切关联，从而更能反映浙江地域文化和文化精神的呢？关于历代浙学的共同特征，已经有不少讨论，未来也还会有概括和总结。我想在这里提出一种观察，即南宋以来，浙江的朱子学总体上相对不发达。虽然朱熹与吕祖谦学术关系甚为密切，但吕氏死后，淳熙、绍熙年间，在浙江并未出现朱子学的重要发展，反而出现了以"甬上四先生"为代表的陆学的重要发展。南宋末年至元初，"金华四先生"的朱子学曾有所传承，但具有过渡的特征，而且在当时的浙江尚未及慈湖心学的影响，与"甬上四先生"在陆学所占的重要地位也不能相比。元、明、清时代，朱子学是全国的主流学术，但在文化发达的浙江，朱子学始终没有成为重点。这似乎说明，浙江学术对以"理"为中心的形而上学的建构较为疏离，而趋向于注重实践性较强的学术。不仅南宋的事功学性格如此，王阳明心学的实践性也较强，浙东史学亦然。朱子学在浙江相对不发达这一事实可以反衬出浙江学术的某种特色，我想这是可以说的。从这一点来说，虽然朱熹最早使用"浙学"的概念，但我们不能站在朱熹批评浙学是功利主义这样的立场来理解浙学，而是要破除朱熹的偏见，跳出朱熹的局限来认识这一点。对此，我的理解是，与重视"理"相比，浙学更重视的是"事"。黄宗羲《艮斋学案》案语："永嘉之学，教人就事上理会，步步著实，言之必使可行，足以开物成务。"（《宋元学案》卷五十二）这个对永嘉之学的概括，是十分恰当的。南宋时陈傅良门人言："陈先生，其教人读书，但令事事理会，……器便有道，不是两样，须是识礼乐法度皆是道理。"此说正为"事即理"思想的表达。故永嘉之学的中心命题有二，一是"事皆是理"，二是"事上理会"。这些应该说不仅反映了永嘉学术，而且在一定意义上反映了浙学的性格。总之，这个问题的思考和回答是开放的，本丛书的编辑目的之一，正是为了使大家更好地思考和回答这些问题。

浙学是"浙江大地上曾经有的文化思想成果"，浙学在历史上本来就不是单一的，而是富于多样性的。这些成果有些是浙江大地上产生的，有些是从全国各地引进发展的，很多对浙江乃至全国都发生了重要影响。正如学者指出的，南宋的事功学、明代的心学、清代的浙东史学是"浙学最具坐标性质的思想流派"，是典型的根源于浙江而生的学术思想，而民国思想界重要的浙江籍学者也都继承了浙学的"事上理会""并行不悖""和齐斟酌"的传统，值得不断深入地加以总结研究。

目　录

导读

就古典形态的理论批评著作而言，20世纪最为驰名的非《人间词话》莫属。《人间词话》从1908年末开始连载于《国粹学报》，至今已经有100多年的历史，影响极为深远。俞平伯曾经很是感叹，说：一部薄薄的《人间词话》，几乎都是"深辨甘苦、惬心贵当"之言，"固非胸罗万卷者不能道"。或许正因为王国维既胸罗万卷，又极具理论思维能力，加上其中西兼备的理论基础，这本《人间词话》的性质也因此带上了多种认知色彩，有以文艺理论著作视之，有以美学著作视之，等等，不一而足。但这本书毕竟以词学为核心，凡所引申，也皆从词学发端，我们不能因为其特具理论张力而随意更改其著述性质。质言之，《人间词话》就是一部词学理论批评著作。

一、王国维的生平与学术

王国维（1877—1927），字静安，号观堂，又有人间、永观等号，浙江海宁人。著有《静安文集》《观堂集林》等，其遗著初由罗振玉编为《海宁王忠悫公遗书》，继由王国华、赵万里编为《海宁王静安先生遗书》，近由谢维扬、房鑫亮主编20卷本《王国维全集》问世。

王国维一生治学大约经过三个阶段。第一阶段（1898—1907）为钻研中西方哲学、教育学、心理学、美学时期，兼事诗词创作，代表性成果是《静安文集》《人间词甲稿》《人间词乙稿》等。因为在上海《时务报》工作，结识了罗振玉，随后又在罗振玉创办的东文学社学习日文、英文，王国维有机会接触到日本学者藤田丰八、田冈佐代治等，从他们的著作中初步涉猎德国康德、叔本华、尼采、席勒等人的思想与学术；又由于觉得自己体格羸弱，天性忧郁，所以"人生"的问题时时缠绕在心间，于是起研究哲学之心，希望由此揭开自己对人生的种种困惑。为此在阅读之余，写了大量评介西方哲学家、哲学思想的文章，主要刊发于由其本人主事的《教育世界》上。王国维曾立志要当哲学家，所以这一时期对康德、叔本华用功特勤。同时为了参证中西哲学之异同，这一时期，王国维也写了不少评述中国古代哲学的文章。但王国维在研究中发现了自己的天性与哲学之间不可调和的矛盾，他在而立之年所作的《自序》中终于悟出："哲学上之说，大都可爱者不可信，可信者不可爱。"所以对哲学的专攻之心便不免下降。哲学既不能从根本上慰藉王国维内心对人生的痛苦之感，而哲学家要在当时建立自己的体系，在王国维看来也是"非愚则妄"的想法，而成为哲学史家又心有不甘，其对哲学的疲累之感遂愈加强烈。而与此同时，文学的"直接之慰藉"的作用则暂时满足了王国维的心理渴求，所以他在《自序》中直言："近日之嗜好，所以渐由哲学而移于文学，而欲于其中求直接之慰藉者也。"不过，王国维在这一阶段的后期，虽然游离在哲学与文学之间，但他自己的治学方向究竟是继续哲学还是转治文学，其实也是在彷徨之中的。其《自序》云："余之性质，欲为哲学家则感情苦多，而知力苦寡；欲为诗人则又苦感情寡而理性多。诗歌乎？哲学乎？他日以何者终吾身所不敢知，抑在二者之间乎？"就其一生来回看王国维的这一番言论，事实上，无论是哲学，还是文学，都不是他安身立命的地方，但王国维就在这种犹豫之中结束了自己学术研究的第一个阶段。

第二阶段（1908—1912）为词曲研究时期，代表性成果是《唐五代二十一家词辑》《词录》《人间词话》《宋元戏曲考》等。王国维疲于哲学后转向文学，用他自己的话来说是因为填词获得了成功，他自认南宋以后的词人除了一两人之外，尚无超过他的。而由填词之成功而志于戏曲研究，王国维也认为是水到渠成之事，这是他自我分析的学术转变的原因。正如王国维助手赵万里在《王静安先生手校手批书目》附记中所说："先生之治一学，必先有一步预备工夫。"王国维的词曲研究以文献的搜集整理为基础。如其治词学，先从《花间集》《尊前集》《全唐诗》《历代诗余》等总集中辑录出《唐五代二十一家词辑》，在吴昌绶《宋金元词集见存卷目》的基础上编纂《词录》一书，然后才写出兼具理论独创和词史评述的《人间词话》。而其《宋元戏曲考》也是以《唐宋大曲考》《戏曲考原》《古剧脚色考》《优语录》《曲调源流表》及大量戏曲文献的批点为前提的。因为有这许多文献考订、辑佚、梳理史料、批注的功夫，所以往往能在最后集其所成，撰写出源流兼具、见解精辟的经典之作。正如王国维在《宋元戏曲考·序》中所说："凡诸材料，皆余所蒐集；其所说明，亦大抵余之所创获也。"其治戏曲如此，治词学同样如此。

第三个阶段（1913—1927）为经史、文字、音韵及蒙元地理等的研究时期，代表性成果为《观堂集林》。这一次的学术转向既有王国维早年对史学所积累的兴趣在内，更有寓居日本京都时罗振玉的鼓励与引导之功。罗振玉富于藏书，精于版本之学，对当时出土的甲骨文、西北木简、印泥、拓本等收藏甚多。他对于王国维此前的哲学、文学研究并不十分感兴趣，而对王国维的学术研究才华则极度佩服，因此在日本期间，曾数度劝说王国维改治传统经史之学。王国维在经过一番犹豫之后，也觉得西方哲学既不足以救世，则为存一国之学术而研究国故，也是一件饶有意义的事。为了表示回归中国古典的决心，王国维特地把携至京都的数百册《静安文集》举火摧烧，从此决然地朝着国学挺进，直至终世。罗振玉在王国维的甲骨文研究、金石学、经史研究方面不仅提供了大量第一手资料，而且在研究方法上多有启迪之功。王国维的《殷周制度论》《殷卜辞中所见先公先王考》《殷卜辞中所见先公先王续考》《生霸死霸考》等奠定了其在经史及古文字研究方面的大师地位。沈曾植则对王国维1916年从日本回国定居上海时的学术路向产生了重要影响。沈曾植的学术贡献主要在蒙元历史地理和古音韵之学。王国维寓居上海后，虽然也在继续着甲骨文等的研究，但对于音韵学和蒙元历史地理的研究力度明显增加，特别是1922年应召担任溥仪南书房行走，以及数年后担任清华学校国学研究院国学导师之时，对蒙元历史地理的研究成就更为卓著。

终其一生，王国维的学术研究无虑三变。这"三变"之中，既有从倾慕西方学术到回归中国学术的变化，也有从哲学到文学再到经史、文字音韵、蒙元地理研究领域的变化。可以说，在其涉猎的每一个领域，王国维都作出了具有开创性的贡献。同时，在研究方法上，正如陈寅恪《王静安先生遗书·序》所说，王国维将地下之实物与纸上之遗文互相释证，取异族之故书与我国之旧籍互相补正，用外来之观念与我国固有之材料互相参证，这种科学、严谨的观念和方法是他取得高水平研究成果的重要保证。也因此，王国维的学术研究不仅转移一时学术研究之风气，而且为后世奠定了重要的学术研究范式。

王国维晚年依旧穿着长衫，拖着辫子，显得与时代格格不入，尤其是最后黯然自沉颐和园昆明湖，给不少人留下了他似乎为晚清遗老、为晚清殉节等印象。此一问题牵涉广泛，这里暂不讨论。但如果从思想的渊源和学术的趋新来看，王国维其实是一直走在时代前面的。其早年研究西方哲学、教育学等，尤其是对德国近代哲学如康德、叔本华等的研究，即体现了他希望借助外来之思想改造中国传统文化的朴素愿望。在王国维看来，叔本华、尼采等并非在院墙之内做着自我沉醉的研究，他们的目光和心思其实是在整个社会的。他在《叔本华与尼采》一文曾比较两人的异同说："叔本华说涅槃，尼采则说转灭。一则欲一灭而不复生，一则以灭为生超人之手段。其说之所归虽不同，然其欲破坏旧文化而创造新文化则一也。"王国维心中是否潜伏着要为中国创造新文化的愿望，当然由此而可想见的。因为改造一国之地位，根本在改造一国之精神。所以，王国维对于晚清之时大量留学生多停留在学习外国之"技"，而非师其"道"深为不满。王国维在《论近年之学术界》中沉痛地说："夫同治及光绪初年之留学欧美者，皆以海军制造为主，其次法律而已。以纯粹科学专其家者，独无所闻。其稍有哲学之兴味如严复氏者，亦只以余力及之，其能接欧人深邃伟大之思想者，吾决其必无也；即令有之，亦其无表出之之能力，又可决也。况近数年之留学界或抱政治之野心，或怀实利之目的，其肯研究冷淡干燥无益于世之思想问题，即有其人，然现在之思想界未受其戈戈之影响，则又可不言而决也。"这是王国维决心钻研西方哲学的思想背景。当经过努力，觉得无法实现这样的目的之后，王国维才转向词曲之学，继而又转向传统经史之学等。这一时期虽然就创造新文化而言，似乎已经是渐行渐远，但王国维对新的学术领域的关注与开拓，对新的出土文献的研究热情，对新的研究方法的创立，可以说，依然是怀有一种强烈的"创造"欲望。所以王国维的学术领域固然有阶段性的不同，但作为一种"创造"的理念是贯穿始终的。如果说晚年的王国维在外表上多少表现出守旧的色彩的话，他的内心深处涌动的对新思想、新观念、新方式、新学术的追求，却同样也是脉息可闻的。

二、王国维的词学范畴及其范畴体系

王国维的词学思想主要体现在其《人间词话》一书中。如果就手稿本的情况来看，王国维撰述词话初期，似尚未有提出境界说的明确想法，故其前30则大都是对古代诗论、词论的斟酌之词，以及对词史上的若干重要词人进行一些随感式的评点。直到第三一则才开始提出"境界"问题，而且其关于境界说的表述在此后也非完全以连续性条目的方式出现，而是错杂在诸条目之中，这说明王国维的词学思想是在一种边撰述边思考的过程中完成的。当1908年10月，王国维从中挑选64则（含临时补写一则）刊发于《国粹学报》第47、48、50期之时，因为手稿写作已经完成，可以将在撰述过程中逐渐成型的词学思想以一种成熟的结构体系的方式表现出来，如此才有了我们现在熟知的以"境界"说开篇的初刊本《人间词话》。这里不拟追索王国维词学思想的形成过程，而是以初刊本为基础，就王国维提出的若干词学范畴及其范畴体系问题，略作探讨。

在阐释诸范畴之前，有必要先阐明王国维为何用"人间"来命名其词话的问题。长期以来，对这一问题的讨论，一直诸说纷纭，莫衷一是。赵万里在《王静安先生年谱》中提到因为此前王国维所作词中多次用到"人间"一词，故王国维拈出以作词集名，《教育世界》1906、1907年先后刊出其《人间词甲稿》《人间词乙稿》，即是一证。今检两种词集，在全部99首词中，"人间"一词出现了30余次，这还不包括与"人间"一词相似的如"人生""尘寰"等。这说明赵万里的说法是有一定的事实依据的。与王国维熟稔的罗振常大概在20世纪30年代中期所写的《人间词甲稿序·跋》中也有"《甲稿》词中'人间'字凡十余见，故以名其词云"的说法，也可佐证赵万里之说。"词话"的撰述既晚于这两种词集，词话命名因袭词集之名也属自然之事。但罗振常在跋文同时提及的一句话同样重要："时人间方究哲学，静观人生哀乐，感慨系之。"这一方面交代了王国维何以多用"人间"一词的原因，而且直接以"人间"称呼王国维，则"人间"也宛然是王国维之号了。罗庄整理的刊发于《北平图书馆馆刊》第十卷（1936年）第1号的《人间校词札记》，抄录王国维校订《乐章词》《山谷词》的校记，也是以"人间"称王国维的。日本学者榎一雄在《东洋文库书报》第8号发表的《王国维手钞手校词曲书二十五种》中，抄录了王国维所书的跋文和识语，在《宁极斋乐府》《片玉词》等后所写的跋文中多处署名"人间"。1916年初王国维寓居上海后，与时在日本京都的罗振玉通信频繁，罗振玉信中称"人间""人间先生"多达数十次，等等。综合这些材料，可以确定：王国维确实曾用过"人间"一号以作题跋。罗振玉、罗振常、罗庄等与王国维交往密切的罗氏家族成员也常常直呼王国维为"人间"。故王国维曾号"人间"一事，已无疑义。罗继祖在《罗振玉王国维往来书信》一书所收录罗振玉信件首次称呼"人间先生"后加按语云："王先生词中好用'人间'字，故公戏以'人间'呼之，尝为制'人间'两字小印。"窃以为罗继祖的这一按语，可以解释何以罗振玉致信王国维，如此频繁地以"人间先生"相称了，而罗振常、罗庄、吴昌绶等偶以"人间"相称，其实是受罗振玉之影响的。质言之，罗振玉才是王国维"人间"一号的"始作俑者"。

但问题依然存在：王国维为何要在词中频繁使用"人间"一词？罗振常将此与王国维研究哲学、探讨人生问题联系起来。则"人间"义近"人生"。李庆在《中国典籍与文化》2001年第1期发表《〈人间词话〉的"人间"考》一文，则认为王国维使用的"人间"一词乃是来源于日本语汇，意即人生，侧重于表达个人化的情绪。这一理解当然可备一说，但在语汇来源上追溯至日本，似索解过深。笔者近年阅读王国维著述，发现其对《庄子》用心特深，其诗词创作和理论中包含庄子艺术精神之处不一而足。而《庄子》中的《人间世》乃是庄子表述其核心思想的一篇，庄子对人世的判断与王国维当时对人世的判断，稍加比勘，可以发现两者有着惊人的一致性，所以王国维之"人间"从内涵上而言，更多地渊源于《庄子》，"人间"乃是"人间世"的简称，这应该是可以得到合理的解释的。《人间词话》中有专则论述诗人"忧生""忧世"的话题。在王国维的语境中，人生与世间乃是一个有机的整体，王国维"静观人生哀乐"，本质上是静观人生在"人间世"的哀乐。所以在其诗词及词话中，王国维着眼所在并非限于一己之哀乐，而是将触角延伸到社会的许多方面。其词中多用"人间"一词，以"人间"命名词集、词话，都是他早年关注人间、志在改造社会的一种意识反映。

明乎"人间"一词的内涵，可以得出如下结论：王国维因为究心哲学，关注人间，故其词中频频出现"人间"一词，而这种频繁的用词又引起了王国维周围同学友人的注意，故时以"人间"相称，而王国维遂将这缘于静观哲学人生而意外获得的"人间"之号，因为十分契合其词中的创作主题，故拈以为词集名，则直接缘由固然是有了"人间"这一号，而"人间"之号则来源于其哲学思考。则哲学命题、被称为号、拈以为名三者实在是一个自然发展的过程，忽略了这一过程，则探讨以"人间"名词集名词话的原因，就有可能失去部分真实。

《人间词话》的理论价值主要表现在其"境界"说，同时以"境界"为核心，王国维构建了一个境界说的范畴体系：有我之境与无我之境、造境与写境、隔与不隔、大境与小境、常人之境界与诗人之境界，等等。王国维以境界说及其范畴体系梳理词史，裁断词人词作优劣，所以全书的体系性颇强。晚清词话如陈廷焯《白雨斋词话》以"沉郁顿挫"为核心建立理论评判词史，况周颐《蕙风词话》以"词心词境""重拙大"之说诠释词体之体性，并以此考量词史高下。王国维《人间词话》与其相比，不仅拈出境界为理论核心，而且由此建构了一个错综有度的范畴体系，体现出现代词学的若干特征，因而更具理论气度；同时，王国维词学虽然在话语上推崇唐五代北宋，似乎带有明显的复古风气，但其所针砭的是当时词坛流行的师法南宋之词，以精心结构、组织文采为表象的词风，所以其词学具有救弊的时代意义，带有以复古为革新的意味，而非斤斤于传达一己之词学观念。

"境界"一词本非王国维独创，无论是作为地理上的"疆域""界限"意义，还是作为佛学中感官所感知的范围意义，以及诗学中用以形容创作所达到的高度和所具有的格调，其使用之例颇为广泛，而且其使用历史堪称悠久。但其基本意义——作为一种认知或审美的高度、深度和范围，并没有从根本上改变。王国维的贡献在于将"境界"作为其理论体系的核心和评判词史的基本标准，并将境界与格调联系起来，而在境界的表现形态上则更多地倾向于"句"。如此，便有了初刊本的第一则：

> 词以境界为最上。有境界则自成高格，自有名句。五代、北宋之词所以独绝者在此。

这一则虽然是大体在外围上解说"境界"，但起码有三点要义值得注意：第一，"境界"是王国维悬格甚高的一种对词体的审美标准，所以用"最上"来形容；第二，"境界"必须内蕴格调，外有名句；第三，"境界"是五代北宋之词区别于其他朝代之词的重要特征，换言之，王国维的"境界"说是从对五代北宋词的体会中提炼出来的，并以此作为词的基本体性。然则，"境界"的具体内涵是什么呢？请看如下四组论词条目：

境非独谓景物也，喜怒哀乐，亦人心中之一境界。故能写真景物、真感情者，谓之有境界；否则谓之无境界。（初刊本第六则）

词人者，不失其赤子之心者也。故生于深宫之中，长于妇人之手，是后主为人君所短处，亦即为词人所长处。（初刊本第一六则）

"红杏枝头春意闹"，著一"闹"字，而境界全出。"云破月来花弄影"，著一"弄"字，而境界全出矣。（初刊本第七则）

人知和靖《点绛唇》、舜俞《苏幕遮》、永叔《少年游》三阕为咏春草绝调。不知先有正中"细雨湿流光"五字，皆能摄春草之魂者也。（初刊本第二三则）

南唐中主词"菡萏香销翠叶残，西风愁起绿波间"，大有众芳芜秽、美人迟暮之感。（初刊本第一三则）

词至李后主而眼界始大，感慨遂深，遂变伶工之词而为士大夫之词。（初刊本第一五则）

古今词人格调之高，无如白石。惜不于意境上用力，故觉无言外之味，弦外之响，终不能与于第一流之作者也。（初刊本第四二则）

冯正中词虽不失五代风格，而堂庑特大，开北宋一代风气。

（初刊本第一九则）

　　纳兰容若以自然之眼观物，以自然之舌言情。此由初入中原，未染汉人风气，故能真切如此。（初刊本第五二则）

　　大家之作，其言情也必沁人心脾，其写景也必豁人耳目，其辞脱口而出，无矫揉妆束之态。以其所见者真，所知者深也。诗词皆然。持此以衡古今之作者，可无大误也。（初刊本第五六则）

　　第一组两则说明：境界乃是从情与景二者关系而言，词人拥有赤子之心，才能将真感情、真景物表现出来；第二组两则说明：有境界的作品要能表达出景物的动态和神韵；第三组四则说明：有境界的作品往往通过寄兴的方式使作品包含着深广的感发空间，词人的眼界须开阔，寄托的意旨须深远，从中体现出词人的高格调；第四组两则说明：情景之真和感慨之深要通过自然真切的语言来加以表现。虽然历来关于境界说的解释众说纷纭，但以上四组十则词话所透露出来的境界内涵应该是比较清晰的。约而言之，所谓境界，是指词人在拥有真率朴素之心的基础上，通过寄兴的方式，用自然真切的语言，表达出外物的神韵和作者的深沉感慨，从而体现出广阔的感发空间和深长的艺术韵味。自然、真切、深沉、韵味堪称境界说的"四要素"。

　　言及境界问题，同样不能回避如下一则：

　　然沧浪所谓兴趣，阮亭所谓神韵，犹不过道其面目，不若鄙人拈出"境界"二字，为探其本也。（初刊本第九则）

　　显然，王国维是在对严羽的"兴趣"说、王士禛的"神韵"说经过认真研究之后，提出"境界"说的，所以比较兴趣、神韵和境界三说的异同，自然是不可缺少的。唐圭璋《评〈人间词话〉》一文明确指出：王国维在权衡"三说"之后得出的本末之论是缺少学理依据的，因为严羽、王士禛和王国维三人"各执一说，未能会通"，彼此入主出奴，其实是没有意义的。但王国维以境界为探本之论，乃就文艺之本质而言。兴趣、神韵之说更多着眼于已完成的作品所传达出来的一种言外之意，而境界是从作者角度切入创作过程和作品特点的一种理论。从对创作本原的探讨而言，王国维说境界是探本，兴趣、神韵是面目，其实是符合文学理论实际的。顾随在《"境界"说我见》一文中把兴趣和神韵的意义要点理解为"无迹可求""言有尽而意无穷"两个方面，他认为兴趣是诗前的事，神韵是诗后的事，境界才是诗本身的事；又打比方说：兴趣是米，境界是饭，神韵是饭之香味。他说："若兴趣是米，诗则为饭……神韵由诗生。饭有饭香而饭香非饭。严之兴趣在诗前，王之神韵在诗后，皆非诗之本体。诗之本体当以静安所说为是……抓住境界二字，以其能同于兴趣，通于神韵，而又较兴趣、神韵为具体。"对于三说之间的本末关系，顾随是赞同王国维之说的。不过将兴趣、境界、神韵视为创作过程的三个阶段，似乎有强为分段的嫌疑了。

造境与写境，是王国维提出的第一组境界范畴。初刊本第二、第五则云：

> 有造境，有写境，此理想与写实二派之所由分。然二者颇难分别。因大诗人所造之境，必合乎自然，所写之境，亦必邻于理想故也。
>
> 自然中之物，互相关系，互相限制。然其写之于文学及美术中也，必遗其关系、限制之处。故虽写实家，亦理想家也。又虽如何虚构之境，其材料必求之于自然，而其构造，亦必从自然之法则。故虽理想家，亦写实家也。

从这两则来看，造境与写境涉及作者身份、创作方式与创作流派三层内涵：从作者身份而言是指理想家与写实家，从创作方式而言是指虚构与写实，从创作流派而言是指理想派与写实派。而作者身份与创作流派都是根据创作方式的特点来进行划分的，所以造境与写境的根本在创作方式上。造境固然侧重于虚构，但并非凭空想象，而是需要遵循自然之法则去表现自然之材料；写境虽然以写实为主，但也要超越自然之物中的相互关系和限制之处，从纯粹审美的角度来观察和表现外物的审美意义。从王国维的表述来看，其实造境和写境是很难分辨的，因为无论写实与虚构都是彼此交叉，难分彼此的。之所以强分出造境与写境，不过是为了理论表述的方便而已。所以王国维在阐述这一理论时，几乎没有用多少笔墨去分辨二者之差异，而是主要强调二者之联系。

"有我之境"与"无我之境"是《人间词话》中最受关注而且争议最大的一对范畴。但对其理论意义的认识轩轾极大，有认为其命名失当者，有认为分类无理者。当然，更多是以同情之了解的心态去领会王国维的用意所在。而要领悟王国维的用心其实需要把相关论词条目整合重组之后，才能看出其中端倪所在。下列六则，笔者认为对于理解王国维"有我之境"与"无我之境"的具体内涵至关重要。

> 有有我之境，有无我之境。"泪眼问花花不语，乱红飞过秋千去""可堪孤馆闭春寒，杜鹃声里斜阳暮"，有我之境也；"采菊东篱下，悠然见南山""寒波澹澹起，白鸟悠悠下"，无我之境也。有我之境，以我观物，故物皆著我之色彩；无我之境，以物观物，故不知何者为我，何者为物。古人为词，写有我之境者为多，然未始不能写无我之境，此在豪杰之士能自树立耳。（初刊本第三则）
>
> 夫境界之呈于吾心而见于外物者，皆须臾之物。惟诗人能以此须臾之物，镌诸不朽之文字，使读者自得之。遂觉诗人之言，字字为我心中所欲言，而又非我之所能自言，此大诗人之秘妙也。境界有二：有诗人之境界，有常人之境界。诗人之境界，惟诗人能感之而能写之，故读其诗者，亦高举远慕，有遗世之意。而亦有得有

不得，且得之者亦各有深浅焉。若夫悲欢离合、羁旅行役之感，常人皆能感之，而惟诗人能写之。故其入于人者至深，而行于世也尤广。（《王国维词论汇录》第一六则）

尼采谓：一切文学，余爱以血书者。后主之词，真所谓以血书者也。宋道君皇帝《燕山亭》词亦略似之。然道君不过自道身世之戚，后主则俨有释迦、基督担荷人类罪恶之意，其大小固不同矣。（初刊本第一八则）

无我之境，人惟于静中得之。有我之境，于由动之静时得之。故一优美，一宏壮也。（初刊本第四则）

诗人对宇宙人生，须入乎其内，又须出乎其外。入乎其内，故能写之；出乎其外，故能观之。入乎其内，故有生气；出乎其外，故有高致。（初刊本第六〇则）

诗人必有轻视外物之意，故能以奴仆命风月；又必有重视外物之意，故能与花鸟共忧乐。（初刊本第六一则）

之所以将这六则材料分为两组，是因为第一组重点阐释有我与无我之境的理论形态，而第二组则是从创作角度来分析此二境的区别与联系。从第一组的条目，大概可以得出如下五方面结论。一、无论是有我之境，还是无我之境，都是针对物我关系而言的。二、有我之境是一般诗人都可以表现的，而无我之境则对诗人的心胸和眼界提出了更高的要求，两境之间有高下之别。三、有我之境与常人之境、小境相近，而无我之境与诗人之境、大境相近。四、有我之境强化了审美主体的地位，而弱化了审美客体的地位，相对泯灭了审美客体自身的物性，而主要承载审美主体的认知和感情。这样的作品因其情感真切具体，带有个性化色彩，所以对常人影响亦深，行世也广，如冯延巳、秦观、赵佶、周邦彦等人的相关作品，终究是带着其个人化的印记。五、无我之境中的物与我互为审美主体，或者说互为审美客体，物与我之间是完全对等的关系。因为物我关系可以互换，所以难以分清审美主体与审美客体的区别。在这种审美状态之下，能够最大限度地超越具体的审美主体的"我性"和审美客体的"物性"，从而最大限度地表现出我性与物性的普遍性。相应地，其认知和感情因为脱离了我和物的具体或个体形态而更趋深广，所以带有普适性，如陶渊明、元好问、李煜等人的相关作品，则说出了人类共有的感情。

从第二组的条目，也可以得出如下结论：一、有我之境与无我之境其实是我与物交融后处于不同阶段的产物；二、因为重视外物，所以对于宇宙人生要深入体验，感受花鸟的忧乐，才能表达出花鸟的生气，在这种体验趋于结束之时用作品加以表现，就能呈现出宏壮的有我之境；三、因为不能被具体的外物所限制，所以诗人要有轻视外物之意，从而超越宇宙人生的具体形态，从更高远的境界来观察，在一种沉静的审美状态中表现出优美的无我之境。

王国维的有我之境与无我之境之说因为融入了其独特的思考，所以颇具理论价值。但令人困惑的是：1915年初，王国维在《盛京时报》上再度刊发其重编本《人间词话》之时，则将这些条目尽数删除了。是因为有我之境与无我之境本身难以区别，还是因为王国维觉得自己的思考尚欠成熟，或是出于其他考虑？现在已经无法起王国维以问了。但就王国维的词论来综合考察，有我之境与无我之境的区别是客观存在的，王国维的相关阐述也是比较清晰的，其理论价值也因此值得充分估量。

"隔与不隔"也是王国维备受瞩目的理论之一。俞平伯在《重印〈人间词话〉序》中即已对这一理论予以高度评价。但追溯相关的学术史，隔与不隔其实是最容易被简化甚至被曲解的一个话题。其实在初刊本中，王国维就在隔与不隔之间提出了一个"稍隔"的概念，并列举了颜延之、黄庭坚、韦应物、柳宗元等以作代表。那么，何谓"稍隔"呢？学界对此似乎一直颇为忽略。我认为要理解王国维的隔与不隔之说，要参考王国维的最后定本——《人间词话》重编本才能予以更准确的把握。试看如下二则：

> 白石写景之作，如"二十四桥仍在，波心荡、冷月如声""数峰清苦，商略黄昏雨""高树晚蝉，说西风消息"，虽格韵高绝，然如雾里看花，终隔一层。梅溪、梦窗诸家写景之病，皆在一"隔"字。（初刊本第三九则）
>
> 问"隔"与"不隔"之别。曰："生年不满百，常怀千岁忧。昼短苦夜长，何不秉烛游""服食求神仙，多为药所误。不如饮美酒，被服纨与素"。写情如此，方为不隔。"采菊东篱下，悠然见南山。山气日夕佳，飞鸟相与还。""天似穹庐，笼盖四野。天苍苍。野茫茫。风吹草低见牛羊。"写景如此，方为不隔。词亦如之。如欧阳公《少年游》咏春草云："阑干十二独凭春，晴碧远连云。二月三月，千里万里，行色苦愁人。"语语皆在目前，便是不隔；至换头云："谢家池上，江淹浦畔，吟魄与离魂"，使用故事，便不如前半精彩。然欧词前既实写，故至此不能不拓开。若通体如此，则成笑柄。南宋人词则不免通体皆是"谢家池上"矣。（重编本第二六则）

其实解读隔与不隔的具体内涵确实是简单的。所谓隔主要表现为写景不够明晰，或者在写景中融入了太多的情感因素，导致景物的特征不鲜明，不灵动；当然，虚假、模糊的情感也属于"隔"的范畴。所谓不隔主要表现在写情、写景的真切、透彻、自然方面，能够让读者自如地深入作品的情景中，而了无障碍。比较难理解的是初刊本提出的介于隔与不隔之间的"稍隔"概念。初刊本只是列举，未能解说"稍隔"的内涵。重编本没有再提"稍隔"二字，却在事实上阐释了"稍隔"的主要意思。王国维以欧阳修《少年游》为例，说明了上阕"阑干"数句是实写春景，语语都在目前，是典型的不隔。但换头用谢灵运和江淹的典故，就与上阕的风格不尽一致了。但从结构上来说，一阕词中，上阕自然不隔，下阕却不妨稍隔的，所以王国维说"欧词前既实写，故至此不能不拓开"，显然是从结构意义上包容用典的。王国维反对的其实是通篇用典的情况，所以用典与"隔"之间并非存在着必然的关系，在一定的结构空间，这种自然与用典的结合，不仅是可以接受的，甚至具备某种必要性。对这种结构特征，姑且以"不隔之隔"来形容。

在结构意义之外，"稍隔"还有另外一层意义是从用典本身的艺术效果而言的。试看以下二则：

> "西风吹渭水，落日满长安。"美成以之入词，白仁甫以之入曲，此借古人之境界为我之境界者也。然非自有境界，古人亦不为我用。（未刊手稿第一七则）
>
> 稼轩《贺新郎》词"送茂嘉十二弟"，章法绝妙，且语语有境界，此能品而几于神者。然非有意为之，故后人不能学也。（未刊手稿第二二则）

王国维提出的"借古人之境界为我之境界"一语，不啻为典故（包括故事、故实、成句等）的合理化使用开辟了通途。王国维将周邦彦在词中、白朴在曲中化用贾岛的"秋风吹渭水，落叶满长安"（按：王国维原引诗有误）二句，认为是化用成句的典范，因为是自己先具境界，然后才将贾岛成句融入自我境界中，若非考索源流，几乎让人察觉不到化用的痕迹。辛弃疾的《贺新郎·送茂嘉十二弟》用典更是繁多，除了开头和结尾是一般性的叙情写景，中间主体部分都以王昭君、荆轲等典故连缀而成，而且因为是送别，所取典故也多为怨事，以此将悲怨之情感用典故的方式连绵而下，所以王国维说是"章法绝妙"。而所谓"语语有境界"，则主要是针对其用典如同己出的艺术效果而言的，也就是这些典故的原始语境在辛弃疾的词中已经退居其后，整体融入辛弃疾自我的境界之中了。刘熙载《艺概》曾说："善文者满纸用事，未尝不空诸所有。"其对于用典的态度与王国维是一致的。所以用典固然容易造成"隔"的可能，但在"善文者"笔下，完全可以形成"不隔"的艺术效果。因姑且以"隔之不隔"来形容这样一种用典方式。

综上可见，王国维以"境界"作为《人间词话》的理论灵魂，在此基础上，从物我关系的层面提出有我之境与无我之境，从创作方式的层面提出造境与写境，从结构特征和艺术效果的层面提出隔与不隔。其范畴体系涵盖了创作的全过程，因而初具词学的现代特征。另外需要指出的是：王国维用范畴对举的方式来展开自己的词学架构，如造境与写境、有我之境与无我之境、理想与写实、主观与客观、大境与小境、动与静、出与入、轻视外物与重视外物，等等。这主要是从立说鲜明的角度来说的，其实在对每一对概念或范畴的解释中，都对介乎其中的中间形态予以了足够的关注。换言之，两极往往是王国维制定的标点，而其论说的范围是游离在两极之间的。在《古雅之在美学上之位置》中，王国维即在优美与宏壮的对举中，加入了"古雅"的概念，并将古雅拟为"低度之优美"或"低度之宏壮"，认为其兼有优美与宏壮二者之性质。其理念与此也是一致的。

除了以上几组范畴，王国维在《人间词话》中还提出了诸如"忠实""要眇宜修"等概念或范畴，也颇具创意，因篇幅所限，不再一一分析。至于在境界说及其所辖范畴体系之下对词史、词人、词作的评论与裁断，也散布在词话各处，读者若能领会其基本理论，则对这种评论与裁断自可各有会心，这里也不再赘述。

三、《人间词话》的版本源流

关于《人间词话》诸种版本的形成过程，有必要向读者交代一下。王国维完成《人间词话》手稿本的写作应该是在1908年7月之后。在此之前，就词学文献的准备而言，王国维先后完成了《唐五代二十一家词辑》《词录》等；而在文学的基本观念上，1904年完成的《文学小言》也已奠定基本格局。有此文献基础和理论基础，才有《人间词话》手稿本的撰述基础。手稿共125则，王国维从中录出63则，并临时补写1则，合共64则，分三期连载于1908与1909年之交的上海《国粹学报》，具体是第47期21则（1908年10月），第48期18则（1908年11月），第50期25则（1909年1月）。但这次发表并没有引起学术界的注意。1915年1月，王国维再次将初刊本与手稿本作了新的压缩和调整，并从其《宋元戏曲考》中移录一则论元曲套数的内容，合共31则，分7期连载于《盛京时报》，具体是：1月13日刊小序和前5则（一至五），15日刊4则（六至九），16日刊6则（一〇至一五），17日刊5则（一六至二〇），19日刊5则（二一至二五），20日刊3则（二六至二八），21日刊3则（二九至三一）。但王国维的这两次整理发表，并没有取得预期的效果，所以当1925年夏，陈乃乾驰书王国维，希望王国维允许将初刊本标点后单行，王国维的态度先是颇为消极，后虽同意出版，但信中仍嘱咐陈乃乾要在单行本中注明乃早期所作。这样才有了北京朴社版的俞平伯标点本的问世。

但这一次单行本的出版所引起的关注，可能是王国维未曾料及的。先是有日本学者吉川幸次郎（署名"洁"）在日本京都大学主办的《支那学》四卷之二（1927年3月）发表书评予以揄扬，认为"此书具备精到的见解"，其境界说"超脱了俗趣俗论，触及了词的真谛"，"可与周济《宋四家词选序论》相媲美"。接着有靳德峻笺证本的问世。又由于王国维的自沉所引起的极大关注，这本《人间词话》引发了一批学者的研究热情，任访秋、朱光潜、唐圭璋、吴征铸等纷纷著文发表评论。同时对《人间词话》的增补工作，也由赵万里拉开序幕。赵万里从《人间词话》手稿本中择录44则，并从王国维旧藏《蕙风琴趣》中录出两则，从赵万里自己的《丙寅日记》中记录的两则王国维论词之语，合共48则，发表于《小说月报》第十九卷（1928年）第3号上。同年，罗振玉主事的《海宁王忠悫公遗书》及20世纪30年代中期王国华、赵万里编的《海宁王静安先生遗书》中就有了上、下两卷本的《人间词话》，以《国粹学报》初刊本为上卷，以赵万里所辑录的48则为下卷。而1933年北京人文书店出版的沈启无《人间词及人间词话》中的《人间词话》、1937年南京正中书局出版的许文雨《人间词话讲疏》、唐圭璋编《词话丛编》所收录的《人间词话》等，所用的底本便都是上、下两卷本《人间词话》。此后仅刊行《国粹学报》初刊一卷本的只有1944年出版界月刊社出版的徐泽人的《人间词话、人间词合刊》本中的《人间词话》了。

三卷本《人间词话》以徐调孚的《校注人间词话》为开端，此书1940年由上海开明书店初版，在卷上、卷下之外，复增"补遗"一卷，"补遗"凡18则，系徐调孚从王国维《唐五代二十一家词辑》诸跋、《清真先生遗事》《观堂集林》中的相关论词之语及《人间词甲稿序》《人间词乙稿序》汇辑而成。1947年此书再版之时，又增入了陈乃乾从王国维旧藏《六一词》《片玉词》《词辨》辑录的眉批7则。1960年人民文学出版社出版徐调孚注、王幼安校订之《人间词话》时，又对三卷本的结构和名称做了调整，以"人间词话""人间词话删稿""人间词话附录"名之。这一名称的改变当出于王幼安。在结构上将原收录于卷下由赵万里辑录的王国维评论《蕙风琴趣》和赵万里《丙寅日记》中辑录的4则论词之语移入"附录"，校订者王幼安复从《人间词话》手稿本中再择录5则入第二卷"删稿"。此本一直通行至今。

无论是赵万里，还是王幼安，其对《人间词话》手稿本始终是带着一种选择的眼光，并非以发表手稿全本为目的。虽然王幼安在通行本《校订后记》中说："王氏论词之语，未尽于此，俟后觅得续补。"但其后完全有条件将手稿全文刊布的王幼安并没有再续补。第一次将手稿本全部发表的是滕咸惠，1981年齐鲁书社出版了他的《人间词话新注》。1963年，滕咸惠在赵万里的帮助之下，曾借阅并抄录了手稿本原文，所以他的《人间词话新注》便依照当年抄录文字按照手稿顺序一一移录，并加注释。可能是当初抄录手稿未及仔细核对，故书中文字错漏较多，1986年出版修订本时，滕咸惠参考了陈杏珍、刘烜刊发于《河南师范大学学报》1982年第5期的《人间词话》（重订）一文，这是手稿本第一次真正意义上的出版。滕咸惠《人间词话新注》（修订本）将手稿作为上卷，下卷是两种附录：一种是《论词语辑录》，大体移录通行本"人间词话附录"的论词条目，仅删去其中论王周士词一则，因为此则本非王国维撰写，只是王国维抄录《四库未收书目·王周士词提要》中的文字，凡28则。附录二为从陈杏珍、刘烜《人间词话》（重订）中的附录之一《自编〈人间词话〉选》移录过来，并易名《人间词话选》，凡23则。

在滕咸惠《人间词话新注》初版后不久，陈杏珍、刘烜刊发的《人间词话》（重订）虽然也是主要刊发手稿本全文，但与滕咸惠的按手稿原顺序出版不同，重订本按照《国粹学报》初刊本、未刊手稿、删稿的顺序分类发表，而且删稿是作为附录发表的。具体是：卷上为初刊本《人间词话》64则，卷下为《人间词话》未刊手稿49则（实50则）。卷上虽然在条目上与通行本一致，但文字则按照手稿本做了新的校订。卷下未刊手稿，作者标数是49则，实际漏标一则，为50则。这50则的内容有44则与通行本《人间词话删稿》相同，重订者新增手稿第二四、二六、二八、六三、六四、九二等6则，并将通行本《人间词话删稿》中的第二、三、一〇、三二、三九这5则剔除，另入附录之二的《删稿》之中。另有附录三种。附录之一为《自编〈人间词话〉选》，乃出自国家图书馆所藏王国维自存《盛京时报》本《人间词话》的剪报本，此剪报本不全，仅23则。附录之二为《〈人间词话〉删稿》，除了有5则是从通行本《人间词话删稿》中移录外，另新增手稿第三九、五〇、八八、八九、九一、一〇八、一二一则等7则。陈杏珍、刘烜合计增补13则。附录之三为《人间词话》原稿卷首的题诗《戏效季英作口号诗》，凡6首。至此，王国维《人间词话》手稿本125则已是第二次被全部发表，只是与第一次滕咸惠新注本的按顺序发表不同，陈杏珍、刘烜是将其分类发表而已。需要指出的是：就手稿全部发表而言，是滕咸惠《人间词话新注》在前，但陈杏珍、刘烜的《人间词话》（重订）很可能是在滕咸惠新注本出版之前就已经整理好的，只是发表较晚而已。陈杏珍、刘烜在重订本的《整理后记》中说："把《人间词话》手稿中的材料集中起来，全部予以发表，这是第一次。"这应该可以说明，陈杏珍、刘烜在整理完重订本前是没有看到滕咸惠新注本的，而且在1980年第7期的《读书》杂志上即刊有刘烜全面介绍手稿本的《王国维〈人间词话〉的手稿》一文了。

自滕咸惠与陈杏珍、刘烜两本出，关于手稿本的各版本大体不出两本之范围，只是有分类本与原序本的不同而已。但徐调孚注、王幼安校订本《人间词话》由于其通行之广泛，仍成为主流的版本。此后各种导读、译注本等，也大体是针对通行本而言的。滕咸惠、陈杏珍、刘烜对手稿全部刊布的努力尚需时日才能得到更多学理上的认同。

王国维发表于1915年1月《盛京时报》的31则《人间词话》，在很长时间之内是消失在学术视野之内的。直到1982年，陈杏珍、刘烜在国家图书馆看到王国维的相关剪报后，才将其作为《人间词话》（重订）的附录。但王国维的这份剪报并不全，只留存了23则，所以陈杏珍、刘烜将其整理发表时，也只有23则，并题名《自编〈人间词话〉选》。1986年滕咸惠《人间词话新注》（修订本）出版时也只是移录了此23则，并易名为《人间词话选》。此后多种《人间词话》版本收录此本时也大都以此23则为限，命名各有不同。首次完整发表《盛京时报》全部31则《人间词话》的是赵利栋。赵利栋将王国维三种学术随笔《东山杂记》《二牖轩随录》《阅古漫录》合辑为《王国维学术随笔》，2000年由社会科学文献出版社出版。其中《二牖轩随录》卷四即收录有31则本《人间词话选》，此后如北岳文艺出版社2004年版周锡山编校之《人间词话汇编汇校汇评》等即收录此本。笔者在《中山大学学报》2008年第3期发表《〈盛京时报〉本〈人间词话〉校订并跋》一文，对31则本的文字做了详细的校订。

由于《人间词话》以传统词话体撰述，往往言简意赅，点到为止，又涉及大量诗人词人、别集总集、词句全篇、理论范畴等，一般读者理解较难，所以在《人间词话》经典化的过程中，注释本的出现是非常重要的一环。最早的注释本当为靳德峻的《人间词话笺证》，其书虽出版于1928年，但笺证其实在1926年夏即已完成。靳德峻的笺证主要是征引诗词作品文献和典故，简介书中所涉及的人名和书名，偶尔对王国维原文与所引录文字有歧义者，则稍加辨析，至于对《人间词话》中的重要理论则不遑解说。由于靳德峻的笺证悬格不高，而且出手仓促，所以错漏甚多，因此才有了蒲菁的"补笺"。蒲菁的补笺虽然迟至1981年方与靳德峻的《人间词话笺证》合刊出版，但其补笺工作应该在30年代中期之前即已完成。与靳德峻主要征引文献出处、简介生平文集等不同，蒲菁的补笺重心在对理论内涵的笺证上。不过蒲菁直接下断语的地方并不多，大量的是援引相关理论背景文献，以达到彼此参证的目的。如《人间词话》曾评说冯延巳词"堂庑特大，开北宋一代风气"，靳德峻只是笺说《花间集》的基本情况，并没有对王国维这一评价做出自己的分析，而蒲菁的补笺则连续征引《阳春集序》《唐五代词选序》《艺概》《蕙风词话》《柳塘词话》《白雨斋词话》和张惠言《词选》《词辨》等八种相关评说，为从更广阔的理论背景下理解王国维词话的具体内涵奠定了重要基础。

沈启无《人间词及人间词话》主要突出文本，故将注释置于全书最后，题名"附录征引诗词杂文"，下分征引书目、诗词原文、诗人词人之生平籍贯著述等。徐调孚的《校注人间词话》是最早通注三卷本《人间词话》者。因为徐调孚"发原载志相对校，冀得其真"，所以对词话文本的校勘更为精审，为其成为此后最通行之本奠定了基础。此书注释工作实由周振甫完成，但其注释之思路则当受于徐调孚。其征引诗词原文及所涉及的论述原文，以文字精确、简明见长。

许文雨的《人间词话讲疏》乃是从其《文论讲疏》中别出单行之本。许文雨将注疏置于单则词话之后，把征引文献和理论解说结合起来。就注释而言，许文雨也后来居上，不仅在征引文献上注重版本选择，使相关文献的精确度得到大幅提高，而且注意将词话中没有标明的隐性文献也一一征引出来，其实类似于一种理论溯源了。不过，《人间词话讲疏》的最大贡献在于对王国维词学理论的剖析，如境界之内涵、造境与写境之区别等，许文雨都在讲疏中用现代观念剖析其中内涵。对于王国维立说欠周延的地方，如南北宋之优劣等问题，许文雨更是在讲疏中直陈自己的立场，带有商榷的意味，并初步整理出王国维以"境界"和"自然"为内核的理论体系。因此，许文雨之《人间词话讲疏》学术含量颇高。

此外，滕咸惠的《人间词话新注》、周锡山的《人间词话汇编汇校汇评》、陈鸿祥的《人间词话　人间词注评》、刘锋杰等的《人间词话百年解评》、施议对的《人间词话译注》，等等，或注重理论渊源的征引，或注重对历代评论的汇辑，或注重对其每则词话的诠释，也各有其特点，对于普及文本、深化理论都产生了一定的影响。

四、关于本书结构的说明

本书共四卷：卷一为《人间词话》初刊本；卷二为《人间词话》未刊手稿；卷三为《人间词话》重编本；卷四为王国维词论汇录。前三卷属于王国维《人间词话》专书范围，只是有发表形态的不同，第四卷则是王国维《人间词话》专书之外论词条目（包括部分序跋、批注、相关著作中有关词论文字、平时谈论所及等）的汇辑。应该说，除了《唐五代二十一家词辑》《词录》等专书以及若干专文性的词集序跋之外，王国维论词的主要内容都已经收集在这四卷之中了。

第一卷为《人间词话》（初刊本），即王国维在《人间词话》手稿本中选录 63 则，并补写 1 则，刊发于《国粹学报》者。此次笔者将通行本《人间词话》和《国粹学报》发表原文做了对勘，至于其与手稿本在文字上的不同，则不暇校出，因为这属于王国维自行校订的文字，且通行已久，不便更改。

第二卷为《人间词话》（未刊手稿），即手稿本中没有被王国维选录于初刊本中的条目。这里"未刊"的意思，其实是王国维未将其刊发于《国粹学报》而已，并非从未公布过，其中少数条目1915年初在《盛京时报》上也曾有发表，而且实际上随着赵万里、徐调孚、陈乃乾、王幼安、滕咸惠、刘烜等学者不断增补，其手稿早已全部刊布了。但本次按手稿本原序整理发表，以此部分可见王国维词学演进之轨迹；同时，因为删稿与未刊稿的分类过于琐碎，通行本将"未刊稿"全部纳入"删稿"的名目之下，显然是有问题的。事实上，王国维在1915年重编本中是选录若干"删稿"的，只是初刊本未曾录出发表而已，固非完全将其删除的。而且王国维真正删除的条目，往往是浓墨涂抹，根本无法辨认，而若干所谓删稿只是做了一些删改的标志而已，其文字往往被完整保留下来，这与其浓墨删除的条目不可等同视之，故其与未刊稿之间并没有精密之界限，因而将其合为一类。还要说明的是：赵万里、徐调孚、王幼安等将若干未刊手稿发表时，有不少自行做了文字的改动，笔者为了还原王国维词学的原貌，是对照王国维的手稿而做了重新移录的。少量文字与通行本未尽一致，特此说明。

第三卷为《人间词话》（重编本），是王国维将初刊本和手稿本再予重新斟酌调整并压缩至31则的新刊本，其中包括从《宋元戏曲考》中移录的1则，刊发于1915年《盛京时报》本。这个本子自陈杏珍、刘烜首次在《河南师范大学学报》1982年第5期部分发表以来，许多《人间词话》的本子都将其作为附录，并冠以"人间词话选"之类的名称，但由于辗转相抄，文字讹误甚多，这次笔者对照《盛京时报》原文以及各家转录之本，予以全面的校订，目的是为读者呈现一个比较完善的底本。因为手稿本即命名为《人间词话》，而首次刊布于《国粹学报》的64则也名《人间词话》，其实已经包含着"选"的工作在内。所以《盛京时报》再刊本的31则，我以为同样不宜用"选"字作为书名，故以"重编本"名之，这应该是符合王国维再刊本的实际的。与其他三卷不同，这一卷除了逐则进行文字校订之外，没有在每一则之下再加以解说，原因是重编本《人间词话》的条目与前二卷基本相似，只是有的按照手稿原文，有的据初刊本文字，有的是将两者斟酌改定，有的是数则词话重组而成，只有最后一则论元曲套数是从《宋元戏曲考》移录过来，故为避免重复，就省去了对每一则的解说环节。但作为一个新的本子，王国维通过增删、调整后，其整体的词学观念与初刊本已经有了很大的不同，如对于"隔与不隔"的态度的转变，对于"有我之境"与"无我之境"等条目的删除，重编本中的西学痕迹更趋淡薄，甚至可以说，有了一种颇为明显的"去西方化"倾向，故笔者在这一卷的最后以整体解说的方式，将这一王国维最后定本的理论特点做了综述。如果读者有兴趣，也可参见笔者《被冷落的经典——论〈盛京时报〉本〈人间词话〉在王国维词学中的终极意义》（刊《文学遗产》2009年第1期）一文，那里面有笔者更全面更深入的思考。

第四卷为王国维词论汇录，即在《人间词话》初刊本、未刊手稿、重编本之外的王国维论词条目的汇录。之所以不用"人间词话附录"这样的名称，是因为《人间词话》乃是王国维论词专书的名称，而这些条目有的是未成书前的笔记、批注，有的是成书之后的跋语等，分布既零散，时间跨度也较大，因此别为一卷，以示区别。特别要说明的是，这次汇录的王国维词论，除了大体照录徐调孚注、王幼安校订本《人间词话·附录》文字之外，有删有增，删除了通行本《附录》第19条论王周士词一条，因为此条实是王国维移录《四库未收书目·王周士词提要》文字，并非王国维自己的文字，通行本已经注明，但未删除。本书为名副其实，特予删除。增加的条目有10条，其中从近年刚刚问世的王国维《词录》一书中录出《词录·序例》以及《香奁词》《尹参卿词》《鹿太保词》《顺庵乐府》《阮户部词》等词集版本下的部分与词学观念相关的说明文字，共6条。将藏于日本东洋文库经榎一雄整理发表的25种王国维批校词曲集诸跋文、识语中也移录一则《寿域词跋》。通行本《附录》原第29则乃是陈乃乾从王国维藏周济《词辨》的批语中录出，本书虽然保留了这一则，但其文字是照录了东洋文库的藏本，因为陈乃乾录出时，不仅做了少量文字润色，而且有漏字，东洋文库本既已刊布，自当要恢复王国维文字的本来面目。同时陈鸿祥《人间词话注评》曾从罗振常《观堂诗词汇编》一书中辑录的3则以及他自己从王国维批注《草堂诗余》中录出的1则也合为此卷。而将其中论及周邦彦词版本源流的1则删除，这样本卷收录的王国维词论就多达38则，庶几使最新的文献材料在这本解说本中得到体现。

除了第三卷，其他三卷的体例都是先原文、次注释、次评析。原文的情况已见上述。本书的注释，重在解释《人间词话》所涉及各类人物的生平、籍贯、主要著述等；若干别集、总集的编纂者及基本体例；除了少量篇幅很长的作品如《离骚》等之外，凡是条目涉及的句子、诗题、词牌，则在注释中注出全篇；有些涉及一些文学基本常识、典故、史实等，也一并注出。由于王国维引文大多凭借记忆而写，故或误作者甲为作者乙，或有文字错漏，等等，笔者都在注释中以"按语"的方式加以说明。注释以不回避问题为原则，故其中虽然多数注释项目已先见于其他注本中，但也有不少是笔者首次出注的，如"第一义""类书"等；有些注释则更全面，如"樊抗父"等；即使先见于他本中的注释文字，笔者也一一核对了原文。注释的原则以先出为序，后出者不再出注，也不注"参见"，而是在解说中顺带言及其原名。注释中移录的诗词作品，按照韵脚进行标点，即在韵字后用句号，其他用逗号，词中多出一种表示音节停顿的顿号。这种标点虽然没有用现代标点标出诗词的感叹、疑问等语气，但作为音乐文学来说，音律才是根本，而语气是通过对文字的理解自然可以感受到的。这也要说明一下。

评析部分是笔者用力最多的地方。因为已出的《人间词话》笺证、讲疏、注评、导读、译注等颇多，笔者在每一则之下，不做过于广泛的申论，而是就本则的内容分出层次，理清彼此的关系，或者对相邻数条相关的条目略做说明，条目中涉及相关作品，而此作品又对某一理论具有重要意义时，则对此作品也略加诠解，以使理论更为具体化，方便一般读者理解和领会。解说中有不少是解说者自己的看法，未必周全、准确，但或许对于理解王国维词学有一得之益，因不避浅陋，直言说出，读者以聊备一说视之可也。又因为限于文字，有些解说只是略引端绪，或者申明观点，简单分析。至其翔实引证，深入分析，特别是厘清王国维词学思想演进之轨迹，笔者另有《人间词话疏证》一书，有兴趣的读者也可参考。分卷本第一、第三卷可见王国维相对成熟的词学思想，而这些词学思想是如何形成并走向成熟的，则需要对手稿全本做一细致梳理、分析后才能明白的。《人间词话》手稿本的价值也就在这里了。

评 注

卷一 《人间词话》初刊本

一

词以境界为最上。有境界则自成高格，自有名句。五代、北宋之词所以独绝者在此。

【评】

首则拈出"境界"二字作为论词之核心和最高标准。

由"最上"二字，可见"境界"在王国维词学中并非一普通概念，而是从最高处所建立之标准。其所立之"境界"二字，虽也渊源有自，但显然是经过重新调整之后的概念了，其地位和价值因此在王国维词学体系中具有了一种特别重要的意义。而"高格"和"名句"则是构成"境界"的核心内涵，高格偏重思理，名句则是一种外在形式，而名句也正是以高格为基础和前提的。

境界说应该兼含整体和局部两个方面。有境界的词自然会呈现出很高的格调，也自然会有名句存乎篇中。格调着眼整体，而名句则关注局部。毕竟是词话体的著述，所以王国维在开篇的第一则就提到了"名句"的问题，这不仅远绍先秦诸子和史传赋诗断章的传统，而且近承诗话词话"摘句"批评的特点。

在词史发展中，王国维把五代与北宋时期的作品作为境界说的最佳体现，所谓"独绝"包含着因其成就最高而难以超越的意思。王国维词史观的复古意味在第一则就清晰地呈现出来。换言之，王国维的境界说也正是他在对五代北宋词的涵泳与领会中提炼出来的重要理论，这一理论的"出处"特点，也在某种程度上影响到王国维对词史发展的整体学术判断，其特点和不足皆因此而起。

"境界"二字并非王国维发明，而是渊源甚早，在王国维之前用以评论诗文也颇多其例，清初刘体仁的《七颂堂词绎》和清末陈廷焯的《白雨斋词话》更是以境界来评词。但在这些诗话词话著作中，境界的内涵是比较模糊的，而且只是偶尔使用，并没有成为其著述的理论核心，而王国维特别拈出"境界"二字来建立自己的理论体系，并持以进行批评实践，"境界"的理论内涵和价值才由此而真正得以充分彰显出来，这是王国维境界说备受称誉的重要原因所在。故一种概念的价值和意义主要视使用者之理论格局而定，其渊源和发展只是一种基础而已。

二

有造境，有写境，此理想与写实二派之所由分。然二者颇难分别。因大诗人所造之境，必合乎自然，所写之境，亦必邻于理想故也。

【评】

此则在综合中西理论的基础上，主要论虚构与写实两种创作方法以及由此形成的两种创作流派。

"造境"和"写境"是从创作方法来进行的分类，造境偏于想象和虚构，而写景侧重摹仿和写实，理想与写实两种创作流派即大体对应着这两种创作方法。造境和写境属于中国文论术语，如《莲子居词话》《白雨斋词话》便多次使用"造境"一词，而"写境"的用法虽然很少见，但也显然是由"写生"而来，并与"造境"相配，衍成"写境"一词。而理想与写实的概念则来自西方。王国维词论的中西融合特点在这一则表现得颇为充分。

说两种创作方式与两种文学流派"大体对应"，是因为两者确实难以绝对区分。王国维对于其间关系的看法应该受到了德国哲学家叔本华的影响，叔本华认为纯粹的写实或理想，其实都是一种"理念"，很难直接付诸实践，对美的领会和表现，是要兼及理想的先验和写实的后验两个方面的。只是一般人很难兼得其美，所以就会有所侧重地表现出或偏于造境的理想或偏于写境的写实。但王国维认为"大诗人"可以超越造境与写境的局限，将两者圆满地渗透和交融起来，形成一种符合写实的造境和符合理想的写境。所谓"大诗人"，其内涵与王国维语境中的天才、豪杰之士等相近。王国维注意到两种创作方法的不同，更看到融合两种创作方法之后所到达的创作高境，识见颇为通透。而从其对"大诗人"的要求来看，他撰述词话的宗旨其实不是一般性地指导填词入门，而是志存高远，要为创造新的文学天才而导夫先路。

三

有有我之境，有无我之境。"泪眼问花花不语，乱红飞过秋千去"[1]、"可堪孤馆闭春寒，杜鹃声里斜阳暮"[2]，有我之境也；"采菊东篱下，悠然见南山"[3]、"寒波澹澹起，白鸟悠悠下"[4]，无我之境也。有我之境，以我观物，故物皆著我之色彩；无我之境，以物观物，故不知何者为我，何者为物。古人为词，写有我之境者为多，然未始不能写无我之境，此在豪杰之士能自树立耳。

[1]"泪眼"二句：出自南唐词人冯延巳《鹊踏枝》："庭院深深深几许。杨柳堆烟，帘幕无重数。玉勒雕鞍游冶处。楼高不见章台路。　雨横风狂三月暮。门掩黄昏，无计留春住。泪眼问花花不语。乱红飞过秋千去。"　[2]"可堪"二句：出自北宋词人秦观《踏莎行》："雾失楼台，月迷津渡。桃源望断无寻处。可堪孤馆闭春寒，杜鹃声里斜阳暮。　驿寄梅花，鱼传尺素。砌成此恨无重数。郴江幸自绕郴山，为谁流下潇湘去。"　[3]"采菊"二句：出自东晋诗人陶潜《饮酒诗》第五首："结庐在人境，而无车马喧。问君何能尔，心远地自偏。采菊东篱下，悠然见南山。山气日夕佳，飞鸟相与还。此中有真意，欲辨已忘言。"　[4]"寒波"二句：出自元代诗人元好问《颖亭留别》："故人重分携，临流驻归驾。乾坤展清眺，万景若相借。北风三日雪，太素秉元化。九山郁峥嵘，了不受陵跨。寒波澹澹起，白鸟悠悠下。怀归人自急，物态本闲暇。壶觞负吟啸，尘土足悲咤。回首亭中人，平林淡如画。"

【评】

此则由观物之不同而论个性境界与普适境界之差异。

有我之境与无我之境是王国维境界分类中十分重要的一组，侧重于由观物方式的不同而带来的境界差异。所谓有我之境，强调观物过程中诗人的主体意识，并将这种主体意识投射、浸染到被观察的事物中去，使原本客观的事物带上明显的主观色彩，从而使诗人与被观之物之间形成一种强势与弱势的关系；所谓无我之境，即侧重寻求诗人与被观察事物之间的本然契合，在弱化诗人的主体意识的同时，强化物性的自然呈现，从而使诗人与物性之间形成一种均势。有我之境与无我之境都是就物我关系而言，并非"有我"与"无我"的绝对有无之分，因为无论何种观物方式，我始终是存在的，无我便无法展开真正的观物活动了。但观物过程中，"我性"与"物性"之间的强弱关系确实存在着不同，王国维分类而言，是有着深厚的创作基础的。

无我之境中的主体意识仍是存在的，只是不对外物发生支配性的作用而已，所以此时之我几乎等同于一物，故我观物，物亦观我，彼此是一种互观的状态。王国维举了陶渊明的"采菊东篱下，悠然见南山"和元好问的"寒波澹澹起，白鸟悠悠下"诗句来作为无我之境的典范，即意在说明悠然采菊的陶渊明与南山之间是互相映衬、彼此点缀的关系；而在澹澹寒波与悠悠白鸟的背后，同样立着一个与此情景宛然一体的观物者。在这样的一种境界中，物我之间没有矛盾，不形成对立，强弱关系淡漠了，物性却得到了最大限度的体现。

有我之境中的主体意识十分突出，王国维虽然没有对主体意识的具体内涵做说明，但从他所举的冯延巳的"泪眼问花花不语，乱红飞过秋千去"和秦观的"可堪孤馆闭春寒，杜鹃声里斜阳暮"词句来看，明显是侧重于悲情的表达了。冯延巳词句中人与花的矛盾，秦观词句中人与孤馆、春寒、杜鹃、斜阳等的矛盾，都尖锐地存在着。所以词中的意象无不渗透着词人的情绪，或者说词人的情绪完全洒照在这些组合意象之中。词人的情绪覆盖了物之质性。

王国维不仅区分有我与无我之境的不同，同时也隐含着两境的高下之分。有我之境乃多数人可为，而无我之境则有待于"豪杰之士"的"自树立"。盖观物方式的不同根源于诗人胸襟、眼界的不同，如何在弱化"我性"的前提之下，将"物性"最大限度、更为本质地发掘出来，从而更深刻地表现普适之情性，这是王国维悬格甚高的一个创作理想。从话语和内涵上来考察，王国维对于两种观物方式的区分应该是受到了宋代邵雍的影响，而无我之境更是明显带有庄子"丧我""忘我"的思想痕迹。

四

无我之境，人惟于静中得之。有我之境，于由动之静时得之。故一优美，一宏壮也。

【评】

此则从过程与状态来言说无我之境与有我之境的差异。

从动静关系来区别无我之境与有我之境，并将其纳入西方优美、宏壮的风格类型之中，王国维中西融合的美学思想在此则也表现得颇为充分。所谓动、静，是就观物时候的感情状态而言的，"静"是指感情平和，没有很大的起伏，此时诗人心境平静宛如一物；"动"是指感情激烈，不仅指引着观物者的审美倾向，而且将物性也淹没在这种激越的情感之中。在静的观物状态下，我与物之间，没有明显的利害冲突，故物与我之间等闲相待，呈现出优美的风格；在动的观物状态下，我与物之间则具有强烈的利害关系，故物与我之间彼此不相对等，我的强势障蔽了物之本性，所以就形成了宏壮的风格。这是王国维的基本理路。

但王国维并非简单化地处理两种观物方式。实际上，任何一种境界，当要形成文字予以表达时，都已经部分脱离了当时情景，或多或少带有一种"追忆"的性质，而处于创作状态中的诗人都需要持有一种"虚静"的心理状态。换言之，无论表达怎样的境界，诗人首先必须让自己处于一种静思状态，如此才有可能将所想要表达的内容予以清晰构思，从而予以准确表达。所以，在表现无我之境时，固然是"静中得之"；表现有我之境时，也同样要在"静"中得之，所以王国维特别说明有我之境是"由动之静"时得之，就在于强调虽然表达内容、形成境界各有不同，而在创作的虚静心理机制上，其实是相似的。有我之境同样要在动荡的心理渐趋安静时，才能再度审视情感的特性，才能将"以我观物"的过程和心理完整地描述出来。

五

自然中之物，互相关系，互相限制。然其写之于文学及美术中也，必遗其关系、限制之处。故虽写实家，亦理想家也。又虽如何虚构之境，其材料必求之于自然，而其构造，亦必从自然之法则。故虽理想家，亦写实家也。

【评】

此则言说造境与写境、理想与写实、理想家与写实家之错杂关系。

这一则是对造境与写境、理想与写实一则的补充，不过将论述重点从创作特点和创作流派转移到作者身上。与此前侧重对造境和写境的区别不同，王国维在这一则重点强调两者的融合与辩证关系。写实家相当于现实主义诗人，理想家相当于浪漫主义诗人，这是两种大致的区分。推崇现实主义创作思想的诗人，虽然描写的是自然中之物，但当诗人以文学的手段表现这种"自然中之物"的时候，其实是按照自己的理念将这种自然之物从纷繁复杂的关系中剥离出来了，这个过程包含着想象和虚构的因素，所以写实家其实包含着理想家的影子。理想家虽然将虚构作为基本的创作手段，但所虚构的"材料"及其"构造"都来自自然，并按照自然的法则虚构着，则理想家何曾稍离过自然？所以理想家必定兼有着写实家的特性。

王国维关于理想与写实关系的分析，堪称精辟。

王国维视文学、美术为"完全之美"，即要将文学超越世俗功名关系而成就一种纯粹之美。但自然中物，往往纠葛于种种关系和限制之中，这种纠葛使得物之自体被部分障蔽，而被外物所包围，所以就不成其为纯粹之物。王国维主张当诗人有意将这种自然之物反映到文学之中时，要将这种外缀的种种关系、限制之处去除，从而在文学中展现清澈洞明的境界。王国维的这一观点其实部分地涉及生活与艺术的关系，他所指称的自然，包括纯粹的自然界和现实社会两个方面。但平心而论，无论是写实家还是理想家，其所表现的"自然之物"，都不可能是孑然独立之物，则从反映"自然"的角度而言，这种被关系和限制包裹着的自然之物，其实是一种更为普遍的"自然之物"，文学的使命应该包含着表现这一类型自然之物的内容。王国维过于追求文学之纯粹，不免限制了他的思想视野。

六

境非独谓景物也，喜怒哀乐，亦人心中之一境界。故能写真景物、真感情者，谓之有境界；否则谓之无境界。

【评】

此则从情景之真假论境界之有无，乃以境界说呼应传统之情景关系论。

景物和感情被王国维视为境界说的两大基本理论元素，从这一基本定位，可见其境界说对传统诗论的借鉴痕迹。王国维此前所举境界之例，侧重在写景之句，故在这里进一步完善其理论，以免造成境界乃专门针对写景而言的错觉。当然写景始终是王国维立说的重点，只是传统文论历来强调景中有情、情中有景，写景的宗旨总不能离开情，所以王国维在此处把情的元素强化，如此其境界说的基石就显得稳固了。

景物以外在的形态而存在，而情感则内蕴于诗人胸中。要在文学作品中形成情景交融的艺术风貌，其前提是诗人内在情感的丰盈。这种丰盈并不一定体现在情感类型的丰富多彩，而主要在于情感的真实与厚度上，而这种真实与厚度乃根源于诗人的胸襟和学养等方面，所以王国维特别提出"真景物"与"真感情"的命题。如果说景物与感情是境界说的基本元素的话，"真"就是这两大元素的基本特性。离开了景物和感情之真，是不遑谈论境界问题的。王国维对此的态度十分明确。

有境界的人才能内蕴有境界的情，才能慧眼识出有境界的景，才能由此而创作出有境界的文学作品。王国维的理路颇为分明。

七

"红杏枝头春意闹"[1]，著一"闹"字，而境界全出。"云破月来花弄影"[2]，著一"弄"字，而境界全出矣。

[1]"红杏"句：出自北宋词人宋祁《玉楼春》："东城渐觉风光好。縠皱波纹迎客棹。绿杨烟外晓寒轻，红杏枝头春意闹。　浮生长恨欢娱少。肯爱千金轻一笑。为君持酒劝斜阳，且向花间留晚照。"　[2]"云破"句：出自北宋词人张先《天仙子·时为嘉禾小倅，以病眠，不赴府会》："水调数声持酒听。午醉醒来愁未醒。送春春去几时回，临晚镜。伤流景。往事后期空记省。　沙上并禽池上暝。云破月来花弄影。重重帘幕密遮灯。风不定。人初静。明日落红应满径。"

【评】

此句呼应有境界则"自有名句"一则，乃言说名句何以形成之例。

以名句的句眼为例，说明境界呈出之情形。王国维是从读者对作品的感悟的角度来说明句眼的作用和意义。有了这样功用明显的句眼，作品之境界不耐细思而自然呈现出来。宋祁"红杏枝头春意闹"之句，"闹"字是句眼，因为宋祁"浮生长恨欢娱少"，又适逢"绿杨烟外晓寒轻"，所以对于枝头红杏的喧闹，才会特别敏感。句中的"闹"是闹腾、喧闹的意思，大概枝头红杏密集，似乎彼此在争抢有利位置而挤挤挨挨，互不相让；又似乎经历了一冬的沉寂，所以面对春天，红杏争相表达着激动欣喜之情。原本是一句写景之作，因为"闹"字的点缀，景物中所包含的情感也就彰显出来了。张先的"云破月来花弄影"也有类似之妙，月儿照花，花儿留影，也是常见之静景，自有一种静谧的情调。但张先缀一"弄"字，将静景变得流动起来，在静谧之外，更增添一分悠闲的动态之美。这里的"弄"是摆弄、赏玩的意思。而且这一"弄"字与"云破"的情形也有一种逻辑上的关系，都标明了当时风力的存在。盖风吹方能云破，风动花枝才能使花影随之摆动，"弄"字的拟人意味颇值得玩味。

两处句眼，虽然都是以动词带出境界，但意味各有不同。宋祁的"闹"只是一种感觉中的动态，并无喧闹的实际情形，兼有听觉的吵闹与视觉的拥挤两层意思；而张先的"弄"则是对一种实际动作的描摹，侧重在视觉的描写——虽然其中也包含作者内心的赏玩之意，但"弄"的动作是客观存在的。而就这两处句眼在篇中的意义而言，两者也有差异：宋祁由大自然春意之"闹"而感慨自己欢娱太少，红杏的"闹"从反面触发了其内心的寂寞，是先景后情；

张先则是先有了愁情笼罩，然后将愁情转移到花儿弄影的景象之中，是先情后景。刘熙载《艺概》将句眼看作全篇或全句的"神光所聚"，应该是契合王国维此则的语境的。

八

境界有大小，不以是而分优劣。"细雨鱼儿出，微风燕子斜"[1]，何遽不若"落日照大旗，马鸣风萧萧"[2]！"宝帘闲挂小银钩"[3]，何遽不若"雾失楼台，月迷津渡"[4]也！

[1]"细雨"二句：出自唐代诗人杜甫《水槛遣心二首》之一："去郭轩楹敞，无村眺望赊。澄江平少岸，幽树晚多花。细雨鱼儿出，微风燕子斜。城中十万户，此地两三家。" [2]"落日"二句：出自唐代诗人杜甫《后出塞五首》之一："朝进东门营，暮上河阳桥。落日照大旗，马鸣风萧萧。平沙列万幕，部伍各见招。中天悬明月，令严夜寂寥。悲笳数声动，壮士惨不骄。借问大将谁，恐是霍嫖姚。" [3]"宝帘"句：出自北宋词人秦观《浣溪沙》："漠漠轻寒上小楼。晓阴无赖似穷秋。淡烟流水画屏幽。 自在飞花轻似梦，无边丝雨细如愁。宝帘闲挂小银钩。" [4]"雾失"二句：出自北宋词人秦观《踏莎行》："雾失楼台，月迷津渡。桃源望断无寻处。可堪孤馆闭春寒，杜鹃声里斜阳暮。 驿寄梅花，鱼传尺素。砌成此恨无重数。郴江幸自绕郴山，为谁流下潇湘去。"

【评】

此则言说境界之整体、阔大与局部、细小之关系，涉及情与景两个方面。

境界之大小，与造境与写境、有我之境与无我之境一样，也是王国维境界分类学的内涵之一。但王国维将无我之境与有我之境隐然区分出高下，此处境界大小之分则明确排除了优劣的轩轾，所以其境界分类既有平行分类，也有高下分类。所谓境界之"大"，主要是指意象宏大、格局开阔、情感粗放之境；境界之"小"，则指意象精巧、视点集中、情感细腻之境。此在诗歌方面尤为明显。王国维所举杜甫"落日照大旗，马鸣风萧萧"之句，本身就是描写其在塞上军营所见，自然别有一番苍茫壮阔之气象；而所举"细雨鱼儿出，微风燕子斜"之句则是水槛遣心之作，故描写微风细雨之中，鱼儿轻跃、燕子斜飞之景色，以此来表现其闲淡之心思。这种对于不同意象和整体景象的取舍，其实与杜甫本人的不同心态有关，所以形诸笔墨，就有了境界大小之分别。

与所举诗句侧重于以动态之景象而体现出境界之大小不同，王国维所举词句偏于静态之景象。因为词体"要眇宜修"的体制所限，所以其境界大小与诗歌境界之大小并不完全类似。词境之小，主要表现在由意象的精致与闲适的心态所共同构成的静态的气象，如宝帘、银钩之精致，"闲挂"之"闲"，都可以佐证这一说法；而词境之大，则主要体现在意象的浑成和联想空间之巨大方面，所以不一定具有壮阔的意象，如楼台与津渡整体隐没在月色和雾气之中，不见壮阔，反见浑成和隐约，增人遐思。这与王国维强调"诗之境阔，词之言长"的诗词之分别，也可以直接呼应起来。但无论是诗境之大小，还是词境之大小，都只是缘于不同的情感状态而取不同的意象而已，其间确实不宜区别高下。

九

严沧浪[1]《诗话》谓："盛唐诸公，唯在兴趣。羚羊挂角，无迹可求。故其妙处，透澈玲珑，不可凑拍。如空中之音、相中之色、水中之影、镜中之象，言有尽而意无穷。"[2] 余谓：北宋以前之词，亦复如是。然沧浪所谓兴趣，阮亭[3] 所谓神韵，犹不过道其面目，不若鄙人拈出"境界"二字，为探其本也。

[1] 严沧浪：即严羽（1192？—1265？），字仪卿，又字丹丘，自号沧浪逋客，福建邵武人，著有《沧浪诗话》等。 [2]"盛唐诸公……言有尽而意无穷"数句，出自南宋诗论家严羽《沧浪诗话》："盛唐诸人，唯在兴趣。羚羊挂角，无迹可求。故其妙处，透彻玲珑，不可凑泊，如空中之音、相中之色、水中之月、镜中之象，言有尽而意无穷。"王国维或凭记忆援引，故与原文颇有出入，如"人"作"公"，"彻"作"澈"，"泊"作"拍"，"月"作"影"，等。 [3] 阮亭：即王士禛（1634—1711），字子真，又字贻上，号阮亭，晚号渔洋山人，因避清世宗讳，而改名士祯，新城（今山东桓台）人。著述繁多，后人将其论诗之语汇辑为《带经堂诗话》。

【评】

此则比较境界说与严羽"兴趣"说、王士禛"神韵"说之本末关系，为第一则以境界为"最上"之说张本。

王国维在这一则一方面提出文学之本末问题，另一方面也梳理了境界说的事实渊源。其援引严羽论盛唐诗人之语，宗旨在将"言有尽而意无穷"的兴趣说作为境界说的来源昭示出来。严羽所谓兴趣，是指称诗歌的艺术本质及基本特征，它是诗歌兴象与情致圆满结合之后所产生的情趣和韵味。严羽是从盛唐诗人的诗歌创作中总结出这一审美特征的。王士禛的神韵说是在对司空图诗味说和严羽兴趣说"别有会心"的基础上形成的，它以冲淡清远为宗，追求味外味的美学旨趣。在中国诗论史上，司空图、严羽和王士禛是一脉相承的，王国维的境界说踵此而起，其实也可纳入这一诗学源流中来。

　　问题是，王国维在梳理这一理论源流的同时，虽然也看到了兴趣、神韵与境界说之间的关系，但在话语上并不认同兴趣、神韵的说法，认为这些话语不过是对文学外在特性的概括，而境界才是深入文学本质的理论话语。王国维的这一本末之论其实并不涉及三说在内涵上的区别，只是立足于话语本身的涵盖性和针对性而言。因为他整段援引严羽论盛唐诗人之语，其实就是为"兴趣"二字下一注脚而已，而王士禛的神韵说与严羽兴趣说意旨相近，故他不烦再引录王士禛的原话，这实际上意味着王国维在审美观念上对严羽、王士禛二人的认同。本末之说，应该回到"话语"的层面才能对王国维有更多的"同情之了解"。

　　王国维既在开篇第一则提到五代北宋词之"独绝"在有境界，而在此引录严羽之语后接言"北宋以前之词，亦复如是"，这实际上已经直言"兴趣"与"境界"相通。只是"境界"二字在他人虽偶尔使用，而王国维则拈以作为论词之纲，并就境界的内涵及分类一一缕述，使这一被他人忽略的范畴被重新激活新的内涵，并以此取代此前的相关范畴。从这一意义上理解王国维的"鄙人拈出"四字，就能接受王国维言语之中的自负自得之意了。

一〇

　　太白[1]纯以气象胜。"西风残照，汉家陵阙"[2]，寥寥八字，遂关千古登临之口。后世唯范文正[3]之《渔家傲》[4]，夏英公[5]之《喜迁莺》[6]，差足继武，然气象已不逮矣。

　　[1]太白：即李白（701—762），字太白，号青莲居士。祖籍陇西成纪（今属甘肃省），出生于西域，五岁时随父入蜀，居绵州彰明县（今四川省江油县）。相传为李白所作词有18首。其中《菩萨蛮》（平林漠漠烟如织）、《忆秦

娥》（箫声咽）被宋代黄升誉为"百代词曲之祖"。 [2]"西风"二句：出自唐代诗人李白《忆秦娥》："箫声咽。秦娥梦断秦楼月。秦楼月。年年柳色，灞陵伤别。 乐游原上清秋节。咸阳古道音尘绝。音尘绝。西风残照，汉家陵阙。" [3]范文正：即范仲淹（989—1052），字希文，谥文正。吴县（今属江苏省）人。存词5首，《彊村丛书》录为《范文正公诗余》一卷。 [4]范仲淹《渔家傲·秋思》："塞下秋来风景异。衡阳雁去无留意。四面边声连角起。千嶂里。长烟落日孤城闭。 浊酒一杯家万里。燕然未勒归无计。羌管悠悠霜满地。人不寐。将军白发征夫泪。" [5]夏英公：即夏竦（985—1051），字子乔，江州德安（今属江西省）人。封为英国公。著有《文庄集》一百卷，不传。《全宋词》录其词一首。 [6]夏竦《喜迁莺令》："霞散绮，月垂钩。帘卷未央楼。夜凉银汉截天流。宫阙锁清秋。 瑶台树。金茎露。凤髓香盘烟雾。三千珠翠拥宸游。水殿按凉州。"

【评】

此则虽言"气象"，而实言境界之"大"，乃将境界说与传统气象说对应而论。

气象是传统文论范畴，严羽论诗法五种，第三种即为气象。但王国维此处所论气象实际上类似于境界之"大"。无论是李白的《忆秦娥》之"西风残照，汉家陵阙"，还是范仲淹的《渔家傲》、夏竦《喜迁莺令》，都表达了一种颇为壮阔的风格。李白以秋风夕阳与汉代帝陵的意象组合，表达了一种苍茫的穿越时空的情感力度；范仲淹的《渔家傲》表现边塞风景的边声不断和高山连绵以及将士豪情与抑郁兼具的心理特征；夏竦《喜迁莺令》表达对历史兴亡的独特感慨，都带有或沉郁或雄浑的艺术风格。王国维将三词合并而论，正是看出他们在气象上的相似性。

但王国维对三词的轩轾也是很明确的。他认为"西风残照，汉家陵阙"，即就登临抒怀而言，已臻极致，后人自是难以超越，并超越之心也可息绝，因为词中表现的乃是超越生命个体而带有普遍意义的生命悲歌；范仲淹身在边塞，故其所见所感，乃是立足边塞将士这一基本立场，虽也超越个体，但仍有一定的范围限制；夏竦乃是以个人眼光来看待历史兴废。就三词的意义涵摄和书写立场而言，确实呈现出不断收缩、递减的态势。三者均着力表达悲情，且视域总体比较深广，此是三词之所同。但从悲情的具体内涵和视域所辖范围来看，范仲淹和夏竦之作与李白之作相比，确实有气象不逮之感。王国维的感受是敏锐而细腻的。

一一

张皋文[1]谓飞卿[2]之词"深美闳约"[3]。余谓此四字唯冯正中[4]足以当之。刘融斋[5]谓飞卿"精艳绝人"[6]，差近之耳。

[1] 张皋文：即张惠言（1761—1802），字皋文，号茗柯，武进（今属江苏省）人。著有《茗柯文编》等，词集名《茗柯词》，与其弟张琦编有《词选》，为常州词派的经典词选。 [2] 飞卿：即温庭筠（约801—866），本名岐，字飞卿，太原祁（今属山西省）人。其词有后人辑本《金荃词》一卷，词风香软，为花间词派之鼻祖。 [3] 深美闳约：出自清代词学家张惠言《词选序》："自唐之词人，李白为首……而温庭筠最高，其言深美闳约。" [4] 冯正中：即冯延巳（903—960），又名延嗣，字正中，广陵（今江苏省扬州市）人，著有《阳春集》，为其外孙陈世修辑录，存词119首。 [5] 刘融斋：即刘熙载（1813—1881），字伯简，号融斋，兴化（今属江苏省）人。著有《昨非集》，中录词一卷，30首。另著有《艺概》，卷四《词曲概》为论词曲专卷。 [6] 精艳绝人：出自清代词论家刘熙载《艺概·词曲概》："温飞卿词精妙绝人，然类不出乎绮怨。"王国维引文误"妙"为"艳"。

【评】

此则比较张惠言、刘熙载论温庭筠词之不同，实际揭出冯延巳"自有高格"，而具体落在"深美闳约"四字之上。

此则评论温庭筠与冯延巳二人之词风，看似斟酌旧说，实质上包含着王国维的审美倾向。张惠言在《词选序》中把温庭筠作为词体的典范，许以"深美闳约"四字。所谓"深美闳约"兼含内容上的精深宏大和艺术上的简约美赡，张惠言评论温庭筠《菩萨蛮》诸词具有"感士不遇"的寄托深意，即可看出其深美闳约的部分内涵指向。但王国维并不接受张惠言这种索隐式的解词方式，认为如此深文罗织反而遮蔽了词的审美意义。况且他也不认为温庭筠词具有如此深重的主题，他转以刘熙载的"精艳绝人"来为温庭筠词定论，肯定其具有过人的精妙、艳丽，而未必具有内容上的深闳了。王国维的这一纠正看似只针对一个温庭筠，其实是对张惠言常州词派相关理论的一种强势反拨。

但王国维不赞成张惠言以"深美闳约"评定温庭筠，并不意味着对深美闳约这一词体体性的不认同，他只是认为温庭筠不堪当此四字而已。在王国维看来，只有五代冯延巳的词才"足以当之"。温庭筠的词毕竟多类青楼歌宴之作，而冯延巳既身居高位，又经历南唐政治的频繁起伏，所以他的词便多少突破了传统路子，而呈现出比较开阔的格局，也内蕴了一种士大夫情怀。刘熙载《艺概》曾说："冯延巳词，晏同叔得其俊，欧阳永叔得其深。"冯延巳词的俊美深至是得到后世许多词学家肯定的，王国维也是其中之一。值得注意的是，王国维对冯延巳词用心颇深，曾手抄其《阳春集》以作诵读之资。可能正是在这种反复的涵泳中，他体会到冯延巳词的独特魅力。

一二

"画屏金鹧鸪"[1]，飞卿语也，其词品似之；"弦上黄莺语"[2]，端己[3]语也，其词品亦似之；正中词品，若欲于其词句中求之，则"和泪试严妆"[4]，殆近之欤？

[1]"画屏"句：出自唐代词人温庭筠《更漏子》："柳丝长，春雨细。花外漏声迢递。惊塞雁，起城乌。画屏金鹧鸪。　香雾薄，透重幕。惆怅谢家池阁。红烛背，绣帘垂。梦君君不知。"　[2]"弦上"句：出自五代词人韦庄《菩萨蛮》："红楼别夜堪惆怅，香灯半卷流苏帐。残月出门时，美人和泪辞。　琵琶金翠羽，弦上黄莺语。劝我早归家，绿窗人似花。"　[3]端己：即韦庄（约836—910），字端己，京兆杜陵（今属陕西省西安市）人，唐代诗人韦应物四世孙。其词与温庭筠并称"温韦"。著有《浣花集》，乃其弟韦蔼所编。　[4]"和泪"句：出自南唐词人冯延巳《菩萨蛮》："娇鬟堆枕钗横凤，溶溶春水杨花梦。红烛泪阑干，翠屏烟浪寒。　锦壶催画箭，玉佩天涯远。和泪试严妆，落梅飞晓霜。"

【评】

此则各以名句回评各人词品，乃综合格调与名句二者之关系而言。

以词人之词句还评词人之风格，这种摘句批评的方法颇堪玩味。此则评说温庭筠、韦庄、冯延巳三人，而各取其词句形容其词风，王国维当别有会心处。"画屏金鹧鸪"乃温庭筠《更漏子》词句。《更漏子》词写春夜闺思，以塞雁、城乌的惊起与画屏鹧鸪的漠然形成对比，表达一种怨慕之意。"弦上黄莺语"乃韦庄《菩萨蛮》词句。《菩萨蛮》词写韦庄早年红楼别之情形及别后相思，弦上黄莺之语其实是劝韦庄早日归家之意，写出了一种别情和归思。冯延巳的《菩萨蛮》也是写闺情，"和泪试严妆"一句虽亦写悲怀，但更着重表现自我珍惜之意。三词主题虽然相近，但其实有着怨慕、归思与自赏的不同。

但王国维各拈词句评论词人未必考虑到词的整体内容和语境，而当有其一己之体认。试略加推想："画屏金鹧鸪"或喻其意象精致富丽，但其实并无生气；"弦上黄莺语"或喻其音节婉转清脆，但其实与情景之真终隔一层；"和泪试严妆"则悲情抑郁之中自有庄重之心。王国维论词以境界为最上，而境界又独重真感情与真景物，温庭筠与韦庄之句皆非"真"景物，而冯延巳之句则是"真"感情。所以王国维看似并列三人以论，未下褒贬，但对勘其境界说的有关内涵，则臧否仍是明显的。只是王国维以这样一种方式来描述词品，确实有些不容易体会。顾随《人间词话评点》称这种方式"最为的当"，此或许可为知者言，而其实是难以为众多读者所领悟的。

一三

南唐中主[1]词"菡萏香销翠叶残，西风愁起绿波间"[2]，大有众芳芜秽、美人迟暮[3]之感。乃古今独赏其"细雨梦回鸡塞远，小楼吹彻玉笙寒"[4]，故知解人正不易得。

[1] 南唐中主：即李璟（916—961），本名景通，后改名璟，字伯玉，徐州（今属江苏省）人。史称南唐中主。李璟存词四首，与后主李煜有《南唐二主词》传世。　[2]"菡萏"二句：出自南唐词人李璟《摊破浣溪沙》："菡萏香销翠叶残，西风愁起绿波间。还与韶光共憔悴，不堪看。　细雨梦回鸡塞远，小楼吹彻玉笙寒。多少泪珠何限恨，倚阑干。"　[3] 众芳芜秽、美人迟暮：出自屈原《离骚》"哀众芳之芜秽""恐美人之迟暮"。　[4]"古今独赏"

句：马令《南唐书》冯延巳传云："元宗乐府词云'小楼吹彻玉笙寒'，延巳有'风乍起，吹皱一池春水'之句，皆为警策。元宗尝戏延巳曰：'"吹皱一池春水"，干卿何事？'延巳曰：'未如陛下"小楼吹彻玉笙寒"。'元宗悦。"又胡仔《苕溪渔隐丛话》前集卷五十九引《雪浪斋日记》云："荆公问山谷云：'作小词曾看李后主词否？'云：'曾看。'荆公云：'何处最好？'山谷以'一江春水向东流'为对。荆公云：'未若细雨梦回鸡塞远，小楼吹彻玉笙寒。'"按，王安石误将李璟词作为李煜词。

【评】

此则承"深美闳约"而论，以李璟词句为例说明境界之宏阔深远。

在解词方式上，王国维虽然反对张惠言的深文罗织，但并不反对在中国文化背景之下进行合理的联想与想象。此则引用李璟"菡萏香销翠叶残，西风愁起绿波间"词句，并与屈原《离骚》中"哀众芳之芜秽""恐美人之迟暮"之意作直接对应，就体现了王国维的这一解词理念。"菡萏"两句字面上写秋风对荷花和荷叶的摧残，但李璟特别提到香销的是"菡萏"，即尚未开放的荷花，残损的是"翠叶"，即尚未完全长成的荷叶。这些珍贵而稚嫩的自然之物在季节更替之际被无情毁灭，确实带有一些悲剧意味。屈原在《离骚》中哀叹众芳之凋零，忧虑美人之迟暮，其与李璟对菡萏、翠叶的凋零和忧虑，确实可以联想而及。再说屈原本身就是以香草美人作为基本喻体的，所以将李璟词中的菡萏、翠叶作为一种喻体，是有充分的中国传统语境的。

王国维在正面立说的情况下，对历史上若干学人对李璟此词忽略"菡萏"两句，而特别垂青"细雨梦回鸡塞远，小楼吹彻玉笙寒"两句表达了怀疑和不满。冯延巳和王安石都认为"细雨"两句"警策"，应该是认为这两句从梦前小雨到梦中鸡塞到梦后玉笙，以时空的跨度来对比梦中与梦后情感上的巨大落差，实际上表达了李璟与时光"共憔悴"的心情。两句不仅对仗工整，而且语言高度简练准确，其表现力也是颇为突出的。但平心而论，若讲究词句的感发力量之强大的话，"菡萏"两句确实要胜出"细雨"两句。王国维锐眼识出"菡萏"两句的胜义，与他此前钻研中西哲学、认真探讨过人生意义的经历有着一定的关系。

一四

温飞卿之词，句秀也；韦端己之词，骨秀也；李重光[1]之词，神秀也。

[1] 李重光：即李煜（937—978），字重光，初名从嘉，自号钟隐，又号莲峰居士，徐州（今属江苏省）人。南唐中主李璟第六子，世称南唐后主。存词30余首，与其父李璟汇刻为《南唐二主词》。

【评】

此则以"秀"分论温庭筠、韦庄和李煜三人，言说句秀、骨秀与神秀之差异，乃体现从语言到结构再到神韵之递进关系也。

在三人的对照、比较中见出异同，这是王国维常见的撰述思路。如第一二则各以词句评价温庭筠、韦庄和冯延巳，此则在温庭筠、韦庄和李煜三人之间权衡高下。然正如其在温、韦、冯三人权衡之间落笔在冯延巳身上一样，此则落笔，则在李煜身上。第一三则乃论李璟，此则论及李煜，就词史发展来看，也是自然之事。从这一则开始，李煜的地位逐渐上升，并隐然有取代冯延巳之势。王国维在撰述中调整其词学思想的痕迹清晰可辨。

句秀、骨秀、神秀之说，颇为抽象，不易把握。然在王国维的价值判断中，"三秀"呈递进之势，应无疑义。按照刘勰《文心雕龙·隐秀》"秀者，篇中之独拔""秀以卓绝为巧"之说，无论是温庭筠、韦庄，还是李煜，其篇中都有独拔众类之巧思名句，当是他们的共同特色，这也是王国维可以将三人相并而论的前提所在。试推测王国维之意，其所谓温庭筠词"句秀"，当是其"秀"在句之意，因为温庭筠擅长练句是得到公认的。不过，在王国维看来，温庭筠句秀的意义大都限于本句，往往无关乎全篇，故虽也堪称独拔、卓绝，意义终归有限；韦庄词雅擅叙事，脉络井井，故其秀句可以映照全篇，是其秀在骨，骨者，结构之谓也；李煜虽然秀句琳琅，但因为思虑深沉，故其秀句的意义不仅关合整篇，而且往往越出本篇，揭示出许多人生的本质性问题。王国维"三秀"之说，堪称烛照隐微，其会心处真有不可形容者在焉。

一五

词至李后主而眼界始大，感慨遂深，遂变伶工之词而为士大夫之词。周介存[1]置诸温、韦之下[2]，可为颠倒黑白矣。"自是人生长恨水长东"[3]，"流水落花春去也，天上人间"[4]，《金荃》《浣花》[5]，能有此气象耶？

[1]周介存：即周济（1781—1839），字保绪，一字介存，晚号止庵，荆溪（今江苏省宜兴市）人。清代常州派重要词论家、词人，著有《味隽斋词》等，编选有《词辨》《宋四家词选》等。　[2]周济《介存斋论词杂著》云："李后主词如生马驹，不受控捉。毛嫱、西施，天下美妇人也。严妆佳，淡妆亦佳，粗服乱头，不掩国色。飞卿，严妆也；端己，淡妆也；后主则粗服乱头矣。"　[3]"自是"句：出自南唐词人李煜《相见欢》："林花谢了春红。太

匆匆。无奈朝来寒雨晚来风。　　胭脂泪。留人醉。几时重。自是人生长恨水长东。"　　[4]"流水"句：出自南唐词人李煜《浪淘沙》："帘外雨潺潺。春意阑珊。罗衾不耐五更寒。梦里不知身是客，一晌贪欢。　　独自莫凭栏。无限江山。别时容易见时难。流水落花春去也，天上人间。"　　[5]《金荃》《浣花》：《金荃集》，乃温庭筠诗文集，而非词集，词亦未附录在后，后人辑录温庭筠词，遂以《金荃词》名之。《浣花集》为韦庄诗集，王国维、刘毓盘等辑录韦庄词，遂以《浣花词》名之。王国维此则乃以《金荃》《浣花》指代温庭筠、韦庄二人之词。

【评】

此则呼应境界说，以李煜为例说明"格调"之高远。

此则在学理上承续前则"三秀"之说，重点在诠释李煜"神秀"的内涵。扬李煜而抑温庭筠、韦庄之意，也与上一则相似。在李煜之前，词之创作或出伶工之手，或由文人代伶工之口吻而作，离别相思或艳情者居多。李煜乃一国之君，又身经亡国，这种极盛极衰的剧变，令他眼界开阔而感慨深沉，故其词往往结合自己的人生体悟而写，将此前冯延巳开拓的"堂庑"继续向深广方向发展，词体也由此而渐趋尊崇。这是王国维在考察词史的过程中对李煜特加垂青的原因所在。

王国维在这一则所举的"自是人生长恨水长东"和"流水落花春去也，天上人间"分别出自其《相见欢》《浪淘沙》二词，都写于降宋之后。词中既描写了无力抗对人生长恨的悲慨，又描写了对自然更替的万般无奈。实际上不仅李煜有这样的悲慨和无奈，世间之人也都持这样一份情怀，所以李煜所表达的这一份情感厚度以及因这种情感厚度而呈现出来的博大气象，自然是一般人所难以企及。王国维说温庭筠、韦庄无此气象，并非苛论。因为句秀、骨秀与神秀相比，毕竟是等而下之了。

值得注意的是，王国维此则似乎是针对周济之论而发。周济在

《介存斋论词杂著》中把温庭筠比喻为"严妆",将韦庄比喻为"淡妆",而将李煜比喻为"粗服乱头",如不受控捉的生马驹,实际上是把李煜词置于温庭筠和韦庄之上的。观周济词论,其将三人合并考量高下,仅此一处。王国维何以得出周济将李煜置于温、韦之下的结论?殊困人思。

一六

词人者,不失其赤子之心者也[1]。故生于深宫之中,长于妇人之手,是后主为人君所短处,亦即为词人所长处。

[1]"词人者"二句:出自王国维在《叔本华与尼采》一文中引用叔本华之语云:"天才者,不失其赤子之心者也。盖人生至七年后,知识之机关即脑之质与量已达完全之域,而生殖之机关尚未发达。故赤子能感也,能思也,能教也。其爱知识也较成人为深,而其受知识也,亦视成人为易。"

【评】

此则言说李煜之真朴,正契合词体之所需。

继续诠释李煜的"神秀"。前两则提出李煜之神秀及其具体表现,这一则追寻其何以神秀的原因。王国维撰述词话,经常以连续数则,从不同方面解说同一话题的内容特色。此相连三则,正可合并而看。王国维提出了词人的本色问题,葆有一颗赤子之心,是李煜大过人处。因为李煜自幼生长于深宫,周围亦以女性为多,深宫的单一和女性的单纯便不可避免地影响到李煜的性格和思想。这种单一和单纯使他不能很好地履行国君的职责,以应对纷繁复杂的政治局面,尤其在统治南唐的时期,他所面临的压力堪称巨大。李煜的进退无据，使南唐在周围诸国渐趋强大之时，不免呈现出衰落之势，并最终为宋朝所灭。李煜治国之无方，乃是不可否认的历史事实。

但李煜性格中的单一醇厚之质以及对文学艺术的精通，也使他把更多的精力转移到文艺方面，使他的才能在另外一个天地发挥出来。在词这一文体中，李煜堪称词帝而允无愧色。当一般诗人困于互相关系、彼此限制的"自然之物"，而无法将这种关系、限制予以清除之时，李煜只需秉持澄澈之心灵，随意择取，已直抵物性的本质层面。故其观物也真，思虑也纯，再辅以其天纵之才能，自然能成就一番文学上之伟业。

"赤子之心"其实是中西哲学、文论共同关注的话题。如叔本华便将赤子之心视为天才的基本特征，而孟子所谓的"大人"、袁枚心目中的"诗人"也都是以"赤子之心"为主要内涵。因为心思没有被种种社会关系、限制所污染，故能呈天真烂漫之状。王国维提出境界而讲究"真感情"，像李煜这类葆有赤子之心的词人，自然是最契合这一标准的。

一七

客观之诗人，不可不多阅世。阅世愈深，则材料愈丰富，愈变化，《水浒传》[1]、《红楼梦》[2]之作者是也。主观之诗人，不必多阅世。阅世愈浅，则性情愈真，李后主是也。

[1]《水浒传》：明代章回体长篇小说，一般认为其作者是施耐庵。　[2]《红楼梦》：清代章回体长篇小说，一般认为其作者是曹雪芹、高鹗。

【评】

此则仍以李煜为例，言说词体与真性情之关系，并因此言说描写内在性情与描写外在社会对诗人的不同要求。

在连续三则以李煜为主体的词话之后，将李煜与其他文人的区别上升为主观之诗人与客观之诗人两大类型，而其立论重点仍在为李煜张目上。主观之诗人与客观之诗人的分类源自西方哲学家如叔本华等，主要依据抒情诗与叙事诗的文体类型而有此分类。中国明清时期产生的两部长篇小说《水浒传》和《红楼梦》，在西方的文体语境中，可以归入叙事文学一类，而传统诗词则归入抒情文学之类。叙事文学讲究反映现实生活的深广世界，追求题材和内容的丰富和复杂性，所以其作者需要有丰厚的阅世经历和大量的创作素材，而且这些经历和素材愈纷繁变化，便愈能为真实、全面、深刻地反映世界和人生提供充分的基础。《水浒传》和《红楼梦》虽分别以梁山英雄和四大家族为重点描写对象，但从中反映折射出的正是其所处时代的一个缩影，如果作者见闻不广、思虑不深、判断不明，要深度驾驭这样的题材显然是不可能的。

所谓主观之诗人，即是以抒情为基本手段的诗人。情感的丰富虽然也与阅世有一定的关系，但阅世浅的诗人才有可能将最原始、最单纯同时也是最本质的感情表现出来。如果将这样一种"真"性情置于丰富的阅世经验的基础之上，则诗人在表现这种感情时，会以所谓阅世的经验来改变甚至扭曲性情，以适应世俗习惯、规则的要求。如此，欲以诗歌去震撼人心，去直达读者的心底，就勉为其难了。所以主观之诗人与客观之诗人的区分确实包含着一定的合理性。但截然划为两途，也必然存在着绝对化的问题，因为如何在阅世的基础上葆有真性情，也是一个可供探讨的问题。王国维援引这一分类，其要旨不过在为推崇李煜而提供一种理论背景而已。

一八

尼采[1]谓：一切文学，余爱以血书者。[2]后主之词，真所谓以血书者也。宋道君皇帝[3]《燕山亭》词[4]亦略似之。然道君不过自道身世之戚，后主则俨有释迦[5]、基督[6]担荷人类罪恶之意，其大小固不同矣。

[1] 尼采（1844—1900），德国哲学家，著有《悲剧的诞生》《查拉图斯特拉如是说》等。　[2] "一切"二句：出自尼采《苏鲁支语录》云："凡一切已经写下的，我只爱其人用其血写下的。用血写书，然后你将体会到，血便是精义。"　[3] 宋道君皇帝：即赵佶（1082—1135），即宋徽宗，1100—1125年在位。因被尊为教主道君太上皇帝，故有"宋道君"之称。近人曹元忠辑有《宋徽宗词》。　[4] 宋徽宗（道君）《燕山亭·北行见杏花》："裁剪冰绡，轻叠数重，淡着燕脂匀注。新样靓妆，艳溢香融，羞杀蕊珠宫女。易得凋零，更多少无情风雨。愁苦。闲院落凄凉，几番春暮。　　凭寄离恨重重，这双燕，何曾会人言语。天遥地远，万水千山，知他故宫何处。怎不思量，除梦里有时曾去。无据。和梦也、新来不做。"　[5] 释迦：即释迦牟尼（前565—前486），简称释迦，乃佛教始祖。本姓乔答摩，名悉达多。释迦是其种族名，意思是"能"；牟尼意思是"仁""儒""忍""寂"。释迦牟尼合起来就是"能仁""能儒""能忍""能寂"等，也即"释迦族的圣人"之意。他是古印度北部迦毗罗卫国（今尼泊尔境内）的王子。在29岁时，释迦牟尼有感于人世生、老、病、死等诸多苦恼，遂舍弃王族生活，出家修行。35岁时，他在菩提树下大彻大悟，遂创立佛教，随即在印度北部、中部恒河流域一带传教。今佛教为世界三大宗教之一。　[6] 基督：即耶稣基督。基督是"基利斯督"的简称，意思是上帝差遣来的受膏者。耶稣出生之年被定为公元纪年的开始，教会并以耶稣出生的12月25日为圣诞节。耶稣自称是上帝的儿子，以肉身来到人世，担负着救世主的职责。基督教的经典是《圣经》，由《旧约全书》和《新约全书》两部分组成。十字架是基督教的标志。基督教也是当今世界三大宗教之一。

【评】

此则比较宋徽宗与李煜二人词风之不同，以境之大小呼应境界之有我与无我之说。

仍是为李煜的"神秀"诠释其内涵。所谓"以血书者"就是出于至性至情的文字，而且这种至性至情之中必须包含着人类共用的性情——特别是悲情。王国维援引尼采之语，只是为其"真感情"之说添一佐证而已。因为李煜词正是由心底流出的血性文字，堪称人类情感的"精义"，故与尼采之说彼此衬合。

李煜在降宋后所作词，比较典型地体现了"以血书者"的内涵。如《虞美人》（春花秋月何时了）一词将人生短暂和自然永恒的矛盾揭示得至为清晰而深刻，同时李煜把自己无法解决这一矛盾之后所陷入的无穷的悲愁也尽泻笔端，毫不掩饰自己愁情万斛、但求速死之心。而宋徽宗的《燕山亭·北行见杏花》虽然也写了在暮春风雨、群花凋零之际引发的"故宫何处"的感慨，但只是一个帝王的感慨而已，带有明显的个人化倾向。在追怀往日、悲情难禁上，宋徽宗与李煜有相似之处，但宋徽宗更多地停留在个人故国的情怀，而李煜则在此基础上感悟出人生的渺小、短暂与自然的伟大、永恒之间的强烈对比，这种感悟已经超越了李煜一人之所感所想，其实是全人类共同面临的问题。所以王国维认为李煜这类词具有宗教一般的情怀，就像耶稣基督与释迦牟尼承担人类罪恶并救赎人类一样，具有直抵人心、启人慧心之意义。这与王国维评价李煜词"眼界始大，感慨遂深"，其实是彼此呼应的。因为王国维在《人间嗜好之研究》一文中已经提出真正的大诗人要"以人类之感情为其一己之感情"的问题。李煜的境界之"大"与宋徽宗的境界之"小"由此而成为鲜明的对比。

一九

冯正中词虽不失五代风格，而堂庑特大，开北宋一代风气。与中、后二主词皆在《花间》[1]范围之外，宜《花间集》中不登其只字也。

[1]《花间》：即《花间集》，五代后蜀赵崇祚编，欧阳炯序，以蜀人为主，共选录温庭筠、韦庄等晚唐五代18人500首词，是现存最早的一部文人词选本。

【评】

此则言说冯延巳在词史上乃是从五代至北宋之关键人物，其格局奠定北宋词之方向，并因此与李璟、李煜共同区别于《花间集》之狭小格局。

王国维此前以"深美闳约"评冯延巳，此再以"堂庑特大"相评，大旨在肯定冯延巳在词史发展中的转折意义。所谓"五代风格"，其实主要即指以《花间集》为代表的词风，以春花秋柳写绮旎之情，月下樽前是基本意象，相思离别是基本主题。今检《阳春集》，类似作品确实不少，这是冯延巳"不失"五代风格之处，此盖缘于其生活年代与生活方式大体相近之故也。所以王国维语境中的"五代风格"正是指向"花间"词风的。

晚唐五代词的繁盛，除了有以蜀地为代表的花间词派之外，还有以李璟、李煜、冯延巳为代表的南唐词派。与花间词派中的词人多身居下僚不同，南唐词派则以帝王和重臣为主要角色。这种身份和角色的不同，自然意味着生活方式和眼界的差异。王国维看出李璟、李煜与冯延巳"皆在《花间》范围之外"，其实就是从整体上看出了南唐词风对花间词风的转变和突破意义。但因此而将这种风格的差异看作不为《花间集》所收录的原因，却属无谓。因为《花间集》本身就是收录蜀人或曾经在蜀地任职的词人词作为范围的，南唐诸人即在地望上也不符合《花间集》的收录标准，更遑论风格的不同了。

如果说李煜的词"眼界始大，感慨遂深"的话，冯延巳的词同样有这样的特色，而且冯延巳年长于李煜，所以就转变词风的肇始而言，冯延巳应该是更值得关注的人物。只是李煜的变革成就更突出，影响更大而已。冯延巳的词比较多地突破传统题材，侧重写自我的心境，而且其所写的感情往往并不具体，只是描述一种感情的意境而已。如其《鹊踏枝》（谁道闲情抛掷久）只是反复描写了一种"闲情"的纠缠情形，至于这种闲情的具体内涵，一直闪烁其词，未曾明说，所以留给读者的想象空间也很大。"堂庑"云云，正是针对这一特点而言的。至于冯延巳词对北宋词的影响，乃是词学史上公认的事实。刘熙载《艺概·词曲概》云："冯延巳词，晏同叔得其俊，欧阳永叔得其深。"言之已颇为分明。则王国维将冯延巳作为五代与北宋词风交替之际带有标志性的人物，是有很充分的学理依据的。

二〇

正中词除《鹊踏枝》《菩萨蛮》十数阕[1]最煊赫外，如《醉花间》之"高树鹊衔巢，斜月明寒草"[2]，余谓韦苏州[3]之"流萤渡高阁"[4]，孟襄阳[5]之"疏雨滴梧桐"[6]不能过也。

[1]《鹊踏枝》《菩萨蛮》十数阕：即冯延巳《阳春集》收录《鹊踏枝》14首、《菩萨蛮》9首，量多不备录。　　[2]"高树"二句：出自南唐词人冯延巳《醉花间》："晴雪小园春未到。池边梅自早。高树鹊衔巢。斜月明寒草。山川风景好。自古金陵道。少年看却老。相逢莫厌醉金杯，别离多，欢会少。"　　[3]韦苏州：即韦应物（约737—791），京兆万年（今陕西省西安市）人。中唐诗人。因曾任苏州刺史，故称韦苏州。　　[4]"流萤"句：韦应物《寺居独夜寄崔主簿》："幽人寂无寐，木叶纷纷落。寒雨暗深更，流萤度高阁。坐使青灯晓，还伤夏衣薄。宁知岁方晏，离居更萧索。"按，佛维补校未指出诸本多误"度"为"渡"。　　[5]孟襄阳：即孟浩然（689—740），襄阳（今湖北省襄樊市）人，世称孟襄阳。盛唐诗人。　　[6]"疏雨"句：典出唐王士源《孟浩然集序》："浩然尝闲游秘省，秋月新霁，诸英华赋诗作会。浩然句云'微云淡河汉，疏雨滴梧桐。'举座嗟其清绝，咸阁笔不复为继。"

【评】

此则继续隐以"深美闳约"推举冯延巳词，并以相似情景比较其与韦应物、孟浩然之差异。

与前面考量词人高低，多在词人之间权衡不同，这一则却在诗人与词人之间进行对比。王国维首先提到了冯延巳"最煊赫"的《鹊踏枝》14首和《菩萨蛮》9首，这些词比较集中地表达了冯延巳的词心词境，如《鹊踏枝》（谁道闲情抛掷久、秋入蛮蕉风半裂）、《菩萨蛮》（画堂昨夜西风过、金波远逐行云去）等，即已是词学上屡被称誉的作品了。换言之，这些作品正是王国维要以"深美闳约"来评价冯延巳的原因所在。

但王国维在这一则似乎换了角度，因为借以比较的都是写景之句。韦应物的"流萤度高阁"本是常见之景，但韦应物此时在寺庙萧索独居，又逢"寒雨暗深更"之时，故流萤的夜光对视觉的冲击力确实比较强烈，或者韦应物眼中的这只流萤在仓促之中飞向高阁，其实也不无自己的影子，故描写出这一情景来暗喻自身。孟浩然的

"疏雨滴梧桐"也是写秋景，但因为是秋月新霁，又逢士人聚会，赋诗相乐，故其在诗中表达了清绝之景和闲雅之意。所以韦应物、孟浩然之诗，本身已属上佳，尤其是孟浩然此诗，当时已令人有搁笔之叹了。

不过，在王国维看来，冯延巳与韦应物、孟浩然相比，更胜一筹。冯延巳《醉花间》乃写冬末之景，写高树上鹊儿衔草结巢，又将这一动作置于斜月映草的背景之中，一切显得那么自然。若无斜月映草，则鹊儿也难以衔草护巢，因为鹊儿正处"春未到"的冬天，而"高树"的寒冷更甚于地面。冯延巳在描写这一景象时，既注意到视觉景象，又在静态的背景中写出动态的意趣，而且斜月居上，高树居中，寒草居下，写景的层次十分清晰。同时流露出来的情感也是自然而然。朱熹曾评说韦应物此诗得"自在"之趣。相形之下，冯延巳的自在之趣似乎更在韦应物之上了。王国维如此高评冯延巳，或许内蕴着这样一种心态。

二一

欧九[1]《浣溪沙》词"绿杨楼外出秋千"[2]。晁补之[3]谓：只一"出"字，便后人所不能道。[4]余谓此本于正中《上行杯》词"柳外秋千出画墙"[5]，但欧语尤工耳。

[1] 欧九：即欧阳修（1007—1072），字永叔，号醉翁，晚号六一居士，吉州永丰（今属江西省）人。著有《欧阳文忠公文集》，内有长短句三卷，别出单行称《六一词》。又有词集《醉翁琴趣外篇》。 [2]"绿杨"句：出自北宋词人欧阳修《浣溪沙》："堤上游人逐画船，拍堤春水四垂天。绿杨楼外出秋千。 白发戴花君莫笑，六幺催拍盏频传。人生何处似尊前。" [3] 晁补之（1053—1110），字无咎，晚号归来子，济州巨野（今山东省）人。为"苏

门四学士"之一。其词师法苏轼，得其韵制，著有《晁氏琴趣外篇》。其《评本朝乐章》见于《侯鲭录》等记载，历评柳永、欧阳修、苏轼、黄庭坚、晏殊、张先、秦观七家词，颇具锐识。　　[4]"只一"句：出自北宋词人晁补之《评本朝乐章》："欧阳永叔《浣溪沙》云：'堤上游人逐画船，拍堤春水四垂天。绿杨楼外出秋千。'要皆绝妙。然只'出'一字，自是后人道不到处。"[5]"柳外"句：出自南唐词人冯延巳《上行杯》："落梅着雨消残粉，云重烟轻寒食近。罗幕遮香，柳外秋千出画墙。　　春山颠倒钗横凤，飞絮入帘春睡重。梦里佳期，只许庭花与月知。"

【评】

此则以境界之"出"续推冯延巳词，境界之外，复讲究语言之精工特性。

此则评说欧阳修用字之妙，隐含着以一"出"字而带出境界之意。王国维论境界不仅注重名句，也注重名句中的字眼，尤其是那种以一动词而使境界"全出"的艺术效果。

欧阳修"绿杨楼外出秋千"一句中"出"字之妙，率先由晁补之提出，并认为是他人难以道出者。然而，晁补之感受到其妙，却未说出何以为妙。王国维在这里虽也没有解释，但在《人间词话》的语境中，这一妙处其实是清楚的。即如他所说"红杏枝头春意闹"之"闹"字、"云破月来花弄影"之"弄"字一样，都是能以一个动词而将环境和氛围渲染出来。欧阳修此句乃是写在船上所见岸边之景，岸边杨柳、柳外小楼、楼外秋千，三种景物合成一幅静中有动的画面。这个"出"字将秋千的摆动对静态的杨柳与小楼的点缀一下子彰显，整个画面因此而灵动起来。所以，虽是一个简单的"出"字，实有点化情景之妙。王国维没有如分析"红杏"和"云破"句一样再点出"出"字的作用，是因为无需重复了。

王国维认为类似的用法，已先见于冯延巳的"柳外秋千出画墙"一句了，这是追溯同类意象与用字的渊源。但王国维也不得不承认，欧阳修的用法要更显工致。可能是冯延巳此句虽然也写了杨柳、画墙、秋千三种意象，但一者杨柳与画墙的结合不如欧阳修一句"绿杨"来得集中而浑成，再者"秋千出画墙"所形成的视觉效果就不仅仅是秋千，而是兼带有画墙的意象在内了，如此，便没有欧阳修"楼外出秋千"一句对秋千动态描写之集中。换言之，秋千之"出"在欧阳修的词句中，要更具有中心地位。

<h1 style="text-align:center">二二</h1>

梅舜俞[1]《苏幕遮》词："落尽梨花春事了。满地斜阳，翠色和烟老。"[2]刘融斋谓：少游一生似专学此种。[3]余谓：冯正中《玉楼春》词："芳菲次第长相续，自是情多无处足。尊前百计得春归，莫为伤春眉黛促。"[4]永叔一生似专学此种。

[1] 梅舜俞：即梅尧臣（1002—1060），字圣俞，王国维将"圣"误作"舜"，世称宛陵先生，宣州宣城（今属安徽省）人。有《宛陵先生文集》。《全宋词》存其词二首。　[2] "落尽"三句：出自北宋词人梅尧臣《苏幕遮·草》："露堤平，烟墅杳。乱碧萋萋，雨后江天晓。独有庚郎年最少。窣地春袍，嫩色宜相照。　接长亭，迷远道。堪怨王孙，不记归期早。落尽梨花春又了。满地残阳，翠色和烟老。"王国维将"又"误作"事"，将"残"误作"斜"。　[3] "少游一生"句：出自清代刘熙载《艺概》卷四《词曲概》："此一种似为少游开先。"乃是引录冯延巳此词后的评语。　[4] "芳菲"四句：出自南唐词人冯延巳《玉楼春》："雪云乍变春云簇。渐觉年华堪送目。北枝梅蕊犯寒开，南浦波纹如酒绿。　芳菲次第还相续。不奈情多无处足。尊前百计得春归，莫为伤春眉黛蹙。"王国维将"不奈"误作"自是"。按：此词未见于《阳春集》。《尊前集》作冯延巳词，不知何据。《阳春集》既不载，自难征信，当为欧作无疑。

【评】

此则以秦观学梅尧臣、欧阳修学冯延巳为例，说明词风之承续，而重点仍在冯延巳。

追源溯流是王国维撰述词话的基本方式之一。此则王国维言词风承传，从刘熙载对秦观师法梅尧臣的分析中受到启发，进而具体分析欧阳修对冯延巳的师法特色。这意味着刘熙载论词方式对王国维的直接影响。作为王国维词论的重要渊源之一，刘熙载的地位值得充分重视。

秦观仕途坎坷而性格颇为软弱，其词也因此多写悲情，尤其擅长写暮春的无奈与凄凉之意。王国维曾用"凄厉"来形容秦观词的情感特征。刘熙载以梅尧臣的《苏幕遮》为例，特别提到"落尽梨花"几句，正是因为这几句写暮春景象，突出了翠色渐老、梨花落尽的季节感，并将这种景象笼罩在斜阳洒照之下，悲凉无奈之意就更显强烈。而秦观的词如"可堪孤馆闭春寒，杜鹃声里斜阳暮"，与此神韵相似。刘熙载看出这一点，堪称慧眼。

王国维由刘熙载此论而转论欧阳修师法冯延巳的问题，不仅是对刘熙载论词方式的一种推扬，而且是对欧阳修与冯延巳在情感上的相似性的一种确证。其实此前的刘熙载已经在《艺概·词曲概》中认为欧阳修是深得冯延巳的"深"的，也就是对自然、人生的看法比较深邃之意。冯延巳的这首《玉楼春》从一般人的伤春情绪中转出，认为自然季节更替乃是普遍规律，既然盼得春来，自然要送得春去，世人对这一"来"一"去"，应该坦然对待才是。冯延巳自然平和的心境对欧阳修产生了影响，欧阳修的《采桑子》组词写晚年退居颍州心境，也是如此。如"群芳过后西湖好"，就体现了不同寻常的暮春心态。不过，王国维说欧阳修一生"专学"此种，似乎也言之过甚了。

二三

人知和靖^[1]《点绛唇》^[2]、舜俞《苏幕遮》^[3]、永叔《少年游》^[4]三阕为咏春草绝调。不知先有正中"细雨湿流光"^[5]五字，皆能摄春草之魂者也。

[1] 和靖：即林逋（967—1029），字君复，钱塘（今浙江省杭州市）人。《全宋词》存其词三首。　[2] 林逋《点绛唇》："金谷年年，乱生春色谁为主。余花落处。满地和烟雨。　又是离歌，一阕长亭暮。王孙去。萋萋无数。南北东西路。"　[3] 梅尧臣《苏幕遮》："露堤平，烟墅杳。乱碧萋萋，雨后江天晓。独有庚郎年最少。窣地春袍，嫩色宜相照。　接长亭，迷远道。堪怨王孙，不记归期早。落尽梨花春又了。满地残阳，翠色和烟老。"　[4] 欧阳修《少年游》："阑干十二独凭春，晴碧远连云。千里万里，二月三月，行色苦愁人。　谢家池上，江淹浦畔，吟魄与离魂。那堪疏雨滴黄昏，更特地、忆王孙。"　[5] "细雨"句：出自南唐词人冯延巳《南乡子》："细雨湿流光。芳草年年与恨长。烟锁凤楼无限事，茫茫。鸾镜鸳衾两断肠。　魂梦任悠扬。睡起杨花满绣床。薄幸不来门半掩，斜阳。负你残春泪几行。"

【评】

此则在比较林逋、梅尧臣、欧阳修三首春草词基础上，揭示其与冯延巳相比，为下一等，仍为冯延巳张本。

上一则说及梅尧臣的《苏幕遮》，这一则其实仍是由这一话题引发。梅尧臣此词写春草，但牵连到一个互相竞胜的故事。吴曾的《能改斋漫录》记载：梅尧臣与欧阳修同座，有人提及林逋这首《点绛唇》，特别对"金谷年年，乱生春色谁为主"两句称赏不已。梅尧臣遂作《苏幕遮》，也写春草，赢得了欧阳修的赞赏。欧阳修并自作

《少年游》，或有与林逋、梅尧臣彼此较胜之意。吴曾认为欧阳修词后出转精，是林逋和梅尧臣所难以企及的。

如果简单比较一下林逋、梅尧臣和欧阳修的三首词，可以发现，林逋和梅尧臣的风格比较相似，都写了春草的具体形态，传神细致，同时也寓思归之意。欧阳修的思归之意虽然与林、梅二人相同，但并没有描摹春草的形态，只是在隐约之间写出春草的意境。所以吴曾将欧阳修之作置于林、梅二人之上，笔者认为是合理的。

但王国维并无意于比较林、梅、欧三人之短长，而是将冯延巳的"细雨湿流光"五字拈出，认为是摄尽春草之"魂"，也就是将春草的精神意态写出来了。显然，在王国维看来，林、梅、欧三人之词虽有佳处，但都无法与冯延巳媲美。王国维用了一个"皆"字，意在说明这五个字均非虚设，各有意思又彼此衬合，形成了一种整体的神韵。春雨蒙蒙，自是"细"雨；有雨自是"湿"；雨冲洗过的草，自有一种光泽；而草的细狭，自然也难以留住雨水，所以只能是"流"。如此将春草笼罩在烟雨蒙蒙之中，写出视觉的光亮感、湿润感、细微感和流动感，确实堪称"能摄春草之魂者"。

冯延巳的词被王国维誉为"深美闳约"的典范，此则从写景角度再次将冯延巳的地位彰显出来。有意味的是：在引述王国维此则时，不少学者将王国维所说的"人知"林、梅、欧三词为"咏春草绝调"，误解为是王国维本人的认知。其实王国维此则恰恰是部分否定了"人知"的意思。

二四

《诗·蒹葭》[1]一篇，最得风人深致。晏同叔[2]之"昨夜西风凋碧树。独上高楼，望尽天涯路"[3]，意颇近之。但一洒落，一悲壮耳。

[1]《诗·蒹葭》："蒹葭苍苍，白露为霜。所谓伊人，在水一方。溯洄从之，道阻且长。溯游从之，宛在水中央。蒹葭凄凄，白露未晞。所谓伊人，在水之湄。溯洄从之，道阻且跻。溯游从之，宛在水中坻。蒹葭采采，白露未已。所谓伊人，在水之涘，溯洄从之，道阻且右。溯游从之，宛在水中沚。"《诗》：即《诗经》，原名《诗》或《诗三百》，汉代开始尊为"诗经"。是中国第一部诗歌总集，收录西周初期到春秋中期500年间诗歌305首，分风、雅、颂三个部分。《蒹葭》属于秦风。　[2]晏同叔：即晏殊（991—1055），字同叔，临川（今属江西省）人。著有《珠玉词》，存词130多首。　[3]"昨夜"三句：出自北宋词人晏殊《蝶恋花》："槛菊愁烟兰泣露。罗幕轻寒，燕子双飞去。明月不谙离恨苦。斜光到晓穿朱户。　昨夜西风凋碧树。独上高楼，望尽天涯路。欲寄彩笺兼尺素。山长水阔知何处。"

【评】

此则对勘诗词在表现相似情景上的风格差异，以说明诗词体性之不同。

这一则在王国维的手稿中列于第一，可见王国维撰述词话的最初用心。王国维提出的"风人深致"属于传统诗学话语，"风人"也就是"诗人"之意。因为《诗经》的"风"不仅居前，而且数量最多。"深致"则是在诗歌语言之外所表达的深刻深远的情致。"风人深致"一词，刘熙载《艺概·诗概》已屡有使用，王国维这里可能是承此而来。《蒹葭》中的主人公在深秋季节"溯游""溯洄"，不懈地追寻着在水一方的伊人，此在情人是如此，但也可完全理解为是一种对理想、抱负等的执着追求，阐发的空间可以向深远推进。而晏殊的"昨夜"三句，也是写秋季景象，但"望尽天涯路"这一动作，同样可以作为一种对理想的求索来引申。这就是《蒹葭》与晏殊《蝶恋花》两首作品的相似之"意"。王国维对晏殊"昨夜"三句曾数度引用，并在其"三种境界"中，以晏殊此三句作为第一境，也显然是从"风人深致"这一角度来重新诠释的。不过，就好像朱熹在《诗集传》中直言《蒹葭》之意"不知其何所指"一样，这种"风人深致"也往往只在特殊的语境中才可能被接受，所以难免带有姑妄言之的意味。

但这种诗词之"同"并不是王国维关注的重点，所以王国维接下来分说《蒹葭》之"洒落"与"昨夜"三句之"悲壮"的不同。其实，这种不同也部分地包含着无我之境与有我之境的区分在内，因为王国维论述无我之境多取诗歌之例，而且诗风和意趣偏于洒落一路，而论述有我之境则多取填词之例，侧重择录悲凉、凄厉之作品。何以说《蒹葭》一篇洒落呢？因为主人公虽然反复追寻，但将这种追寻放在蒹葭苍苍、在水一方的迷离意境之中，可能是这种迷离使主人公着意追求的过程，而对追求的结果反倒显得在其次了。所以王士禛《古夫于亭杂录》也说自己从中读出了如《庄子·山木》中所透露出来的"令人萧寥有遗世意"。王国维的洒落之感，当意近于此。而晏殊"昨夜"三句则在"望尽"之中，带有极大的忧虑和劳顿之心，"望尽"之艰难更为这种忧虑和劳顿渲染了一种悲壮的色调。王国维做此比较，宗旨在于将词的"悲壮"的体性揭示出来。这其实也同样是王国维的一种"风人深致"。

二五

"我瞻四方，蹙蹙靡所骋"[1]，诗人之忧生也；"昨夜西风凋碧树。独上高楼，望尽天涯路"似之。"终日驰车走，不见所问津"[2]，诗人之忧世也；"百草千花寒食路。香车系在谁家树"[3]

似之。

[1]"我瞻"二句：出自《诗经·小雅·节南山》："驾彼四牡，四牡项领。我瞻四方，蹙蹙靡所骋。"　　[2]"终日"二句：出自东晋诗人陶潜《饮酒》第二十首："羲农去我久，举世少复真。汲汲鲁中叟，弥缝使其淳。凤鸟虽不至，礼乐暂得新。洙泗辍微响，漂流逮狂秦。诗书复何罪，一朝成灰尘。区区诸老翁，为事诚殷勤。如何绝世下，六籍无一亲？终日驰车走，不见所问津。若复不快饮，空负头上巾。但恨多谬误，君当恕醉人。"　　[3]"百草"二句：出自南唐词人冯延巳《鹊踏枝》："几日行云何处去。忘却归来，不道春将暮。百草千花寒食路。香车系在谁家树。　　泪眼倚楼频独语。双燕来时，陌上相逢否。撩乱春愁如柳絮。悠悠梦里无寻处。"

【评】

此则立足诗词在情感内涵的一致性，言说诗人与词人在忧生忧世方面的相似性。

与前一则思路相似，前一则重点说诗词之异，这一则重点说诗词之同。但方向仍是在"风人深致"方面。忧生、忧世看似诗词并提，其实侧重在对词的悲情体性的认同上，不过是援引诗歌之例，来为词体助势而已。所以这一则的重点仍落在上一则的"悲壮"二字上。

《节南山》诗中"我瞻"两句，字面上写马儿因为很久没被赶驾而呈肥硕之态，实际上喻示的是贤才久被冷落的意思。晏殊的"昨夜"三句也是貌似写秋风吹落树枝，以至视野陡然开阔，实际上要表达的是久被压抑的才士渴望成就事业之意。王国维说这一诗一词都表达了诗人对个体生命的忧虑之心，应该说是符合中国传统诗词的语境的。但因为这种才士的被冷落乃是古代一种常见现象，所以诗人在感慨一己生命的坎坷之时，也表达了对于一个时代和一个群体的忧虑，所以"忧生"之中也包含着"忧世"之意。陶渊明的

"终日"两句和冯延巳的"百草"两句，都表达了一种关怀世道时运的淑世情怀，所以王国维以"忧世"概括其意旨。但这种忧世之意也是从诗人个体的角度透视出来的，忧世之中也有着忧生之心。王国维将忧生、忧世分类而言，只是为表述的方便而已，其实两者之间是密不可分的。

无论是描述忧生，还是描述忧世，"忧"才是真正的核心。诗歌中的忧生忧世固然很多，而就词体而言，忧生忧世才是更为本质的体性，所以说这一则重点阐发上一则的"悲壮"之意，理由便在这里了。

二六

古今之成大事业、大学问者，必经过三种之境界："昨夜西风凋碧树。独上高楼，望尽天涯路。"此第一境也。"衣带渐宽终不悔，为伊消得人憔悴。"[1] 此第二境也。"众里寻他千百度，回头蓦见，那人正在、灯火阑珊处。"[2] 此第三境也。此等语皆非大词人不能道。然遽以此意解释诸词，恐为晏、欧诸公所不许也。

[1]"衣带"二句，出自柳永《凤栖梧》："伫倚危楼风细细。望极春愁，黯黯生天际。草色烟光残照里。无言谁会凭栏意。　　拟把疏狂图一醉，对酒当歌，强乐还无味。衣带渐宽终不悔，为伊消得人憔悴。"王国维将此词作者误作欧阳修。　　[2]"众里"三句出自辛弃疾《青玉案·元夕》："东风夜放花千树。更吹落、星如雨。宝马雕车香满路。凤箫声动，玉壶光转，一夜鱼龙舞。　　蛾儿雪柳黄金缕。笑语盈盈暗香去。众里寻他千百度。蓦然回首，那人却在，灯火阑珊处。"王国维引文将"蓦然回首"误作"回头蓦见"，将"却在"误作"正在"。

【评】

以断章取义的方式，用不同词句言说三种境界之特征与进阶，也委婉呼应"无我之境"说，盖以其词句阐发空间较大也。

此则颇为驰名，"三种境界"云云，也当为王国维非常自赏的一则，在此前的《文学小言》以及王国维各种自定的《人间词话》中都保留此则。据蒲菁《人间词话补笺》所记："江津吴碧柳芳吉囊教于西北大学，某举此节问之，碧柳未能对。嗣入都因请于先生。先生谓第一境即所谓世无明王，栖栖皇皇者；第二境是知其不可而为之；第三境非'归与归与'之叹与？"以孔子从忧虑不安到坚守理念到最后的退隐栖息来作为其人生境界不断升华的三个步骤。王国维对此的解释是撰写此则时就已经有的想法，还是后来的认识，现在难以确断了。

按照语境，王国维是立足成就大事业、大学问的高度来建立"三种境界"说的。晏殊"昨夜"三句乃是表示确立高远目标的重要性，因为只有在"高楼"才能"望尽天涯路"；柳永的"衣带"二句，表现的是在追求理想的过程中需要一种持之以恒的执着品格；辛弃疾的"众里"三句用以表现实现目标的最终境界。三种境界，其实分别说明了理想的确立、追求和实现三个阶段。因为三个阶段不断提升，所以三种境界也呈递进之势。

王国维当然明白自己是断章取义，是姑妄言之，所以他说自己的解释未必是词作者所持本义。但他同时也认为，能够给人以联想的阐释空间的词句也不是一般词人所能写出，必须是"大词人"才能写出在具体意象中涵盖更为广阔内涵的词句。如此，王国维也为自己的联想的合理性做了一定的说明。

二七

永叔"人间自是有情痴，此恨不关风与月""直须看尽洛城花，始与东风容易别"，[1]于豪放之中有沉著之致，所以尤高。

[1]"人间"二句与"直须"二句，出自北宋词人欧阳修《玉楼春》："尊前拟把归期说。欲语春容先惨咽。人生自是有情痴，此恨不关风与月。 离歌且莫翻新阕。一曲能教肠寸结。直须看尽洛城花，始共春风容易别。"王国维引文将"人生"误作"人间"，将"始共春风"误作"始与东风"。

【评】

此则言说欧阳修词句兼有豪放与沉着的特点，盖此前论欧阳修，凡与冯延巳相关处，皆将欧阳修下一等级，此处则单言欧词之可瞩目处。

豪放的意趣与沉着的情致本来存在着一种现象上的矛盾，但这种在他人很难融合的矛盾，在欧阳修的笔下却十分圆融地共存着，这大概也是欧阳修能被王国维列为"大词人"的原因之一了。在《人间词话》中，王国维对不少他相当推崇的词人往往也指出其不足，但对于欧阳修，却是一味地赞赏。欧阳修的创作艺术对于王国维词学思想的形成应该产生了重要的影响。

"人生"两句写离情与风月的关系，"直须"两句写看花与离春的关系。这些意象的对应本来是古代诗词中极为常见的现象，但欧阳修却能从中翻出新意。王国维认为：欧阳修将情痴与风月断然判为二物，乃是对于传统语境的一种颠覆，因为诗人词人素多抱怨风月误人，遂将满怀痴情归诸风月的诱导，而欧阳修认为情痴乃是人与生俱来的，与风月本无关系。如此将情痴的自然天生不加掩饰地表现出来，故自具一种包揽的豪趣，"不关"二字尤见其情。但欧阳修的这种分离情痴与风月的关系，其实将情痴的形状表达得更为沉着，尤其是当这种情痴的内涵指向离别时，沉痛之情也就更为深沉而内敛了，因为已经没有外在的风月可以分担这一份情感了。

"直须"两句写看花的豪情，乃是从文字表象就可以感受到的。特别是"看尽""始共"这样带有前提性的说明，更将豪放之意彰显得淋漓尽致。但这种看花的豪情乃是离春、离城、离人的前奏，则豪情终究要纳入离情之中。所以王国维认为"豪放之中有沉着之致"，确是把握了欧阳修的抒情艺术特点的。但豪放与沉着的兼具，并不等于两者的平分，重点是落在沉着上的，"豪放"只是"沉着"的外在表象而已。如此，这一评论也可回归到王国维"深美闳约"的理论宗旨中去了。

二八

冯梦华[1]《宋六十一家词选·序例》[2]谓："淮海[3]、小山[4]，古之伤心人也。其淡语皆有味，浅语皆有致。"余谓此唯淮海足以当之。小山矜贵有余，但可方驾子野[5]、方回[6]，未足抗衡淮海也。

[1] 冯梦华：即冯煦（1843—1927），字梦华，号蒿盦，金坛（今属江苏省）人。编选有《宋六十一家词选》，著有《蒿盦论词》，等等。　[2]《宋六十一家词选·序例》：《宋六十一家词选》十二卷，冯煦根据毛晋所刻《宋六十名家词》编选而成，以选为主，偶有笺注，以存词人本色为宗旨。《序例》数十则，陈述体例之外，对入选词人之得失略加品骘，颇有眼光独到之处。[3] 淮海：即秦观（1049—1100），字少游，一字太虚，别号邗沟居士，学者称淮海居士，扬州高邮（今属江苏省）人。词集名《淮海词》，或称《淮海居

士长短句》）。 ［4］小山：即晏幾道（1038—1110），字叔原，号小山，抚州临川（今江西省）人。晏殊第七子。著有《小山词》，黄庭坚为作序。 ［5］子野：即张先（990—1078），字子野，乌程（今浙江省湖州市）人。有"张三中""张三影"等雅称。著有《张子野词》。 ［6］方回：即贺铸（1052—1125），字方回，号庆湖遗老，祖籍山阴（今浙江省绍兴市），长于卫州共城（今河南辉县）。自编词集《东山乐府》，今传词集名《东山词》。

【评】

此则论晏幾道"伤心"与秦观"矜贵"之差异，而以悲情为上。

词体的悲情特征一直是王国维强调的核心问题。此则由冯煦评秦观、晏幾道为"古之伤心人"的话题引申而论。所谓"伤心人"，其实包括经历、心境和文风三方面的综合评价，即由其生平经历的坎坷而形成凄凉的心境，从而在文学创作中表现出凄婉的风格。秦观陷于北宋新、旧党争而一生屡受贬谪，郁郁不得志；晏幾道虽出身豪门，但中年家道中落，以致生活无凭。两人的"伤心"虽各有内涵，但同为"伤心"则一，冯煦合评，自蕴其理。

不过，冯煦以"伤心人"评论秦观和晏幾道，并非因为两人的作品将悲情倾泻无余，遂有满目伤怀之感，而是因为他们在表现自己内心的伤感时，通过淡语、浅语来弱化、淡化这种悲情的外在表现。如此，透过这种淡语和浅语的表象，反而将悲情表达得摄人心魄。所谓"有味""有致"，乃是强调其对读者情感的穿透力。王国维应该是基本同意冯煦的观点，只是觉得冯煦将两人并论为"伤心人"，略有未安。秦观的柔弱伤感在诗词中的表现要更为充分，而晏幾道骨子里的清傲性格使得其"伤心"更多呈现出一种矜持高贵的气质，所以王国维认为只有秦观才是纯粹意义上的"伤心"，而晏幾道的"伤心"则糅合了多种情感在内，所以反而部分障蔽了"伤心"的内涵，只是相对于张先、贺铸而显得伤心而已。王国维的这一区分颇显细微，眼力堪称独到。

二九

少游词境最为凄婉。至"可堪孤馆闭春寒，杜鹃声里斜阳暮"[1]，则变而凄厉矣。东坡[2]赏其后二语，[3]犹为皮相。

[1]"可堪"二句：出自北宋词人秦观《踏莎行》："雾失楼台，月迷津渡。桃源望断无寻处。可堪孤馆闭春寒，杜鹃声里斜阳暮。　驿寄梅花，鱼传尺素。砌成此恨无重数。郴江幸自绕郴山，为谁流下潇湘去。"　[2]东坡：即苏轼（1037—1101），字子瞻，一字和仲，号东坡居士，眉州眉山（今属四川省）人。著有《东坡乐府》，存词340余首。　[3]"东坡赏其后二语"句：出自胡仔《苕溪渔隐丛话》前集卷五十引惠洪《冷斋夜话》："少游到郴州，作长短句。东坡绝爱其尾两句，自书于扇曰：'少游已矣，虽万人何赎！'"所谓"尾两句"即"郴江幸自绕郴山，为谁流下潇湘去"二句。

【评】

此则论秦观，由人而词，由伤心而凄婉而凄厉，可见王国维对词人词体之基本情感取向。

此则承上一则以"伤心人"相评秦观，继续就秦观词的悲情特点做进一步的申论。王国维将深美闳约、要眇宜修作为词体的基本特性，这意味着"婉"在词体中的规范意义。而"凄"则是对词体情感的基本指向。王国维分析"有我之境"，分析"昨夜"三句的情感，都不约而同地指向悲情，可见王国维对此的坚持。"凄婉"实际上可视为王国维对词体体性的再一次概括。

秦观在王国维词体观念中具有重要的典范意义，王国维所下的

"最为凄婉"四字，堪作秦观词的定评，这是在区别秦观与其他词人时所强调的。但就秦观自身的创作来看，更是在凄婉之外而成凄厉。王国维举了"可堪"两句作为例证，孤馆、春寒、杜鹃、斜阳都是适宜表现悲情的意象，而秦观又以"可堪""闭""暮"等强化了这种悲情的力度和深度，非一般悲情可比，所以王国维认为是"凄厉"。这里的"凄厉"与王国维语境中的"悲壮"实际上是意义相通的。

王国维在提出自己观点的同时，批评了苏轼对"郴江"两句的偏爱。但"皮相"云云，也不免唐突了。大概苏轼欣赏这两句的原因是其中传达了醇厚的韵味，有余不尽之意，而王国维侧重在悲情的力度。一个注重情感的纵深开掘，一个侧重情感的悠远传达，所以评价有此不同。

三〇

"风雨如晦，鸡鸣不已"[1]，"山峻高以蔽日兮，下幽晦以多雨。霰雪纷其无垠兮，云霏霏而承宇"[2]，"树树皆秋色，山山尽落晖"[3]，"可堪孤馆闭春寒，杜鹃声里斜阳暮"，气象皆相似。

[1]"风雨"二句，出自《诗经·郑风·风雨》："风雨凄凄，鸡鸣喈喈。既见君子，云胡不夷。风雨潇潇，鸡鸣胶胶。既见君子，云胡不瘳。风雨如晦，鸡鸣不已。既见君子，云胡不喜。"　[2]"山峻高"四句，出自《楚辞·九章·涉江》："……苟余心其端直兮，虽僻远之何伤。入溆浦余僔徊兮，迷不知吾所如。深林杳以冥冥兮，猿狖之所居。山峻高以蔽日兮，下幽晦以多雨。霰雪纷其无垠兮，云霏霏而承宇。哀吾生之无乐兮，幽独处乎山中。吾不能变心而从俗兮，固将愁苦而终穷……"　[3]"树树"二句，出自唐朝诗人王绩《野望》："东皋薄暮望，徙倚欲何依。树树皆秋色，山山唯落晖。牧人驱犊返，猎马带禽归。相顾无相识，长歌怀采薇。"王国维将"唯"误作"尽"。

【评】

此则言说诗词气象之相似。王国维大体在似与不似之间论说诗与词两种文体之关系。

"气象"是王国维在"境界"之外较为重视的一个概念。所谓气象，指诗词所呈现出来的整体景观，是作品情感、思想与艺术结合后给予读者的总体印象。气象一般只可宏观感受，难以具体分析。严羽《沧浪诗话》提到的五种诗法中就有"气象"一法，王国维曾熟读《沧浪诗话》，"气象"概念可能来自严羽。

王国维撰述词话，比较注重诗与词在文体上的差异性。但这种差异性其实是相对的，作为相邻文体，诗词在文体上的趋同性更不可忽视，所以王国维在此则举了三首诗例来与词句对照，意在说明诗词"气象"上的相似性。王国维在建构理论上的周密性也由此可见一斑。

若细加分析，王国维列出的这四首作品中的词句确实存在着诸多相似的地方：在写景上，都着力表现出一种衰飒之景象，如风雨鸡鸣、山高蔽日、秋色落晖、孤馆斜阳等，都是惹人愁闷之景象；在抒情方式上，都借景言情，而且情感均侧重低回婉转的悲苦之情；在表达感情的程度上，都采用一种极致的方式，毫不掩饰，如"不已""无垠""尽""可堪"等，堪称淋漓尽致。这些景象、抒情方式和抒情程度的相似性，共同构成了王国维"气象皆相似"的基本内容。不过王国维并论诗词相似之气象，要在彰显词体之悲情特征，因为词体虽然不能"尽言诗之所能言"，但其内在感情特征和抒情方式毕竟与诗存在着较多联系。

三一

昭明太子[1]称陶渊明[2]诗"跌宕昭彰，独超众类。抑扬爽朗，莫之与京"[3]。王无功[4]称薛收[5]赋"韵趣高奇，词义晦远。嵯峨萧瑟，真不可言"[6]。词中惜少此二种气象，前者唯东坡，后者唯白石[7]，略得一二耳。

[1] 昭明太子：即萧统（501—531），字德施，小字维摩，兰陵（今江苏省常州市）人。梁武帝萧衍长子。谥昭明，世称昭明太子。曾编选周代以迄梁朝诗文总集成《文选》三十卷，其创作由后人辑为《昭明太子集》。　[2] 陶渊明：即陶潜（365—427），字元亮，别号五柳先生，私谥靖节，入宋后始改名为"潜"，浔阳柴桑（今江西省九江市）人。著有《陶渊明集》。　[3] "跌宕"四句：出自南朝萧统《陶渊明集序》："有疑陶渊明诗篇篇有酒，吾观其意不在酒，亦寄酒为迹者也。其文章不群，词采精拔，跌宕昭彰，独超众类，抑扬爽朗，莫之与京。横素波而傍流，干青云而直上。语时事则指而可想，论怀抱则旷而且真。加以贞志不休，安道苦节，不以躬耕为耻，不以无财为病，自非大贤笃志，与道污隆，孰能如此乎？"　[4] 王无功：即王绩（约589—644），字无功，号东皋子，绛州龙门（今山西省河津市）人。初唐诗人，著有《王无功集》五卷。　[5] 薛收：薛收（591？—624），字伯褒，蒲州汾阴（今山西省万荣县）人。薛道衡之子。著有《文文集》十卷。　[6] "韵趣"四句：出自初唐诗人王绩《王无功集》卷下《答冯子华处士书》；所称薛收赋，系《白牛溪赋》。　[7] 白石：即姜夔（约1155—1209），字尧章，号白石道人，饶州鄱阳（今江西省波阳市）人。著有《白石道人诗集》《白石道人诗说》《续书谱》等。词集名《白石道人歌曲》，今存84首。

【评】

此则论多存于诗而少存于词的两种气象：抑扬爽朗与嵯峨萧瑟。

前一则论"气象"着眼在诗词之同；此则继论气象，着眼在诗词（包括赋）之异。王国维文心之精微于此可见。

萧统对陶渊明诗文"跌宕昭彰，独超众类。抑扬爽朗，莫之与京"的评价，与其说是评其诗文，不如说是评其为人。因为接下来，萧统在《陶渊明集序》中就称赞陶渊明为人的"贞志不休，安道苦节"，誉其为志向笃实之"大贤"。这种在人格与文风上的超拔众类、爽朗逸怀，使其卓然挺立而无人能敌。而薛收的《白牛溪赋》，在王绩看来，也有一种因寓意晦远而表现出来的高奇韵趣。所谓"嵯峨萧瑟"，意即出人意表岸然自立之致。王国维认为，陶渊明诗和薛收赋中的这两种"气象"在词体中是很少出现的。这与王国维在界定词体特征时曾特别强调词"不能尽言诗之所能言"的说法彼此呼应。

不过，王国维虽然认为词中这两种气象少见，却并非没有。他认为苏轼的词略具陶渊明诗的风味，而姜夔的词也偶得薛收赋的意趣。这一评价总体来说，自蕴其理。因为苏轼的洒脱不群自非一般词人可及，而其词风的抑扬爽朗如《念奴娇》（大江东去）、《江城子》（老夫聊发少年狂），也颇有陶渊明《咏荆轲》《读〈山海经〉》以及与《归园田居》等诗错综而成的整体风范。姜夔的词素以"清空"驰名，托旨遥深，只以清气盘旋，也自有一种"嵯峨萧瑟"的意趣。王国维对此的辨析是值得关注的。

三二

词之雅郑，在神不在貌。永叔、少游虽作艳语，终有品格。方之美成[1]，便有淑女与倡伎之别。

[1] 美成：即周邦彦（1056—1121），字美成，自号清真居士，钱塘（今浙

江省杭州市）人。词集名《清真居士集》，已佚。今存《片玉词》，存词200余首。

【评】

此则以神、貌而区别精神之雅、郑，具体由艳语之是否有品格，而区别欧阳修、秦观与周邦彦的本质差异。

此则重在言格调问题，由人的格调说到词的格调，不仅与王国维所说的"有境界则自成高格"彼此对应，也与况周颐的"词心"说神理相通。

"雅郑"本是音乐术语，指雅乐和郑声。古代音乐由五声十二律交错而成，大致分为雅乐和郑声两类。扬雄《法言·吾子》说"中正则雅，多哇则郑"，所以雅和郑其实是正与邪、雅与俗的关系，而古代儒家推崇雅乐，所以把郑声视为淫邪之音。李世民《帝京篇十首》就有"去兹郑卫声，雅音方可悦"之说。其实郑声本是郑、卫两国的民间音乐，以热烈而绮靡著称，但周王朝却认为这种"靡靡之音"扰乱了雅乐的传播，所以极力加以排斥。

王国维言及雅郑，但并非意在其音乐上之区分，而是着眼于内质和外貌的不同。换言之，有些貌似雅正的东西可能恰恰是淫邪的，而有些看上去绮靡的东西，骨子里却是纯正的。欧阳修和秦观备受王国维宠爱，但两人写了不少艳情词也是事实，并非篇篇都是纯正的士大夫情怀。而王国维认为其艳情词自有品格，或者说其艳词并非作假，乃是特定场合的真情流露而已，因其"真"而自具格调，周邦彦的艳情词则多属于逢场作戏的虚情假意而已。故欧阳修、秦观与周邦彦三人虽都作艳词，品格却截然不同：欧阳修、秦观词如贵妇人，艳丽乃源于真情涌动；周邦彦词则如娼妓，艳丽乃出于应酬或职业习惯而已。其间差异主要在于真与假。王国维关于词之雅郑在神不在貌的说法当然是有道理的，但如此辨析欧阳修、秦观与周邦彦的不同，不免有为欧、秦曲意回护，而对周邦彦"何患无辞"之嫌疑了。可能是受到刘熙载《艺概》评论周邦彦词难当一个"贞"字的影响了。

三三

美成深远之致不及欧、秦[1]。唯言情体物，穷极工巧，故不失为第一流之作者。但恨创调之才多，创意之才少耳。

[1] 欧、秦：即欧阳修与秦观。

【评】

此则言说周邦彦言情体物之长与深远之致之不足，体现王国维重视创意的观念。

王国维依旧在周邦彦、秦观、欧阳修三人之间的比较中表达自己的词学观。前一则乃是专门针对艳情词而言的，这一则则是在比较的基础上带有对周邦彦词总评的性质。也许与前一则对周邦彦贬抑过甚有关，此则对周邦彦的评价略有回升。

"深远之致"属于传统文论话语，是指作品传达出来的一种比较广阔的意义联想和艺术感受的空间特征，与司空图的"韵外之致"和王士祯的"神韵"说等，精神是相通的。王国维在此提出"深远之致"，与他对词体"深美闳约"的体制要求是有直接联系的。因为作品深长的韵味与作者寄寓在作品中的深厚感情和含蓄、美赡的艺术风貌相关。王国维认为周邦彦在这方面比不上欧阳修与秦观，这与前一则论艳语当也有一定的联系，因为有品格的艳语相比纯粹的艳语，其耐人咀嚼的空间自然要更大。

不过，周邦彦只是在"深远之致"上不及欧阳修与秦观而已，这并不等于说周邦彦的词完全没有深远之致。从抒发感情的细腻、描摹物象的精致工丽来说，周邦彦仍有大过人者，所以王国维仍将其列入第一流词人之列。只是"创意"之处不多，所以没有形成"深远之致"的主流倾向而已。王国维在此则说"恨"周邦彦创调之才多，只是相对于其创意之才少而言。实际上，王国维在后来撰述的《清真先生遗事》中，对周邦彦的创调之才是极度赞赏的。

三四

词忌用替代字。美成《解语花》之"桂华流瓦"[1]，境界极妙，惜以"桂华"二字代月耳。梦窗[2]以下，则用代字更多。其所以然者，非意不足，则语不妙也。盖意足则不暇代，语妙则不必代。此少游之"小楼连苑""绣毂雕鞍"[3]，所以为东坡所讥也。[4]

[1]"桂华"句：出自北宋词人周邦彦《解语花·元宵》："风销焰蜡，露浥烘炉，花市光相射。桂华流瓦。纤云散、耿耿素娥欲下。衣裳淡雅。看楚女、纤腰一把。箫鼓喧、人影参差，满路飘香麝。　因念都城放夜。望千门如昼，嬉笑游冶。钿车罗帕。相逢处、自有暗尘随马。年光是也。唯只见、旧情衰谢。清漏移、飞盖归来，从舞休歌罢。"　[2]梦窗：即吴文英（约1212—约1272），字君特，号梦窗，晚号觉翁，四明（今浙江省宁波市）人。本或姓翁，与翁逢龙、翁元龙为兄弟，后过继为吴氏后嗣。其词集初名《霜花腴词集》，今不传。现有《梦窗词集》，存词340首。　[3]"小楼连苑""绣毂雕鞍"：出自北宋词人秦观《水龙吟》："小楼连苑横空，下窥绣毂雕鞍骤。朱帘半卷，单衣初试，清明时候。破暖轻风，弄晴微雨，欲无还有。卖花声过尽，斜阳院落，红成阵、飞鸳甃。　玉佩丁东别后。怅佳期、参差难又。名缰利锁，天还知道，和天也瘦。花下重门，柳边深巷，不堪回首。念多情，但

有当时皓月，向人依旧。" 　　[4]"此少游……所讥也"：典出《历代诗余》卷五引曾慥《高斋词话》："少游自会稽入都见东坡。东坡问作何词，少游举'小楼连苑横空，下窥绣毂雕鞍骤'。东坡曰：'十三字只说得一个人骑马楼前过。'"按，《高斋词话》当作"《高斋诗话》"。南宋黄升《唐宋诸贤绝妙词选》卷二亦引用此节，但文字与此略异。

【评】

此则论替代字对境界所造成之负面影响，推崇意足语妙之自然境界。

此则看似论替代字，实际上是换个角度来重申"创意"的重要。王国维原则上反对用替代字，其"忌用"二字，态度已颇为分明。按照此则所云，替代字的主要弊端是容易损害境界的自然。而所以使用替代字，则或者因为作者创意才能的欠缺，或者因为作者驾驭精妙自然语言上的不足。王国维如此贬低替代字，与周邦彦特别是南宋吴文英等人多用替代字以至形成写作程式有关。

王国维是赞赏周邦彦"桂华流瓦"的境界之妙的，因为这四个字写出了一种月光照临屋瓦的流动状态，呈现出一种优雅的动感。但"桂华"二字以传说中的月宫桂花来指代月亮，不免失却自然的韵味。其实王国维此评可能忽略了周邦彦此词在结构上的呼应之意，因为歇拍"满路飘香麝"之句，正可与"桂华"二字呼应，以形成一种嗅觉上的美感。王国维把替代字的使用一概归于"非意不足，则语不妙"，也嫌绝对化了。实际上，替代字因为已先有一种文化内涵，则其被借用时，可以在一定程度上拓展作品的意义空间，未必就是以此来弥补"意"和"语"的窘迫。只是如果以替代字为潮流，而缺乏结构上、意义上的呼应，确实会造成"隔"的结果。也因此，王国维若将"忌用"二字换成"慎用"二字，学理上就更周密了。

王国维在此则结尾引用传说中苏轼对秦观"小楼"两句的批评，

以作为其反对替代字的佐证，似乎已逸出替代字的话题了。如果此事属实，也不过是批评秦观词多意少，语言不够"约"的问题，因为"绣毂雕鞍"本身就是说马车，与替代字无涉。再说，此传说破绽也甚多，苏轼何至连"毂"都不认识，而要将楼下马车疾驰理解为是"一个人骑马楼前过"？王国维引用此则传说，可能也是未暇细思了。

三五

　　沈伯时[1]《乐府指迷》云："说桃不可直说桃，须用'红雨'[2]'刘郎'[3]等字。咏柳不可直说破柳，须用'章台'[4]'灞岸'[5]等字。"[6]若惟恐人不用代字者。果以是为工，则古今类书[7]具在，又安用词为耶？宜其为《提要》所讥也。[8]

　　[1]沈伯时：即沈义父，字伯时，宋末词论家。著有《时斋集》《乐府指迷》等。《乐府指迷》专论作词之法，凡29则，主要阐发吴文英的词学思想，其论结构、命意、音律等，颇为允当。　　[2]红雨：据传唐代天宝年间，宫中曾下雨，色红如桃，后遂以"红雨"代桃。　　[3]刘郎：即刘禹锡（772—842），字梦得，洛阳（今属河南省）人。因其诗有"玄都观里桃千树，尽是刘郎去后栽""种桃道士归何处，前度刘郎今又来"等句，颇为驰名，遂以"刘郎"指代桃。　　[4]章台：原为战国时所建宫殿，故址在长安（今陕西省西安市），以宫内有章台而得名，汉代又以"章台"名街，系歌伎聚居之地。章台指代柳，则与唐朝天宝年间诗人韩翃与一柳姓歌伎之离合故事有关。韩翃《寄柳氏》诗云："章台柳，章台柳，往日依依今在否。纵使长条似旧垂，也应攀折他人手。"以"章台"代柳，盖以此也。　　[5]灞岸：原指灞水岸边。灞水上有灞桥，《三辅黄图》记载："灞桥在长安东，跨水作桥，汉人送客至此桥，折柳赠别。"盖"柳"谐"留"音。唐代诗人杨巨源即有"杨柳含烟灞岸春，年年攀折为行人"之句。以"灞岸"代柳即缘于此。　　[6]"说桃……等字"：出自宋末词论家沈义父《乐府指迷》："炼句下语，最是紧要。如说桃，

不可直说破桃，须用'红雨''刘郎'等字。如咏柳，不可直说破柳，须用'章台''灞岸'等字。又咏书，如曰'银钩空满'，便是书字了，不必更说书字。'玉箸双垂'，便是泪了，不必更说泪。如'绿云缭绕'，隐然鬶发。'困便湘竹'，分明是簟。正不必分晓，如教初学小儿，说破这是甚物事，方见妙处。往往浅学俗流，多不晓此妙用，指为不分晓，乃欲直捷说破，却是赚人与耍曲矣。如说情，不可太露。"王国维引文略有错漏。　　[7] 类书：按照一定的分类标准从群书中采摭、辑录，并大体按照或义系或形系或音系来编排，以便于检索、征引的一种带有资料汇编性质的工具书。《四库总目》将其归入子部。类书之祖，当推魏文帝时命诸儒撰集经传，随类相从之《皇览》。但此书早已散佚。唐代类书有《艺文类聚》《文馆词林》《初学记》《北堂书抄》等。宋代类书编纂更是规模空前，有《太平御览》《册府元龟》《山堂考索》《玉海》等。　　[8]"宜其"一句：参见《四库全书总目》集部词曲类二《乐府指迷》条："又谓说桃须用'红雨''刘郎'等字，说柳须用'章台''灞岸'等字，说书须用'银钩'等字，说泪须用'玉箸'等字，说发须用'绿云'等字，说簟须用'湘竹'等字，不可直说破。其意欲避鄙俗，而不知转成涂饰，亦非确论。"

【评】

此则批评沈义父《乐府指迷》提倡词用代字之非。

继续说明替代字之非，宗旨仍落在"创意"上。沈义父《乐府指迷》所云说桃说柳之代字，看上去颇为机械简单，其实是有一定的理论背景的。宋末流传之词，多为民间艺人所作，因为重在音律婉转合度方面，对于文字反而不甚讲究，导致"下语用字，全不可读"的状况，尤其是一些咏物词更是时序错乱、不明所指。在这种情况下，沈义父主张以替代字入词，可以初步纠正文字粗俗、咏物不明的现象，也是有一定的现实意义的。但后人引用沈义父的这一节言论，往往不考量这一背景，以至裁断失衡。王国维引用沈义父此论，其实也已经脱离了沈义父的原始语境，而是从创意的角度来持论了，其"古今类书具在"云云，若质之沈义父之初衷，也不免出语唐突。

倒是四库馆臣的说法更契合沈义父的语境特点，所以其对沈义父的批评也更到位。因为沈义父的这一"权宜之计"所带来的弊端是十分明显的："其意欲避鄙俗，而不知转成涂饰"。以"红雨""刘郎"来指代桃，以"章台""灞岸"来指代柳，虽然各有其典故的形成原因，其在初始阶段或者特定语境中的使用，也诚然别具艺术魅力，但一旦这种使用变成一种常规套路，则其实是从一种粗俗堕入到另外一种涂饰，这对于以创意为核心的文学来说，确实是偏离了正道。

三六

美成《青玉案》词："叶上初阳干宿雨。水面清圆，一一风荷举。"[1]此真能得荷之神理者。觉白石《念奴娇》[2]《惜红衣》[3]二词，犹有隔雾看花之恨。

[1]"叶上"三句：出自北宋词人周邦彦《苏幕遮》："燎沉香，消溽暑。鸟雀呼晴，侵晓窥檐语。叶上初阳干宿雨。水面清圆，一一风荷举。　故乡遥，何日去。家住吴门，久作长安旅。五月渔郎相忆否。小楫轻舟，梦入芙蓉浦。"王国维将《苏幕遮》误作"《青玉案》"。　[2]姜夔《念奴娇·予客武陵，湖北宪治在焉。古城野水，乔木参天。予与二三友日荡舟其间，薄荷花而饮。意象幽闲，不类人境。秋水且涸，荷叶出地寻丈，因列坐其下，上不见日。清风徐来，绿云自动，间与疏处窥见游人画船，亦一乐也。揭来吴兴，数得相羊荷花中。又夜泛西湖，光景奇绝。故以此句写之》："闹红一舸，记来时，尝与鸳鸯为侣。三十六陂人未到，水佩风裳无数。翠叶吹凉，玉容销酒，更洒菰蒲雨。嫣然摇动，冷香飞上诗句。　日暮。青盖亭亭，情人不见，争忍凌波去。只恐舞衣寒易落，愁入西风南浦。高柳垂阴，老鱼吹浪，留我花间住。田田多少，几回沙际归路。"　[3]姜夔《惜红衣·吴兴号水晶宫，荷花

盛丽。陈简斋云："今年何以报君恩？一路荷花，相送到青墩。"亦可见矣。丁未之夏，予游千岩，数往来红香中，自度此曲，以无射宫歌之》："簟枕邀凉，琴书换日，睡余无力。细洒冰泉，并刀破甘碧。墙头唤酒，谁问讯城南诗客。岑寂。高树晚蝉，说西风消息。　　虹梁水陌，鱼浪吹香，红衣半狼藉。维舟试望故国。眇天北。可惜渚边沙外，不共美人游历。问甚时同赋，三十六陂秋色。"

【评】

此则以周邦彦《苏幕遮》词句与姜夔《念奴娇》《惜红衣》二词对勘，说明词境之隔与不隔之形，而以得神理之不隔为上。

此则其实是举证说明词中隔与不隔的区别。王国维虽出语简约，但意旨不离乎此。

王国维对周邦彦似乎一直存在着矛盾心理：一方面，认为其创意之才少，作品缺少深远之致，特别是艳词品格低下；另一方面，又认为周邦彦言情体物，穷极工巧，堪居第一流词人之列。这里王国维特别举出周邦彦"叶上"三句，认为其得荷花之神理，可以说是对此前批评周邦彦词较少深远之致的一种调整。所谓神理，义近神韵，是指传达出所咏之物的精神与韵味。"叶上"三句写宿雨之后，初阳洒照池塘荷花荷叶，用"清圆"来形容荷叶，用"举"来描写荷花挺拔之貌，用"一一"形容池塘荷叶之满及荷花盛开之状，确实将一幅清新而鲜活的场景展现在读者面前，而且语言自然顺畅，以不隔之语写不隔之景，所以为王国维极力赞赏。

同样是写荷花，姜夔的《念奴娇》《惜红衣》却是另外一种情形。周邦彦是写丽日岸边观赏荷花，而姜夔则是写水中观荷，《念奴娇》更是写夜间观荷，故姜夔笔下的荷花，其形象一直在隐约迷离之中，而《惜红衣》则将写人、写荷融合为一，也难以分辨出人与荷的区别。这大概是王国维认为如"隔雾看花"的原因所在。通过这一则的说明，也在一定程度上反映出王国维"隔与不隔"说的理论局限。因为随着咏物的角度、时间、宗旨不同，这种或暗或明、或隔或不隔的情况是客观存在的，但其间似不能以高下而论，只是描写方式以及审美观念之不同而已。

三七

东坡《水龙吟》咏杨花[1]，和均[2]而似元唱[3]。章质夫词[4]，原唱而似和均。才之不可强也如是！

[1] 东坡《水龙吟》咏杨花：即苏轼《水龙吟·次韵章质夫杨花词》："似花还似非花，也无人惜从教坠。抛家傍路，思量却是，无情有思。萦损柔肠，困酣娇眼，欲开还闭。梦随风万里，寻郎去处，又还被、莺呼起。　　不恨此花飞尽，恨西园、落红难缀。晓来雨过，遗踪何在，一池萍碎。春色三分，二分尘土，一分流水。细看来不是杨花，点点是离人泪。"　　[2] 和均：即和韵、次韵，指用他人原韵唱和的诗词。　　[3] 元唱：即唱和诗词中首唱的作品，其韵字和韵序均为后来所和诗词所遵循。　　[4] 章质夫：即章楶（1027—1102），字质夫，浦城（今属福建省）人。《全宋词》存其词二首。章质夫《水龙吟·杨花》："燕忙莺懒芳残，正堤上、杨花飘坠。轻飞乱舞，点画青林，全无才思。闲趁游丝，静临深院，日长门闭。傍珠帘散漫，垂垂欲下，依前被、风扶起。　　兰帐玉人睡觉，怪春衣、雪沾琼缀。绣床旋满，香球无数，才圆欲碎。时见蜂儿，仰粘轻粉，鱼吞池水。望章台路杳，金鞍游荡，有盈盈泪。"

【评】

此则以神理之有无言说苏轼与章质夫咏杨花词之高低，继续推崇境之不隔。

此则看似比较苏轼与章楶两首《水龙吟》的高下，其实乃借和韵一事，提出"才"的问题，而才的问题又关涉境界之隔与不隔问题，从而为进一步轩轾南北宋的高下奠定基础。

苏轼次韵章楶的这首《水龙吟》确实出手不凡，而且格调高远，将咏物词所需要的妙在形神、离合之间的韵味表现得异样出色。起句"似花还似非花"一句即领起全篇，"似花"处重在描摹杨花的形态，"似非花"处则借杨花的茫然飘舞写出离人的情怀。所以在苏轼笔下，杨花与离人是若即若离的，得咏物词之正体。章楶的原唱也是清丽可喜，尤其对杨花的轻飞乱舞写得神情毕肖，如"闲趁游丝"六句，堪称神来之笔。章楶在写杨花之外也写离人，不过，两者基本上是分别描写，在杨花与离人的"若即"上不免留有遗憾。这大概是王国维分出苏轼与章楶高下的原因所在了。一般而言，原唱因无所依傍，可以从容骋才，容易写出特色；而次韵则因限于原韵，又要在原唱之外翻出新意，显得较难。所以王国维自称作词"尤不喜用人韵"。这是创作的一般情形。但苏轼的次韵词却超出了章楶原唱词的水平，这就涉及才能大小的问题了。

此前数则王国维不断强调创意的重要，但创意其实与词人的创作才能有关。苏轼天纵其才，故无论原唱、次韵，均能高出他人，这完全是才华的驱使。而南宋词的唱和之风甚盛，其实是将词当作一种消遣应酬的工具了。这一方面使词的创作渐渐脱离了真性情，另一方面也反映出南宋词人在才华上的欠缺。所以"才之不可强也如是"，不仅针对苏轼与章楶二人，也宛然是针对北宋与南宋两个朝代的。但客观而论，王国维是以北宋的眼光来看待南宋的词了，所以其对南宋词的诸多评论，不免掺杂着较多的意气在内。

三八

咏物之词[1]，自以东坡《水龙吟》最工，邦卿[2]《双双燕》[3]次之。白石《暗香》《疏影》[4]，格调虽高，然无一语道着。视古人"江边一树垂垂发"[5]等句何如耶？

[1] 咏物之词：即咏物词，是以描摹物的形状、神韵为主的一种题材类型。一般要求形神兼备，并能由物性而及人情。 [2] 邦卿：即史达祖（1163—约1220），字邦卿，号梅溪，汴京（今河南省开封市）人。著有《梅溪词》等，以善于炼句驰名。 [3] 史达祖《双双燕·咏燕》："过春社了，度帘幕中间，去年尘冷。差池欲往，试入旧巢相并。还相雕梁藻井，又软语商量不定。飘然快拂花梢，翠尾分开红影。 芳径。芹泥雨润。爱贴地争飞，竞夸轻俊。红楼归晚，看足柳暗花暝。应自栖香正稳。便忘了、天涯芳信。愁损翠黛双娥，日日画栏独凭。" [4] 白石《暗香》《疏影》：即姜夔《暗香·辛亥之冬，予载雪诣石湖。止既月，授简索句，且征新声，作此两曲。石湖把玩不已，使工妓隶习之，音节谐婉，乃名之曰《暗香》《疏影》："旧时月色。算几番照我，梅边吹笛。唤起玉人，不管清寒与攀摘。何逊而今渐老，都忘却、春风词笔。但怪得、竹外疏花，香冷入瑶席。 江国。正寂寂。叹寄与路遥，夜雪初积。翠尊易泣。红萼无言耿相忆。长记曾携手处，千树压、西湖寒碧。又片片、吹尽也，几时见得。"姜夔《疏影》："苔枝缀玉。有翠禽小小，枝上同宿。客里相逢，篱角黄昏，无言自倚修竹。昭君不惯胡沙远，但暗忆、江南江北。想佩环、月夜归来，化作此花幽独。 犹记深宫旧事，那人正睡里，飞近蛾绿。莫似春风，不管盈盈，早与安排金屋。还教一片随波去，又却怨玉龙哀曲。等恁时、重觅幽香，已入小窗横幅。" [5]"江边"句：出自唐代诗人杜甫《和裴迪登蜀州东亭送客逢早梅相忆见寄》："东阁官梅动诗兴，还如何逊在扬州。此时对雪遥相忆，送客逢春可自由。幸不折来伤岁暮，若为看去乱乡愁。江边一树垂垂发，朝夕催人自白头。"

【评】

此则以苏轼、史达祖、姜夔和杜甫为例，从咏物词角度分析格调与境界之隔与不隔的关系。

苏轼的《水龙吟·次韵章质夫杨花词》此前已被王国维誉为"和均而似元唱"，此则更将此词列于咏物词之首。"最工"云云，实际上是指苏轼《水龙吟》咏写杨花最契合咏物词妙在似与不似之间的体制特点。史达祖的《双双燕》写一对燕子在春社之后飞回旧巢的轻盈之态以及心理变化；同时，也由燕子的"栖香正稳"，忘了传递芳信，而引出思妇情怀。就物性与人情的结合来看，也颇为自然。就描摹燕子双飞的姿态而言，其笔力并不在苏轼之下，但就全词结构来看，毕竟是侧重在描写燕子本身了，思妇之意，不过在最后略加点缀而已。对照着看苏轼的咏杨花词，整首词基本上形成了写物写人浑难分辨的境地，而且以开篇一句"似花还似非花"笼罩全篇，故结构堪称稳健。

姜夔的《暗香》《疏影》，乃写梅花的名篇，不仅在当时为范成大等所激赏，而且成为咏物词史上的经典之作。但在王国维看来，这两首名作虽然写出了一种很高的梅花格调，而且通过一些有关梅花的典故，梳理出梅花所折射的人文精神，但如果从咏物的"似"的角度来说，几乎完全脱离了当时情境中的梅花特征，而蜕变成了一种带有抽象意义的梅花。如此，咏物词的基本底蕴就嫌不足了。而如杜甫"江边一树垂垂发"之句的真切鲜明，则真有如在目前之感了。王国维所谓"无一语道着"的批评，就是建立在他主张描摹物象应该具有鲜明生动的物态特征这一点上。姜夔《暗香》《疏影》二词堪称人文渊深，但对照这一要求，确实显得"隔"了。王国维的这一评价是符合其境界说的理论谱系的，但同时也将境界说的偏仄部分地表现出来了。

三九

　　白石写景之作，如"二十四桥仍在，波心荡、冷月无声"[1]，"数峰清苦，商略黄昏雨"[2]，"高树晚蝉，说西风消息"[3]，虽格韵高绝，然如雾里看花，终隔一层。梅溪、梦窗诸家写景之病，皆在一"隔"字。北宋风流，渡江遂绝。抑真有运会存乎其间耶？

　　[1]"二十四桥"二句：出自南宋词人姜夔《扬州慢·淳熙丙申至日，予过维扬。夜雪初霁，荠麦弥望。入其城，则四顾萧条，寒水自碧。暮色渐起，戍角悲吟。予怀怆然，感慨今昔，因自度此曲。千岩老人以为有黍离之悲也》："淮左名都，竹西佳处，解鞍少驻初程。过春风十里，尽荠麦青青。自胡马、窥江去后，废池乔木，犹厌言兵。渐黄昏，清角吹寒，都在空城。　　杜郎俊赏，算而今、重到须惊。纵豆蔻词工，青楼梦好，难赋深情。二十四桥仍在，波心荡、冷月无声。念桥边红药，年年知为谁生。"　　[2]"数峰"二句：出自南宋词人姜夔《点绛唇》："燕雁无心，太湖西畔随云去。数峰清苦。商略黄昏雨。　　第四桥边，拟共天随住。今何许。凭栏怀古，残柳参差舞。"[3]"高树"二句：出自南宋词人姜夔《惜红衣》。

【评】

　　此则以姜夔、史达祖、吴文英为例，继续言说虽有格调而写景"隔"，则仍不免落第二义。以此可见隔与不隔说在王国维词学中的重要意义。

　　此则评述南宋诸家写景之病，宗旨在为其从整体上推崇北宋贬抑南宋提供理论支持。"北宋风流，渡江遂绝"八字，乃露出真相者。所以虽然只是列举了姜夔词句来作为"隔"的范例，但"梅溪、梦窗诸家"云云乃以此涵盖南宋一代之意。

　　姜夔的"二十四桥"二句，以旧桥、轻波、冷月构成一幅扬州战后萧条冷清景况，在凄清寂寥的画面中寄寓了姜夔的沉痛之情。月光本无所谓冷热，更无所谓有无声音，但姜夔前缀一"冷"字，后缀以"无声"二字，堪称无理而妙。"数峰"二句写黄昏欲雨，数峰无法如燕雁一样随云而去，所以只能无奈地"商略"着对策。"高树"二句写秋季渐临，栖居高树的晚蝉在凄凉的鸣叫声中包含对秋季将至的惊恐之意。三处句子都带有拟人的意味，景物中移入了词人的感情，而且这种感情都偏于沉痛和忧虑不安方面，所以被王国维誉为"格韵高绝"。但从另外一个角度而言，这种拟人的方式也淡化了所描写景物的具体形态，带有意象化甚至抽象化的特征。所以，讲究描写景物要直观鲜明的王国维，便对此不满了。所谓"如雾里看花，终隔一层"，正是因为姜夔的这种创作方式弱化了景物描写的直观性，而强化了景物的抒情性。王国维称之为"隔"，原因在此。

　　在此则结尾，王国维又提及史达祖和吴文英诸家，大意在说明如姜夔这种写景方式，乃是南宋特别是宋末词人之通病。也许正因为王国维的感觉如此强烈，所以他认为北宋词的风流俊逸就再也不能渡江而至南宋了，这里面存在着一种"运会"。在王国维的语境中，这种"运会"其实就是指文体发展的规律。规律既是如此，王国维也就徒叹奈何了。不过，王国维的沉重一叹之中，其实也包含着他个人在审美上的局限，因为"雾里看花"的美被他的审美视野排斥在外了。

四〇

问"隔"与"不隔"之别，曰：陶、谢[1]之诗不隔，延年[2]则稍隔已；东坡之诗不隔，山谷[3]则稍隔矣。"池塘生春草"[4]、"空梁落燕泥"[5]等二句，妙处唯在不隔。词亦如是。即以一人一词论，如欧阳公《少年游》咏春草上半阕云："阑干十二独凭春，晴碧远连云。千里万里，二月三月，行色苦愁人。"语语都在目前，便是不隔。至云"谢家池上，江淹浦畔"[6]，则隔矣。白石《翠楼吟》"此地。宜有词仙，拥素云黄鹤，与君游戏。玉梯凝望久，叹芳草、萋萋千里"，便是不隔。至"酒祓清愁，花消英气"[7]，则隔矣。然南宋词虽不隔处，比之前人，自有浅深厚薄之别。

[1] 陶、谢：指陶渊明与谢灵运。谢灵运（385—433），小名客儿，后人习称谢客，袭封康乐公，故又称谢康乐，原籍陈郡阳夏（今河南省太康县），出生于会稽始宁（今浙江省绍兴市上虞区）。后人辑有《谢康乐集》。　[2]延年：即颜延之（384—456），字延年，以直言无忌而有"颜彪"之称，琅邪临沂（今属山东省）人。后人辑有《颜延之集》。　[3]山谷：即黄庭坚（1045—1105），字鲁直，号山谷道人，又号涪翁，洪州分宁（今江西省修水县）人。著有词集《山谷琴趣外篇》等。　[4]"池塘"句：出自南朝诗人谢灵运《登池上楼》："潜虬媚幽姿，飞鸿响远音。薄霄愧云浮，栖川怍渊沉。进德智所拙，退耕力不任。徇禄反穷海，卧疴对空林。衾枕昧节候，褰开暂窥临。倾耳聆波澜，举目眺岖嵚。初景革绪风，新阳改故阴。池塘生春草，园柳变鸣禽。祁祁伤豳歌，萋萋感楚吟。索居易永久，离群难处心。持操岂独占，无闷征在今。"　[5]"空梁"句：出自隋朝薛道衡《昔昔盐》："垂柳覆金堤，蘼芜叶复齐。水溢芙蓉沼，花飞桃李蹊。采桑秦氏女，织锦窦家妻。关山别荡子，风月守空闺。恒敛千金笑，长垂双玉啼。盘龙随镜隐，彩凤逐帷低。飞魂同夜鹊，倦寝忆晨鸡。暗牖悬蛛网，空梁落燕泥。前年过代北，今岁往辽西。一去无消息，那能惜马蹄。"　[6]"谢家"二句：出自北宋词人欧阳修《少

年游》："阑干十二独凭春，晴碧远连云。千里万里，二月三月，行色苦愁人。　　谢家池上，江淹浦畔，吟魄与离魂。那堪疏雨滴黄昏，更特地忆王孙。"　　[7]"酒祓"二句：出自南宋词人姜夔《翠楼吟》："月冷龙沙，尘清虎落，今年汉酺初赐。新翻胡部曲，听毡幕、元戎歌吹。层楼高峙。看槛曲萦红，檐牙飞翠。人姝丽。粉香吹下，夜寒风细。　　此地，宜有词仙，拥素云黄鹤，与君游戏。玉梯凝望久，叹芳草、萋萋千里。天涯情味。仗酒祓清愁，花销英气。西山外，晚来还卷，一帘秋霁。"

【评】

此则论诗人、诗句之隔与不隔，重点从结构角度解说欧阳修《少年游》一词隔与不隔彼此共存的状态。

此则在第三六、三八、三九则的基础上，正式提出"隔与不隔"之说，并对隔与不隔的基本理论内涵予以总结。在王国维的观念中，无论是写景、咏物，总以真切鲜明、自然活泼为旨归。不合此旨便是隔，合乎此旨便是不隔。隔与不隔的理论本身并不复杂。

王国维仍先从诗人或诗歌说起，隔与不隔乃从诗歌创作现象中推衍到词体之中的。但王国维论诗只分"不隔"与"稍隔"两类，并没有举出"隔"的诗人或诗句，而且其论不隔分别从诗人和诗句两个层面来举证，而论稍隔，则没有举出具体诗句。其举例论证似欠周延。说陶渊明、谢灵运、苏轼之诗不隔，本身就嫌绝对，因为一人之创作形态必然是多方面的，以"不隔"概之，至多只能说是从主体方面着眼。同样，说颜延之、黄庭坚之诗稍隔，也不免简单化了。"池塘""空梁"两句之所以被王国维视为"不隔"之典范，原因就在于这两句写直观之景与即兴之感，而且将其表现得自然生动，如在眼前。

分析诗歌中的不隔与稍隔，只是为词之隔与不隔做一理论铺垫而已。但王国维进而论词时，论述方式其实悄悄发生了变化：从对诗人的总论和对诗句的单一分析，转变为对同一首词从结构上分析其隔与不隔的彼此关系。如其分析欧阳修的《少年游》、姜夔的《翠楼吟》都是如此。《少年游》中"阑干"至"苦愁人"数句，《翠楼吟》中"此地"至"萋萋千里"数句，都是直接写出眼前之情景，读者不必过多联想，即可从文字而直接进入作品描写的情景之中。而《少年游》中"谢家"两句，则分别使用了谢灵运和江淹的两个典故，《翠楼吟》中"酒被"两句，虽非用典，但用意曲折甚至带有一定的抽象化倾向。读者要明白欧阳修和姜夔在这些句中所表达的意思，就需要对其中典故或用意曲折之处细加钻研，才有可能明白其宗旨。如此周折，就失去了诗词直接予人以感动的艺术魅力。

王国维其实是将北宋与南宋大别为"不隔"与"隔"两种类型，其推崇北宋、贬抑南宋的部分原因即在此。所以他在分析南宋"不隔"之例的同时，也不忘将南宋的"不隔"置于北宋的"不隔"之下，说其间有"浅深厚薄"之区别。王国维对自身理论的坚守，真是在在可见。

四一

"生年不满百，常怀千岁忧。昼短苦夜长，何不秉烛游"[1]，"服食求神仙，多为药所误。不如饮美酒，被服纨与素"[2]，写情如此，方为不隔。"采菊东篱下，悠然见南山。山气日夕佳，飞鸟相与还"[3]，"天似穹庐，笼盖四野。天苍苍。野茫茫。风吹草低见牛羊"[4]，写景如此，方为不隔。

[1]"生年"四句，出自《古诗十九首》第十五："生年不满百，常怀千岁忧。昼短苦夜长，何不秉烛游，为乐当及时，何能待来兹。愚者爱惜费，但为后世嗤。仙人王子乔，难可与等期。"　[2]"服食"四句，出自《古诗十九

首》第十三："驱车上东门，遥望郭北墓。白杨何萧萧，松柏夹广路。下有陈死人，杳杳即长暮。潜寐黄泉下，千载永不寤。浩浩阴阳移，年命如朝露。人生忽如寄，寿无金石固。万岁更相迭，圣贤莫能度。服食求神仙，多为药所误。不如饮美酒，被服纨与素。"　　[3]"采菊"四句，出自东晋诗人陶潜《饮酒诗》第五首："结庐在人境，而无车马喧。问君何能尔，心远地自偏。采菊东篱下，悠然见南山。山气日夕佳，飞鸟相与还。此中有真意，欲辨已忘言。"　　[4]"天似"五句，出于北朝诗人斛律金《敕勒歌》："敕勒川，阴山下。天似穹庐，笼盖四野。天苍苍。野茫茫。风吹草低见牛羊。"

【评】

此则以诗歌为例，言说写景言情"不隔"之形。

此则是对隔与不隔说的补充。因为此前言及隔与不隔，侧重在写景或咏物方面，此则将重点转移到写情方面。王国维一般是先具体分析作品，表达出一种理论倾向，然后总结理论，接着再补充、调整理论。其隔与不隔说的形成、补充和完善堪称这一撰述方式的典范。

不妨先从此则后段说起。关于写景的不隔，王国维此前已有数度分析。这里不避重复，再举两例。一方面，这当然是出于强化写景在隔与不隔说中的主导意义；另一方面，也是为了与写情形成对应的格局。故关于"采菊"四句和"天似"五句何以被称为不隔，这里不拟再做分析。

《古诗十九首》被称为东汉末期文人五言诗的代表之作，比较典型地体现了在动荡之世文人或对于人生短暂、及时行乐的感慨，或对于功名的强烈渴望，而且在表达这种感慨和愿望时，往往直言不讳，肆口而发，形成了一种自然、直率、畅达的文风。刘熙载《游艺约言》曾以"亲切高妙"赞誉《古诗十九首》的整体风格。王国维此则所举的"生年"四句、"服食"四句，都表达了因为生命容易稍纵即逝而产生的及时享受和游乐的心理。与中国古代诗歌的比兴传统不同，《古诗十九首》所呈现的是一种未加任何掩饰、包装的感情，也因此而显得格外真实。所以王国维"不隔"理论不仅包含真景物，也包括真感情。明乎此，"不隔"之说与境界说的关系也就昭然可见了。

四二

古今词人格调之高，无如白石。惜不于意境上用力，故觉无言外之味，弦外之响，终不能与于第一流之作者也。

【评】

此则言一流词人的标准主要体现在其词是否具有深远之致，而非尽在格调之高低。

姜夔和周邦彦始终是让王国维深感矛盾的两个人物。但周邦彦纵有创意的欠缺、用典的弊端，王国维仍将其列入第一流词人之列，而姜夔则被排除在第一流词人之列。因此在对周邦彦和姜夔两人的取舍上，周邦彦要略微领先。

姜夔何以被冷落至此？从大的方面来说，姜夔生当南宋后期，宋末词人的群体弊端，姜夔也不免有染。从姜夔本人而言，因为过于追求如野云孤飞、来去无端的清空之境，所以其词往往意旨飘忽，让人不易捉摸。再加上他好用典故，词意的隐晦就更为突出，而且在写景状物上，也鲜有北宋词那种生动真切之貌，往往如雾里看花，终隔一层。这些都导致姜夔词在表达主题方面的不足。意旨已经难明，就更难追寻什么言外之味、弦外之响了。

王国维归纳姜夔词不足的形成原因是不在意境上用力。此处的

101

"意境"在内涵上与"境界"是相似的。境界说讲究的是真景物的如在目前，真感情的在在可感，以及语言上的自然畅达。对照这三点基本要求，姜夔走的几乎是另外的路子。其不入王国维法眼，原因在此。但王国维对于姜夔本人是并不否认的，将其列为格调最高之人，这与姜夔清客的身份、傲然的性格都是有一定关系的。只是王国维认为姜夔这种为人的高格调没有融入其词，从而形成词的高格调。这都是偏离了对意境的追求，而将技艺放在首位所造成的。王国维对姜夔的这一评价放在其理论体系中是可以理解的，但他对姜夔词的隔膜主要还是因为其审美的偏执。

四三

南宋词人，白石有格而无情，剑南[1]有气而乏韵。其堪与北宋人颉颃者，唯一幼安[2]耳。近人祖南宋而祧北宋，以南宋之词可学，北宋不可学也。学南宋者，不祖白石，则祖梦窗，以白石、梦窗可学，幼安不可学也。学幼安者率祖其粗犷、滑稽，以其粗犷、滑稽处可学，佳处不可学也。幼安之佳处，在有性情，有境界。即以气象论，亦有"横素波""干青云"[3]之概，宁后世龌龊小生所可拟耶？

[1] 剑南：即陆游（1125—1210），字务观，号放翁，山阴（今浙江省绍兴市）人。著有《剑南诗稿》85卷，存诗9300多首。另有《渭南文集》50卷，内含词2卷，系陆游于淳熙十六年（1189）自行编定，后别出单行，名《渭南词》，一名《放翁词》，共130余首。　[2] 幼安：即辛弃疾（1140—1207），初字坦夫，后改幼安，号稼轩，历城（今属山东省济南市）人。著有《辛稼轩诗文钞存》（今人邓广铭辑）、《稼轩词》等，存词620余首。　[3] "横素波""干青云"二句：出自南朝萧统《陶渊明集序》："有疑陶渊明诗篇篇有酒，吾

观其意不在酒，亦寄酒为迹者也。其文章不群，词采精拔，跌宕昭彰，独超众类，抑扬爽朗，莫之与京。横素波而傍流，干青云而直上。"

【评】

此则针对南北宋词风之差异，言说性情、境界在格调、气象之上，学词当取法乎上，以北宋为归，即学南宋，亦当以辛弃疾为师。

此则看似针对学词路径是宗北宋还是宗南宋的问题，其实是对近人词风的一次集中批评，所以"近人"二字才是这一则的关键词。

王国维在此则继续批评姜夔"有格而无情"，其实仍是对姜夔不在意境上用力的说明。而陆游的词虽有一种对时局的郁勃不平之气，但未能敛气，所以有锐气而无远韵。吴文英的堆垛故实更是在词学史上备受批评。如此，南宋词的基本格局已经离以真性情、真景物为核心的境界说渐行渐远了。在王国维的观念中，只有辛弃疾是逸出在这种南宋基本格局之外的，兼具性情、境界、气象之美，遥接北宋一路词风，所以王国维在贬抑南宋词风时，一直对辛弃疾另眼相看。

但遗憾的是，自从周济在《宋四家词选》中提出学词路径由南宋以追北宋之后，南宋词风风行一时。而"近人"师法南宋词并未完全按照周济的路径，周济是主张问途王沂孙、然后再兼收吴文英和辛弃疾的长处，最终达到周邦彦的境界。而近人不遑说追至周邦彦了，在吴文英的阶段就基本上流连忘返，再兼师姜夔，而对姜夔、吴文英词风具有重要调整价值的辛弃疾大体被冷落了。少数师法辛弃疾的词人，也不是师法其沉郁苍凉，而是摹拟其粗犷、滑稽之处，则不免有买椟还珠之嫌。所以不师北宋已是差了路头，师法南宋又取其下。词风之不振，根源于此。王国维撰述此则，意在唤起当代词人对北宋词的重新关注，而辛弃疾其实是被王国维纳入北宋词风的范围之内。结尾"龌龊小生"云云，不免流于意气了。

四四

东坡之词旷，稼轩之词豪。无二人之胸襟而学其词，犹东施之效捧心[1]也。

[1] 东施之效捧心：典出《庄子·天运》："西子病心而颦其里，其里之丑人见之而美之，归亦捧心而颦其里。其里之富人见之，坚闭门而不出；贫人见之，挈妻子而去走。彼知颦美，而不知颦之所以美。"

【评】

此则言胸襟学养乃师法之前提，否则即便与所师法对象貌合也难免神离。

此则犹是承前一则而来。按照前后语境，重点似落在辛弃疾身上，大约是苏轼、辛弃疾风格相近，所以并为论述。而并论苏、辛二人，也与"近人"词风有关。盖近人学辛弃疾词，多侧重在粗犷、滑稽方面，而对于辛词中的性情、境界、气象，则不遑师法。所以这一则提出"胸襟"以作师法辛弃疾的门径。其实师法辛弃疾，仍可汇流到师法北宋的大方向中来。

所谓"胸襟"，是指人的性格、气质、精神和学养凝合成的一种人格境界。胸襟高远，才能脱略凡俗，超越凡境，而成就自身的卓越。在王国维看来，苏轼与辛弃疾都属于胸襟高远之人，其人既非常人可以效法，其词也非常人可以摹仿。若勉强效法摹仿，不过如东施效法西施"捧心"之状，不仅没有西施的美，反而彰显出自己的丑来。因为西施的"胸襟"在"病心"，因病心而捧心，故不失自然；东施既然没有病心之事，只在形式上"捧心"，就不免贻人以笑柄了。王国维所举此例不一定十分契合其语境，但其意义指向的方式是相近的。

词学史上往往将苏轼与辛弃疾并列为豪放词派的代表，这当然是着眼两人词风之所同，也有一定的道理。但实际上，苏轼与辛弃疾二人生活年代既然不同，个人经历和性格内涵也有差异。表现在词风上，就是两人虽然都写了不少超越传统婉约风格的词，但各自在超越后的风格趋向仍有着明显的差异。陈廷焯在《白雨斋词话》中认为苏轼心地磊落，而且有一种源于天性的忠爱，所以他的词在超旷的风格中表达出平和之意；辛弃疾气概阔大，但没有实施的机会，所以他的词在豪雄的风格中包含着悲郁之意。陈廷焯的这一分析，堪称精辟，王国维此论也可能是受到陈廷焯的影响了。

四五

读东坡、稼轩词，须观其雅量高致，有伯夷[1]、柳下惠[2]之风。白石虽似蝉蜕尘埃，然终不免局促辕下。

[1] 伯夷：始姓墨胎氏，名允，字公信，谥号伯夷。商代末年孤竹君之子，被孟子誉为"圣之清者"。　[2] 柳下惠：即展禽（前720—前621），名获，字禽，春秋时期鲁国大夫。"柳下"是他的食邑，"惠"则是他的谥号，故称"柳下惠"。被孟子誉为"圣之和者"。

【评】

此则言说读词与读词人须两相结合，否则，容易为外象诱惑，而难触及真正之底蕴。

仍是承上一则"胸襟"而来。所谓"雅量高致"是指宽宏的气度和高雅的情致，其实就是"胸襟"的具体内涵。此则比较苏轼、辛弃疾与姜夔的不同，再次申论人品与词风的紧密关系。王国维将词人人品上升到伯夷、柳下惠的境界，可见其悬格之高。

伯夷是商代末年孤竹君的长子，本有继位的资格，但孤竹君有意让次子继位。而在孤竹君去世之后，其次子又坚让伯夷继位。伯夷以父命不可违为由拒绝。后并隐居首阳山，因耻食周粟而饿死。柳下惠虽然在鲁国仕途蹭蹬，但不改直道事人的秉性，后隐居而成"逸民"。伯夷和柳下惠在古代都属于有气节、有胸襟、不慕名利之人，素被视为隐逸君子的典范。王国维在这里将苏轼和辛弃疾比拟为伯夷和柳下惠，只是就其气度高逸、情致脱俗而言。王国维要求研读苏轼和辛弃疾的词，就要从中读出两人这一种气度和情致。如果能由此而将自己的气度和情致向苏轼和辛弃疾靠拢，则师法其词，就有了基本的底蕴。

相比对苏轼和辛弃疾的极度赞誉，王国维对姜夔再次从人品方面提出了批评。姜夔一生虽为清客，但既然是食人门下，自然要局促自己，谨言慎行，以迎合主人之好恶。所以姜夔偶尔表现出来的清高孤傲，其实掩饰不住自己受约束的无奈。对照这一则，看来此前王国维对姜夔词"格韵高绝"的评价，也未必是一个充分正面的评价。

四六

苏、辛，词中之狂。白石犹不失为狷。若梦窗、梅溪、玉田[1]、草窗[2]、中麓[3]辈，面目不同，同归于乡愿[4]而已。

　　[1] 玉田：即张炎（1248—1314 后），字叔夏，号玉田，又号乐笑翁，长期寓居临安（浙江省杭州市）。著有词集《山中白云词》和论词专著《词源》二卷等。　　[2] 草窗：即周密（1232—约 1298），字公谨，号草窗、蘋洲、四水潜夫、弁阳老人等，其先济南人，后寓居吴兴（今浙江省湖州市）。著有《草窗韵语》《蘋洲渔笛谱》《草窗词》等。　　[3] 中麓：当为"西麓"之误。西麓，即陈允平（1205？—1285？），字君衡，号西麓，四明（今浙江省宁波市）人。著有词集《西麓继周集》《日湖渔唱》等。"中麓"乃明代诗人李开先之号。　　[4] 乡愿：即媚于世俗、不讲道德的伪善者、伪君子之意。孔子曾把"乡愿"看成"德之贼"。

【评】

　　此则言说苏轼与辛弃疾、姜夔、吴文英等为词品三境界，而以苏、辛为高。

　　此词人三品说，以狂为上，狷居中，乡愿为下，三品次第而下。不过三品之中，王国维似并非为苏轼、辛弃疾等张目，而主要是落在南宋吴文英、史达祖等人，在鲜明的对照中，将南宋词大体予以整体性的否认，再次强化崇北宋贬南宋的基本倾向。

　　狂者、狷者、乡愿三者并提盖始于孔子。其实这三者并非孔子心目中的理想人格，孔子将能践履"中行"——即中庸之道的人才称为君子。但芸芸众生，能当得起"君子"称号的能有几人？所以孔子退而求其次，对狂者和狷者也表示了部分认同。因为这两者虽然不合"中行"，但狂者的进取无畏和狷者的有所不为，毕竟仍有可取之处。但"乡愿"却是孔子极力反对的，因为狂者和狷者偏离"中行"乃是人所共知的，而"乡愿"之人貌似忠信廉洁，其实是与尧舜之道背道而驰的，带有更大的欺骗性，所以孔子用"德之贼"来形容乡愿之人，可见其憎恨之态度。刘熙载在《游艺约言》中论及诗文书画之品，也提及狂和狷二品，而乡愿根本是不入品的。

　　就词的体制而言，苏轼与辛弃疾勇于变革，有狂者之貌，故其词风能一新世人耳目，但若求其与深美闳约的词之体制的契合，就不免有所偏离了。姜夔没有如苏轼、辛弃疾一般对词体的突破之心，但他的词也非传统的婉约风格可限，而是在清空一路上发展，路径更窄，这是姜夔"有所不为"的表现。所以王国维将苏轼、辛弃疾和姜夔分别拟之如狂者和狷者。而宋末如吴文英、史达祖、张炎、周密、陈允平诸家，在王国维看来，虽然各有其特色，但不免媚乎时俗，其中大量的应酬作品更有伪饰的成分在内。所以，他们的作品看似符合婉约的体制，但实际上是背离的，尤其是这种悖离往往还不容易为人所察觉，所以王国维拟之如乡愿。应该说王国维对苏轼、辛弃疾、姜夔三人的类别划分大致还是合理的，而对于吴文英等人的集体否定，就不免略逞意气了。

四七

稼轩中秋饮酒达旦，用《天问》[1]体作《木兰花慢》以送月曰："可怜今夕月，向何处、去悠悠。是别有人间，那边才见，光景东头。"[2]词人想象，直悟月轮绕地之理，与科学家密合，可谓神悟。

[1]《天问》：屈原所作，就天地、自然、灵异、人文等疑难一气问了170多个问题。题目为"天问"，大概是因为天的地位尊崇，不可"问天"，只能"天问"。 [2]"可怜"数句：出自南宋词人辛弃疾《木兰花慢·中秋饮酒将旦，客谓前人诗词有赋待月无送月者。因用〈天问〉体赋》："可怜今夕月，向何处、去悠悠。是别有人间，那边才见，光景东头。是天外，空汗漫，但长风、浩浩送中秋。飞镜无根谁系，姮娥不嫁谁留。 谓经海底问无由，恍惚使人愁。怕万里长鲸，纵横触破，玉殿琼楼。虾蟆故堪浴水，问云何、玉兔解沉浮。若道都齐无恙，云何渐渐如钩。"

【评】

此则言经典文学与科学亦可相通，仍是为辛弃疾张目，宗旨落在一"真"字。

辛弃疾中秋佳节因为通宵饮酒，酒酣耳热之际，因客人提出自来诗词多赋待月，而无送月者，辛弃疾乃自任其命，作了这首《木兰花慢》。"可怜"数句在惜别今夜之月的同时，对于月落的方向做了想象性的猜测，认为此处月落必意味着彼处的月升，则月球乃是绕着地球旋转的道理在这种猜测中得到了证实。王国维说这是"神悟"，原因是在辛弃疾的时代，对月球绕地球旋转的道理尚未为世人普遍接受，而后来的科学家证实的结果却正是如此，所以王国维要惊叹辛弃疾的联想与科学家的结论"密合"了。

王国维虽然接受了西方的科学思想，但并无意把文学当作科学来看待。相反，在王国维早期的文章中，对于文学的审美意义做了充分估量。此则以辛弃疾《木兰花慢》为例，不过是为了强调真实在文学中的重要意义。看来，王国维的境界说在强调真景物、真感情之外，也对符合科学的联想充满了期待。

四八

周介存谓："梅溪词中，喜用'偷'字，足以定出其品格。"[1]刘融斋谓："周旨荡而史意贪。"[2]此二语令人解颐。

[1]"梅溪"三句：出自清代词论家周济《介存斋论词杂著》："梅溪甚有心思，而用笔多涉尖巧，非大方家数，所谓一钩勒即薄者。梅溪词中，喜用'偷'字，足以定其品格矣。" [2]"周旨荡"句：出自清代词论家刘熙载《艺概》卷四《词曲概》："周美成律最精审，史邦卿句最警炼，然未得为君子

之词者，周旨荡而史意贪也。"

【评】

此则言说用字与人品之关系，出语或稍有唐突。

以引代论是王国维撰述词话的又一种方式，而所引录文字多出自中国古代诗论词论，则这种方式适可见出其立论的中国古典文论之渊源。只是有时王国维引而不论，有的则在引录之后稍加辩证，有的则略缀数字以表认同。本则属于后者。

周济和刘熙载是被王国维词论最多的两位词学家，王国维明引、暗用其词论处甚多。此则分引周济和刘熙载之论，涉及周邦彦和史达祖两位词人，但重心落在史达祖一人身上，周邦彦不过是因为引用成句而无法舍弃罢了。"周旨荡"之意，此前王国维在分析欧阳修、秦观与周邦彦"艳语"的不同时，已经斥其无品格，并拟之如娼妓。而对史达祖则多为涉猎所及而已。

周济从史达祖词中频繁使用"偷"字来形容其品格如"偷"，也属别有会心者。史达祖用"偷"字之例如"千里催偷春暮""浑欲便偷去""篱落翠深偷见""春翠偷聚""犹将泪点偷藏""偷黏草甲""偷理绡裙"，等等。不仅数量多，而且用法各有不同，以描写动作为主，如"偷去""偷见""偷聚""偷藏""偷黏""偷理"等。这种以"偷"的心理来描写动作，其实是表达了史达祖在宋末艰难时世中的一种特殊心理，故其动作有这样的谨慎和胆怯特征。据实说，这些"偷"字的使用是不乏其精妙之处的。但周济认为这个"偷"字可以定其品格，并非对其"偷"字使用的非议，而是因为史达祖的词意往往暗袭他人，故姑且用史达祖好用的这个"偷"字来形容这种创意的匮乏。因为匮乏，所以"偷"意现象便不一而见了。所以史达祖与周济两人是在不同的概念上使用这个"偷"字的。但周济的这一说法毕竟比较模糊，所以刘熙载以"史意贪"来点化周济使用的这个"偷"字，就更准确更鲜明了。王国维的"解颐"，则表明了他对周济、刘熙载二人之说的认同。

四九

介存谓梦窗词之佳者，如"水光云影，摇荡绿波，抚玩无斁，追寻已远"[1]。余览《梦窗甲乙丙丁稿》[2]中，实无足当此者。有之，其"隔江人在雨声中，晚风菰叶生秋怨"[3]二语乎？

[1]"水光"四句：出自清代词论家周济《介存斋论词杂著》："梦窗非无生涩处，总胜空滑。况其佳者，天光云影，摇荡绿波，抚玩无斁，追寻已远。"王国维将"天光"误作"水光"。 [2]《梦窗甲乙丙丁稿》：即吴文英词集《梦窗词稿》，因其以甲乙丙丁厘目，故有此称。 [3]"隔江"二句：出自南宋词人吴文英《踏莎行》："润玉笼绡，檀樱倚扇。绣圈犹带脂香浅。榴心空叠舞裙红，艾枝应压愁鬟乱。 午梦千山，窗阴一箭。香瘢新褪红丝腕。隔江人在雨声中，晚风菰叶生秋怨。"

【评】

此则点评周济评说吴文英词，稍加辨正，其宗旨在追寻意思之深远者。

此则宗旨在否定吴文英词。否定吴文英词其实就是间接否定"近人"词，因为晚清自王鹏运、朱祖谋等开始，对吴文英词倾注了极大的关怀，并利用他们在词学上的声誉而影响了一代词风。

周济虽是常州词派的理论家，但他对创始人张惠言的词学思想其实是多有充实和调整的。譬如吴文英词就曾深受张惠言非议，《词选》即未录其词。而周济则予吴文英以一定的地位。他不仅在《宋四家词选》中将吴文英作为学词门径之一，而且在相关著作中对吴文英词做了重新定位。周济认为，自宋末张炎以"七宝楼台"讽喻吴文英词之后，词论家多以密丽晦涩为吴文英词之定评。但实际上，吴文英词具有多种面目，其中一些优秀作品更有一种从容而明秀的风格，言外不无深远之致，给人以较大的联想空间。周济虽然没有举例，但验诸吴文英词集，确实颇多其例。如吴文英《唐多令》词即曾被张炎《词源》誉为"疏快"之作。

王国维一方面似乎不同意周济之说，说吴文英词集中"实无足当此者"；但另一方面又举出"隔江"二句来印证周济的话，颇有意味。"隔江"二句写静中隔江观雨，将视觉、听觉融通来写，而晚风菰叶何以生怨？则不暇再说，尽在言外了。这不仅切合周济所说的"追寻已远"，也切合王国维自己所追求的"深远之致"了。当然，在吴文英词集中类似这样的句子并非仅此二句，只是因为王国维对吴文英极端的不满，所以不烦也不愿再引了。

五〇

梦窗之词，吾得取其词中一语以评之曰："映梦窗，凌乱碧。"[1]玉田之词，余得取其词中之一语以评之曰："玉老田荒。"[2]

[1]"映梦窗"二句：出自南宋词人吴文英《秋思·荷塘为括苍名姝求赋其听雨小阁》："堆枕香鬟侧。骤夜声，偏称画屏秋色。风碎串珠，润侵歌板，愁压眉窄。动罗莛清商，寸心低诉叙怨抑。映梦窗，零乱碧。待涨绿春深，落花香泛，料有断红流处，暗题相忆。　　欢酌。檐花细滴。送故人，粉黛重饰。漏侵琼瑟，丁东敲断，弄晴月白。怕一曲、《霓裳》未终，催云骖凤翼。叹谢客、犹未识。漫瘦却东阳，灯前无梦到得。路隔重云雁北。"王国维将

"零乱"误作"凌乱"。　　［2］"玉老田荒"句：出自南宋词人张炎《祝英台近·与周草窗话旧》："水痕深，花信足。寂寞汉南树。转首青阴，芳事顿如许。不知多少消魂，夜来风雨。犹梦到、断红流处。　　最无据。长年息影空山，愁入庾郎句。玉老田荒，心事已迟暮。几回听得啼鹃，不如归去。终不似、旧时鹦鹉。"

【评】

此则言说吴文英、张炎词之弊，大意在否定近人学词之根本。

吴文英是常州词派中后期的宠儿，特别是晚清民国之时，吴文英的词风席卷南北，一时称盛。张炎是浙西词派举以为典范的词人，所谓"家白石而户玉田"，可见张炎词在清代前期的流行程度。王国维将吴文英与张炎并加贬斥，一方面，可见其不立宗派的学术立场；另一方面，也是因为吴文英与张炎都属于被王国维基本否定的南宋词人，而吴文英与张炎又都堪称南宋词风的代表，故王国维拈以重点批评，矛头则是针对步趋南宋词人的近代词坛。

"映梦窗"二句，原是吴文英为名姝赋听雨小阁中的句子，乃写春季梦中凌乱的绿色景象，适以形容其茫然纷乱之心绪。以景写情，本是与主题结合甚紧的好句。而王国维拈以回评吴文英词，乃是用了断章取义的方法，借以形容吴文英词的意象密集而凌乱，思维跳跃而模糊，语言美赡而堆砌。尤其是句中"梦窗"二字又恰好是吴文英的号。这既可看出王国维的慧心所在，又可见出其对吴文英贬抑过甚的心态。

"玉老田荒"是张炎与周密话旧的《祝英台近》一词中的句子。其《踏莎行》中另有"田荒玉碎"之句。张炎因此而自号"玉田"，可见他的自赏之意。"玉老田荒"，张炎在接下的"心事已迟暮"一句已经大致说出其意思了，大意是形容自己如田园荒芜如玉石老碎，诸事无成而已。此在张炎表述其心境而言，也是自然贴切的。王国维将此四字断章以评张炎词，则改变了其内涵，主要形容张炎词的意思枯竭而已。王国维当然不是不明白"映梦窗"二句和"玉老田荒"的本意，只是故意借其成句而讽刺二人罢了。将吴文英与张炎之词如此恶评，其实是将近人师法吴文英和张炎二人的学理釜底抽薪了。

五一

"明月照积雪"[1]、"大江流日夜"[2]、"中天悬明月"[3]、"黄河落日圆"[4]，此种境界，可谓千古壮观。求之于词，唯纳兰容若[5]塞上之作如《长相思》之"夜深千帐灯"[6]、《如梦令》之"万帐穹庐人醉，星影摇摇欲坠"[7]差近之。

[1]"明月"句：出自南朝诗人谢灵运《岁暮》："殷忧不能寐，苦此夜难颓。明月照积雪，朔风劲且哀。运往无淹物，年逝觉已催。" [2]"大江"句：出自南朝诗人谢朓《暂使下都夜发新林至京邑赠同僚》："大江流日夜，客心悲未央。徒念关山近，终知返路长。秋河曙耿耿，寒渚夜苍苍。引领见京室，宫雉正相望。金波丽鳷鹊，玉绳低建章。驱车鼎门外，思见昭丘阳。驰晖不可接，何况隔两乡？风云有鸟路，江汉限无梁。常恐鹰隼击，时菊委严霜。寄言蔚罗者，寥廓已高翔。" [3]"中天"句：出自唐代诗人杜甫《后出塞》之二："朝进东门营，暮上河阳桥。落日照大旗，马鸣风萧萧。平沙列万幕，部伍各见招。中天悬明月，令严夜寂寥。悲笳数声动，壮士惨不骄。借问大将谁，恐是霍嫖姚。" [4]"黄河"句：出自唐代诗人王维《使至塞上》："单车欲问边，属国过居延。征蓬出汉塞，归雁入胡天。大漠孤烟直，长河落日圆。萧关逢候骑，都护在燕然。"王国维将"长河"误作"黄河"。 [5]纳兰容若：即纳兰性德（1655—1685），原名成德，因避讳而改名性德，字容若，号愣伽山人，先世为蒙古人。著有《通志堂集》，附词四卷，词集初名《侧帽》，后经顾贞观增补并易名为《饮水词》，今存词近350首。 [6]"夜深"句：出自清代词人纳兰性德《长相思》："山一程。水一程。身向榆关那畔行。夜深千帐

灯。　　　风一更。雪一更。聒碎乡心梦不成。故园无此声。" 　　[7]"万帐"二句：出自清代词人纳兰性德《如梦令》："万帐穹庐人醉。星影摇摇欲坠。归梦隔狼河，又被河声搅碎。还睡。还睡。解道醒来无味。"

【评】

此则言诗词境界之"大"，乃言说诗词之同也。

不过这种"同"侧重在壮观阔大的气象方面。王国维分析境界类型时曾有大、小境的区分，这里所说的应该近乎"大"境。诗中壮观之境比较常见，而词因为体制"要眇宜修"的限制，多以表现婉约之情致、细腻之景象为主，所以壮观词境相对少见。王国维通过此则，意欲表达这样的看法：诗词两种文体其实颇多兼通，即在"壮观"之境上也不例外。

王国维先后引用了谢灵运、谢朓、杜甫、王维的诗句来作为"壮观"之境的范例。"明月照积雪"，写明亮之月与白色之雪相映照，自然会形成茫茫无际的感觉；"大江流日夜"，既是"大江"，则其奔流可知，"流日夜"更写出一种时间上的无尽之感；"中天悬明月"，则一方面月明可知，另一方面因为其悬挂中天，则月光洒照的范围之广阔也可想见；"长河落日圆"，将长河水流的奔涌与黄昏夕照融合为一整体画面，带有强烈的苍凉浑厚之感。这四句诗，无论是画面的静景或动景，还是时间上的一时或永恒，都写出了一种辽阔、苍茫、深沉、浑厚的感觉，不仅气魄绝大，而且思虑渊深。王国维说是"千古壮观"，并非虚誉。

词中壮观之境，原本在苏轼、辛弃疾、刘过、刘克庄等人词中也时有表现，如苏轼《江城子》之"千骑卷平冈"，辛弃疾《水龙吟》之"楚天千里清秋"，等等。但王国维此处不举此数人，而特别挑出清代的纳兰性德来作对应之论，或许与他接下来要评说纳兰性德的词有关。王国维所列举的"夜深"一句和"万帐"二句，写草原夜景，夜色的掩护自然会带来深沉苍茫之感，但纳兰性德重点写的是深夜蒙古包里透出的光亮，写醉眼中的遥遥欲坠之星影。其实这些景象本无所谓"壮观"，但纳兰性德分别点缀一"千"字、一"万"字，遂使得画面骤然拉开而变得壮阔起来。虽然王国维列举诗歌之例，皆为自然之景象，而列举纳兰词例，则侧重在人文景观，但景象的"壮观"确是相似的。

五二

纳兰容若以自然之眼观物，以自然之舌言情。此由初入中原，未染汉人风气，故能真切如此。北宋以来，一人而已。

【评】

此则以纳兰为例，言观物、言情之不隔自然，仍是为境界说张本。

"自然"是王国维非常重视的一个概念，其论境界说的内涵，论隔与不隔等，"自然"始终是其中最核心的内涵之一。此则从"自然"的角度将纳兰性德誉为北宋以来"一人而已"，这个评价不可谓不高，但其实着眼点在"北宋"二字。换言之，王国维是以北宋之眼来裁断词史，而纳兰性德无论是在小令的体制选择上还是在风格的趋同上，确实更具北宋的韵味。

所谓"以自然之眼观物"，即是超越人世间种种利害关系，从自然人性和纯粹审美的角度来审视外物，从而将外物的精神观照出来，物性的彰显也由此最为充分。王国维在此其实强调的是一种审美主体对审美客体的纯粹性。所谓"以自然之舌言情"，就是将即兴的感受用自然的语言予以表达，不刻意借用典故，或安排结构，以造成艰深的作品面貌，而是将活泼泼的情感自然倾泻出来，如此才能将物性和最真实的审美感受通过自然的语言表达出来。所以这两句不仅求物性之真，也求情感之真。"真"是"自然"最坚实的底蕴。

王国维认为，纳兰性德之所以能在文体程式化十分严重的清代，依然葆有这种自然之心，与他蒙古族的民族特性有一定关系。清代满族人主政，虽然有一个不断汉化的过程，但在纳兰性德的时代，尚较多地保留了蒙古民族自然率真的性格，所以能在已久被扭曲、失却自然韵致的词体中重新唤回这样一种真切自然的风格。虽然"北宋以来，一人而已"的评价显得太高，但从纳兰词里，确实可以看到一种久违了的北宋词珠圆玉润的神采，这可能是王国维对其特加垂青的原因所在。

五三

陆放翁《花间集》，谓："唐季五代，诗愈卑，而倚声者辄简古可爱。……能此不能彼，未可以理推也。"[1]《提要》驳之谓：犹能举七十斤者，举百斤则蹶，举五十斤则运掉自如。[2]其言甚辨。然谓词必易于诗，余未敢信。善乎陈卧子[3]之言曰："宋人不知诗而强作诗，故终宋之世无诗。……然其欢愉愁苦之致，动于中而不能抑者，类发于诗余，故其所造独工。"[4]五代词之所以独胜，亦以此也。

[1]"唐季"数句：出自南宋词人陆游《花间集·跋》："唐自大中后，诗家日趣浅薄，其间杰出者，亦不复有前辈闳妙浑厚之作，久而自厌，然梏于俗尚，不能拔出。会有倚声作词者，本欲酒间易晓，顾摆落故态，适与六朝跌宕意气差近，此集所载是也。故历唐季五代，诗愈卑而倚声辄简古可爱。……笔

墨驰骋则一，能此不能彼，未易以理推也。"王国维将"未易"误作"未可"。　　[2]"犹能"数句：出自清代《四库提要》集部词曲类一《花间集》："后有陆游二跋。……其二称：'唐季五代，诗愈卑而倚声者辄简古可爱。能此不能彼，未易以理推也。'不知文之体格有高卑，人之学力有强弱。学力不足副其体格，则举之不足。学力足以副其体格，则举之有余。律诗降于古诗，故中晚唐古诗多不工，而律诗则时有佳作。词又降于律诗，故五季人诗不及唐，词乃独胜。此犹能举七十斤者，举百斤则蹶，举五十则运掉自如，有何不可理推乎？"　　[3]陈卧子：即陈子龙（1608—1647），字人中，又字卧子，号大樽，松江华亭（今属上海市）人。著有《陈忠裕公词》等。　　[4]"宋人"数句：出自明代末年诗人陈子龙《王介人诗余序》："宋人不知诗而强作诗。其为诗也，言理而不言情，故终宋之世无诗焉。然宋人亦不免于有情也。故凡其欢愉愁怨之致，动于中而不能抑者，类发于诗余，故其所造独工，非后世可及。盖以沉至之思而出之必浅近，使读之者骤遇如在耳目之表，久诵而得沉永之趣，则用意难也。以儇利之词，而制之实工炼，使篇无累句，句无累字，圆润明密，言如贯珠，则铸调难也。其为体也纤弱，所谓明珠翠羽，尚嫌其重，何况龙鸾？必有鲜妍之姿，而不借粉泽，则设色难也。其为境也婉媚，虽以警露取妍，实贵含蓄，有余不尽，时在低回唱叹之际，则命篇难也。惟宋人专力事之，篇什既多，触景皆会。天机所启，若出自然。虽高谈大雅，而亦觉其不可废。何则？物有独至，小道可观也。"王国维将"愁怨"误作"愁苦"，又衍"然其"二字。

【评】

此则言唐末五代词之"独胜"，仍是呼应境界之说。盖五代、北宋是词史之有境界而"独绝"者。

此则在引述与辨析中，探讨文体嬗变之规律，隐含着"一代有一代之文学"之观念。

陆游《花间集·跋》注意到晚唐五代词体渐盛，却正是诗体萎靡之时，所以提出了一时代文学创作"能此不能彼"的问题。也就是说，一个时代某一种新文体的兴盛，往往意味着旧文体的衰落。与此相关的是：一个诗人在某一种文体上的擅长也常常意味着在别的文体上的陌生。陆游虽然说"未易以理推也",其实他的"能此不能彼"也已经大致地说出了这个"理"了。

《四库全书总目》对陆游跋文的辩驳,其实已经偏离了陆游的本意。以举重为例来说明写诗就好像能举70斤的人来举100斤的物体,故会感到吃力,而填词就好像只要举50斤的东西,自然会很轻松,以此来说明诗难词易的道理。王国维一方面认为就举重本身而言,四库馆臣的说法堪称"甚辩";但另一方面又认为以此来说明诗词之难易轻重,就不免流于妄谈了。他援引陈子龙《王介人诗余序》分析宋代诗词兴替的原因来作为自己立说的依据。陈子龙认为宋词的成就之所以在宋诗之上,就在于宋人对诗歌的定位发生了问题,他们没有充分重视情感与诗歌的关系,将议论说理作为诗歌的本质,而将喜怒哀乐之情倾注到词体之中,所以"无意"中促成了宋词的发达。陈子龙以情感为本位来分析宋代诗词之不同,自蕴其理。但宋诗的议论化其实也是诗体发展的一种必然,同样也具有文体意义。陈子龙在这方面过于拘于传统了,故其立说有欠通透之处。王国维并非专门探讨宋代诗词之高下,他只是择取陈子龙在诗词上坚持的情感本体论,来为自己的文体更替规律做一旁证而已。他将五代词的繁盛与宋词的繁盛相并而论,认为也体现了这一规律。就这一点而言,王国维的学理是自足的。

五四

四言[1]敝而有楚辞[2],楚辞敝而有五言[3],五言敝而有七言[4],古诗[5]敝而有律绝[6],律绝敝而有词。盖文体通行既久,染指遂多,自成习套。豪杰之士,亦难于其中自出新意,故遁而作他体，以自解脱。一切文体所以始盛终衰者，皆由于此。故谓文学后不如前，余未敢信。但就一体论，则此说固无以易也。

[1] 四言：即四言诗，是古代诗体的一种。句式主要以四字组成，也有少量杂言句式，上古歌谣及《周易》中的部分韵语，已初具四言诗的形态。我国第一部诗歌总集《诗经》即以四言体为主，杂有少量三、五、七、八、九言之句。　[2] 楚辞：又称"楚词"，是战国时期的伟大诗人屈原在楚地民间文艺的基础上创造的一种诗体，内容以描写楚地的山川人物、历史风情为主，使用大量的楚地方言声韵，充满多种艺术想象，具有浓厚的地方特色。汉代刘向把屈原、宋玉以及带有楚辞风格的作品汇编为《楚辞》一书。楚辞对汉赋的形成产生了重要影响。　[3] 五言：即五言诗，是古代诗体的一种。句式每句五个字。作为一种独立的诗体，大约起源于西汉而在东汉末年趋于成熟。五言诗可分为五言古诗、五言律诗、五言绝句等多种形态。　[4] 七言：即七言诗，是古代诗体的一种。每句以七字组成，也有少量杂言句式。秦汉时期的民间歌谣已有七言诗的雏形，唐代七言诗全面兴盛。七言诗主要包括七言古诗、七言律诗和七言绝句等形态。　[5] 古诗：即古体诗，是相对于近体诗（即格律诗）的一种诗歌文类，分四言、五言、七言、杂言古诗等多种形态，而以五言、七言为主。古诗最初得名大概始于魏晋时期，将此前无名氏所作的无题五言诗统称为"古诗"，即今天所说的《古诗十九首》。　[6] 律绝：即律诗与绝句，是近体诗的两种基本类型，主要分五言律诗、五言绝句、七言律诗、七言绝句等。绝句每首四句，律诗每首八句。格律、用韵要求严格。

【评】

此则言文体兴替之规律，然各朝各以体胜，未可随意臧否前后文学之高下。

此则带有总结文体演变、兴替规律的意味。从某种程度而言，一部文学史即是一种种文体兴衰、交替的历史。王国维撰述此则，可见他虽以"词话"名自己的这部著述，其实是以词体为重点来探索文学发展的规律等诸多问题。

四言—楚辞—五言—七言，古诗—律绝—词。王国维对文体嬗变规律的描述其实包含着两个层次：先是在"古诗"的范围内列出从四言到七言的发展过程，继而将"古诗"与近体诗、词划分为另外一个过程，而将"词"作为韵文文体的终结。两个阶段的划分，确实符合韵文文体发展实际。在文体兴替过程中，王国维使用了一个"敝"字。所谓"敝"就是指文体在长期发展过程中逐渐形成并拘为定式的"习套"。因为这种习惯越顽固，程式越烦琐，其对诗人情性的桎梏也就越多。如此，文体的衰落便不可避免。所以王国维的这个"敝"字，确实部分地反映了文体程式化倾向所导致的必然结果。但这个"敝"字也容易被误解为一种新文体的产生必定以一种旧文体的衰落为前提。事实上，文体演变并非简单地以一文体替代另一文体，而是往往还有其他的因素在起作用。譬如楚辞的产生便并非因为四言诗的"敝"，而是与楚国的地方风俗有关；再譬如词体的产生也非完全根源于近体诗的衰落，而与音乐体系的转变也有着颇为密切的关系。再说古诗、律绝、词的并行，其实也是宋代及此后文学的常态，故一个"敝"字，实不足反映出文体嬗变规律的全部。

王国维认为一种文体在产生之初，都会葆有一种独特的魅力和活力。但当这种文体被染指的程度过深，就会不断被赋予新的规范，而规范的增多，自然会影响到诗人表达感情的自由，所以新的文体就在这种感情需求中产生了。这当然需要"豪杰之士"过人的创造能力才能将这一愿望付诸实施。这既是他们个人的解脱之道，也是新文体产生的动力所在。但值得注意的是，王国维虽然认为文体都有始盛终衰的规律存焉，但就文学总体而言，却不能由此得出后不如前的结论。因为情感表达的艺术处于不断变化之中，而文体不过是为这种情感表达提供一种体制载体而已。文体本身并无尊卑优劣之分，此论堪称精辟。

五五

诗之《三百篇》[1]《十九首》[2]，词之五代、北宋，皆无题也。非无题也，诗词中之意，不能以题尽之也。自《花庵》[3]《草堂》[4]每调立题，并古人无题之词亦为之作题。如观一幅佳山水，而即曰此某山某河，可乎？诗有题而诗亡，词有题而词亡。然中材之士，鲜能知此而自振拔者也。

[1]《三百篇》：即《诗经》之别称，因其有诗305首，故约以成数而称之为《三百篇》，亦称《诗三百》。　[2]《十九首》：即《古诗十九首》，为东汉末年无名氏所作五言诗的合称，初名《古诗》，因其数量为19首，故后世多称《古诗十九首》，省称《十九首》。　[3]《花庵》：即《花庵词选》，亦名《绝妙词选》，南宋黄升编选，共20卷，选词1000多首。前10卷为《唐宋诸贤绝妙词选》，后10卷为《中兴以来绝妙词选》。所选各家系以小传，间附评语，颇具卓识。　[4]《草堂》：即《草堂诗余》，南宋何士信编选，共4卷，选录唐五代宋词367首，以宋代柳永、苏轼、秦观、周邦彦四家词为最多。按内容分为四季、节序、天文、地理、人物、器皿等11类，词下系以作者名，少量词句下有注，词后多附录各家词话。此书宋刊本已佚，今存最早为元代刊本。

【评】

此则言题之有无与意之远近之关系。

此则看似讨论诗词有题与无题的关系，实际上是强调"意"的"深远之致"的问题，仍可回到诗词言外之意的话题中来。王国维认为《诗经》、《古诗十九首》、五代北宋之词都无题，这种"无题"并非是没有主旨，而是无法找到能概括内容的题目，或者说勉强立一题目，反而将作品中所包含的丰厚意味限制住了，所以王国维说诗词的无题是因为"不能以题尽之"的意思。因为诗词语短情长，其意蕴以带有开放性和联想空间为上。所以王国维主张诗词的"无题"，不仅仅是强调有题无题的形式问题，而是在强调一种属于诗词特有的文体韵味。不过，王国维为了强化立论的气势，不免也有出语仓促之处，譬如北宋词中"有题"的现象就是不一而见的，如苏轼词更是以有题为主，则概将北宋词说为"无题"，就显得草率了。

王国维特别提到《花庵词选》《草堂诗余》两部词选的擅自立题现象确实比较突出，有的是出于演唱功能的需要，如《草堂诗余》本为坊间歌唱而编选，为了方便歌伎根据情境选择曲词，故有季节、节序等分类，而每首作品之下更有将这种季节和节序具体化的现象。其实这种编排和点题多是姑妄言之，带有实用意义的。只是后人往往根据编者所加的题目去理解作品之意，恐怕编者当初也未料到。王国维认为读诗读词，就好像看一幅精美的山水画，观者但凭想象，感受其山水之形、山水之美就足够了，不一定要明确指出具体是某山某水。王国维的这一理念当然是有道理的，但其实点名某山某水，同样也不妨碍有想象力和审美能力的观众去联想到更多的审美空间。只是"中材之士"往往会受这种有题的情况局限而已。

"诗有题而诗亡，词有题而词亡。"王国维的这一"判断"，我们自然不能过于质实去理解，因为王国维无非是以一种强力判断来强力反对"有题"——特别是后人擅自加题的现象而已。事实上，王国维自己的诗词有题的现象就不是偶然的。但从另外一个角度来说，一味以"无题"的形式来形成作品意旨的开放现象，也并非上策。既然"有题"能限制"中材之士"的意义联想，则"无题"是否同样会让"中材之士"的意义联想茫然无归呢？

五六

大家之作，其言情也必沁人心脾，其写景也必豁人耳目，其辞脱口而出，无矫揉妆束之态。以其所见者真，所知者深也。诗词皆然。持此以衡古今之作者，可无大误也。

【评】

此则言"大家之作"的标准在言情、写景、用语之自然、真实与深刻，乃对文学有深刻、精准体会之语。亦呼应境界说。

此则虽不着"境界"二字，但无不是为"境界"二字而发。王国维显然并非以"境界"为词体独有之物，而是将其作为文学的基本特性来看待的，只是诗词更为强调境界，而词尤其以境界为"最上"而已。

情、景、辞三者是文学——特别是诗词的基本元素。王国维在词话中用了好多则以说明诗词相通，并在为词体定义时也充分注意到诗与词在内容上的交叉现象。此则所说的"大家之作"其实对应的应该是有境界的典范之作，所以对情、景、辞三者的要求悬格很高。所谓"言情也必沁人心脾"，就是强调情感的感染力和穿透力；所谓"写景也必豁人耳目"，就是强调景物的真实性和生动性；所谓"其辞脱口而出"，就是强调语言的即兴和自然。将此三者与王国维论境界、论隔与不隔等理论对勘，在审美标准上彼此几乎是重合的。

王国维将这种情、景、辞的特点建立在"所见者真，所知者深"的基础之上。而所见者真其实需要作者"以自然之眼观物"，即以超越利害关系的审美方式去观照事物，才能接触到最为真实的生活现象，也只有透过最真实的现象才能"所知者深"，才能发掘出最深沉的本质属性。王国维曾提出过观照事物的"入乎其内""出乎其外"的"出入说"，其实与此则也是可以互相对勘的，都可以置于境界说的范畴之内予以考量。

五七

人能于诗词中不为美刺[1]投赠之篇，不使隶事[2]之句，不用粉饰之字，则于此道已过半矣。

[1] 美刺：即赞美与讽刺。美刺说是汉儒解说《诗经》的两种基本方式，"美"多集中于"颂"诗，"刺"多集中于"风"诗。　[2] 隶事：以故事相隶属，即引用典故、故实之意。

【评】

此则言纯文学之自然之旨，与前数则可以合观。

此则乃承前一则之意，"三不"云云其实正是对言情、写景、用辞而言的，只是反面立说而已。以此可见王国维立论之周密考虑。

美刺说本是汉儒解说《诗经》的基本范式，着重揭示其在比兴创作方式之中所包含的或颂扬先圣或讥讽现实的用意，实际上是从政治、伦理、道德等角度将《诗经》从"文学"的层面剥离出来。王国维反对诗人写美刺之篇，乃是将文学回归到文学本身之意。诗词重在抒发一己之感情，讲究审美的纯粹意义，一旦陷入美刺的领域，就沦为政治、伦理的机械宣传了，其对"文学"意义的侵蚀也就不可避免。

"投赠"云云是针对"伪文学"而言的。唐宋以来的干谒投赠之风，因为带着明显的功利色彩，所以往往有抑扬过甚之处，充斥着虚情假意。王国维提倡境界说，以真景物、真感情为底蕴，而投赠之作恰恰失却了文学最重要的"真"，故为王国维深加贬斥。

"隶事之句"与"粉饰之字"，则违背了"其辞脱口而出"的原则。因为无论是用典还是修辞，都可能在一定程度上损害到语言的生动和鲜明，更遑论即兴的创作方式了。用典使当下鲜活的意思要通过历史意象才能得以领会，这种当下与历史的结合不可能达到完全的契合程度，所以必定会带来作品意义的部分流失，典故的本意也必然会遮蔽掉当下感悟的部分意义。而粉饰之字则更在表象上妨碍了意义的彰显，失去了自然、真实的意味，所以也为王国维所不满。

当然，王国维说能做到这"三不"，便能于诗词之道"过半"，也显得过于乐观了。事实上，纯粹文学的审美并不是不美刺、不隶事、不粉饰，而是如何美刺、如何隶事、如何粉饰。自然固然是一种美，适宜的创作技巧和修辞方式，也同样能造就一种文学的美。其中关键就在于作者创作素养是否高超而已。

五八

以《长恨歌》[1]之壮采，而所隶之事，只"小玉""双成"[2]四字，才有余也。梅村[3]歌行，则非隶事不办。白、吴[4]优劣，即于此见。不独作诗为然，填词家亦不可不知也。

[1]《长恨歌》：唐代诗人白居易所作长篇叙事诗，作于公元806年。全诗形象地叙述了唐玄宗与杨贵妃的爱情悲剧，"长恨"是此诗的主题。　　[2] "小玉""双成"：出自唐代诗人白居易《长恨歌》："忽闻海上有仙山，山在虚无缥缈间。楼阁玲珑五云起，其中绰约多仙子。中有一人字太真，雪肤花貌参

差是。金阙西厢叩玉扃，转教小玉报双成。闻到汉家天子使，九华帐里梦魂惊。揽衣推枕起徘徊，珠箔银屏迤逦开。云鬟半偏新睡觉，花冠不整下堂来。"小玉：吴王夫差之女。双成：即董双成，传说为西王母的"蟠桃仙子"，相当于侍女，负责西王母与众仙的沟通。诗中"小玉""双成"意指杨贵妃在仙境中的侍女。　[3]梅村：即吴伟业（1609—1672），字骏公，号梅村，太仓（今属江苏省）人。著有《梅村集》等，有《梅村词》二卷。"梅村歌行"，当指其所作《圆圆曲》。　[4]白、吴：即白居易与吴伟业。白居易（772—846），字乐天，号香山居士。下邽（今陕西省渭南市）人，著有《白氏长庆集》等。

【评】

此则继续言说用典用事之非。

此则乃前一则"不使隶事之句"的再度诠释，以是否隶事、隶事多少作为裁断诗人高下的重要依据。

王国维将白居易的《长恨歌》和吴伟业的《圆圆曲》做了对比，发现《长恨歌》全诗不过用了"小玉""双成"四个字的典故，以代指杨贵妃在仙境中的两个侍女而已，其他皆是直接叙述唐玄宗与杨贵妃的悲情故事，文气直贯而下。王国维因此称赏白居易"才有余也"，即不必利用隶事等来增强笔力，才气已足以支撑全篇。而《圆圆曲》中的典故几乎触目皆是：如以"鼎湖"代指崇祯的死；"采莲人"用西施故事；"早携娇鸟出樊笼，待得银河几时渡"，用牛郎织女的故事来代指吴三桂和陈圆圆；"可怜思妇楼头柳，认作天边粉絮看"，"楼头柳"化用王昌龄《闺怨》；"遍索绿珠围内第，强呼绛树出雕栏"，以晋代石崇爱姬绿珠和魏文帝曹丕宠妃绛树来代指陈圆圆；"一斛珠连万斛愁，关山漂泊腰肢细"，"一斛珠"用唐玄宗送梅妃一斛西域珍珠故事；"尝闻倾国与倾城，翻使周郎受重名"，用三国周瑜赤壁之战故事，等等。这种密集的典故使用在对偶句中，形成了全诗镂金错彩、典雅工丽的风格特征。但实事求是说，过多的典故，也难免造成意为词累，特别是欲求其"语语都在目前"的效果，就勉为其难了。

毋庸讳言，《长恨歌》的艺术成就和影响力确实在《圆圆曲》之上。但是否可以将这种高低放在隶事这一点来衡量，这其实是有疑问的。王国维明确说"白、吴优劣，即于此见"，不免带着意气。虽然说歌行体诗与律诗不同，确实不宜多用典，但吴伟业与白居易毕竟生活在不同的时代。吴伟业过多用典中自然会包含逞才显学的因素，但在清初颇为恶劣的政治环境中，文人的自由是极其有限的。吴伟业在《悲歌赠吴季子》诗中就说过"受患只从笔下始"的话，则为了避患而使用典故，曲折其意，深藏其思，也是有着深刻的时代背景。既如此，则拿用典的多少来裁断诗人诗作的高下，其未尽合理之处，也就昭然可见了。

五九

近体诗[1]体制，以五、七言绝句[2]为最尊，律诗[3]次之，排律[4]最下。盖此体于寄兴言情，两无所当，殆有均之骈体文[5]耳。词中小令[6]如绝句，长调[7]似律诗，若长调之《百字令》《沁园春》等，则近于排律矣。

[1] 近体诗：即今体诗或格律诗，是唐代形成的律诗和绝句的通称，为区别于此前的古体诗，故称。讲究平仄、对仗和押韵。近体诗包括绝句、律诗、排律三种，以律诗的格律为基准。　[2] 五、七言绝句：即五绝与七绝，五绝每句五言，每首四句；七绝每句七言，每首八句。　[3] 律诗：近体诗的一种。律诗发源于南朝齐永明时沈约等讲究声律、对偶的新体诗，至初唐沈佺期、宋之问时正式定型，成熟于盛唐时期。律诗分五律、六律、七律，其中六律较少见。律诗一般规定每首八句，也有仅为六句的，则称为小律或三韵律

诗；十句以上的，则称排律或长律。律诗要求全首通押一韵，限平声韵；每句中用字平仄相间，上下句中的平仄相对，有"仄起"与"平起"两式。　　[4]排律：律诗的一种，又称长律，是按照律诗的格式加以铺排延长而成，故称。排律与一般律诗相同，严格遵守平仄、对仗、押韵等规则，韵数不低于五韵，多者可达一百韵。除首尾两联外，中间各联例须对仗。各句间也都要遵守平仄粘对的格式。排律以五言为多，七言极少。五言六韵或八韵的试帖诗也是排律的一种。　　[5]骈体文：即骈文，亦称骈俪文、骈偶文、四六文等。是与散文相对而言的一种文体，产生并形成于魏晋时期。因其句式两两相对，犹如两马并驾齐驱，故被称为骈体。其主要特点是以四六句式为主，讲究对仗；在声韵上，运用平仄，韵律和谐；在修辞上，注重藻饰和用典。是一种相当重视形式技巧的文体。　　[6]小令：亦称令词、令曲，词体的一种。词体分小令、中调和长调三类，明人始有此明确划分，而将58字以内者称为小令。或认为小令出于唐人酒令，或认为小令最初当是音乐术语，燕乐曲破中节奏明快精炼的部分即叫小令。若干带有"令"的词牌有《调笑令》《十六字令》《如梦令》《唐多令》等。　　[7]长调：即慢词，词体的一种。一般字数较多，体制较长。明人将91字以上者定为长调，但争议颇大。

【评】

此则以词类诗，言说文体之尊卑高下，其说稍有唐突。

此则言文体尊卑是表象，而以"寄兴言情"四字为内核，在朝代上为唐五代北宋，在体制上为小令张本。此是王国维用意曲折处。

文体本无所谓尊卑，但王国维却刻意要分出高下，其中当然有他的用心。他认为在近体诗中，绝句为尊，律诗次之，排律最下。这一排序，从现象上来说，是篇幅越长，地位越低。但何以会形成这样的"定势"呢？王国维提出了"寄兴"与"言情"两个问题。篇幅越短如绝句，因为字数限制，自然无法将情感在文字表面说透彻，所以只能以比兴的方式隐约点明，而将言外之意留待读者去想象，所以越是体制短小的文体，越要讲究比兴的方式。体制长的文体可以详尽铺叙，而铺叙之中自然要形成以叙事为主体的结构，如此对于以"言情"为宗旨的诗歌文体来说，就不免偏离了方向。所以王国维说排律类似有韵的骈文，"寄兴言情，两无所当"。

说诗体尊卑，其实意在说词体尊卑。所以，王国维在为近体诗之尊卑排序完毕后，就过渡到词体尊卑之排序了。他把小令拟之如绝句，把一般性的长调拟之如律诗，而将《百字令》《沁园春》等特别长的长调拟之如排律。其用意亦如近体诗之排序，在"寄兴言情"四字而已。所以这一则说到底，王国维就是要将小令的地位奉为最高。因为只有寄兴言情的小令才有境界可言，也只有唐五代北宋才是小令昌盛的时期，而南宋词则以长调居多。如此，即仅从小令一端也为王国维推崇唐五代北宋词提供了文体依据。

六〇

诗人对宇宙人生，须入乎其内，又须出乎其外。入乎其内，故能写之；出乎其外，故能观之。入乎其内，故有生气；出乎其外，故有高致。美成能入而不出；白石以降，于此二事皆未梦见。

【评】

此则言说诗人对宇宙人生的入、出之理，在兼得生气与远致，此说深契文学创作之实际。

此则提出了著名的"出入说"，其求真、求深、求远的宗旨，意味着"出入说"是创造境界的重要途径。此则结尾所拈出的周邦彦和姜夔两人是王国维此前数度批评过的。在王国维看来，周邦彦多使用替代字，缺乏创意之才，故其作品也乏深远之致；姜夔看似格韵高绝，但因为不在境界上用力，所以不仅其作品情伪景隔，而且局促高门之下，其人品也带有伪饰的成分。由后观之，王国维提出"出入说"的目的乃在于补救周邦彦和姜夔等人之失，为其创造境界而导乎先路。

"出入说"是彼此关合的学说，合之则双美，离之则两伤。"入"是前提，是基础，所谓"入乎其内"，非指浮光掠影的浏览或浅尝辄止的体会，而是要由表入里，入乎宇宙万物和人生思想情感之深层。如此，才能将宇宙万物和人生最本质和最深刻的东西潜心观察出来，细致品味出来，才能为文学创作提供最为丰富、鲜活和生气勃勃的情景素材。"出"是在"入"的基础上的提高和升华。"入"更多的是观照一物或数物之物性、一人或数人之情感，终究是有限的；而"出"则是超越宇宙人生的具体形态，以一种审美的心胸去审视被观之物，可以向无限延伸，从而观照、演绎出宇宙人生之普遍性的意蕴。所以，"入乎其内"是求实，是体验，求实体验才能写出审美客体之精神气象；"出乎其外"是务虚，是超越，务虚超越才能突破一物一人之所限，将意蕴向深沉广大方面拓展，才能将审美观照后的高远之致抽绎出来，表达出来。如此看来，王国维的"出入说"乃是概括了文学创作的重要规律，极具锐眼和理论张力。

当然，"出入说"并非王国维的首创，此前周济倡言寄托，也说过"非寄托不入，专寄托不出"的话题。龚自珍也在《尊史》一文中，从治史的角度提出过"善入"与"善出"之说。刘熙载《游艺约言》从"顺生"的角度也提出过"入乎形内，出乎形外"的说法。王国维的"出入说"则很可能是在诸家学说的基础上，围绕着文学创作的体验和思维过程，予以更精当更深刻的提炼和概括，也因此，其"出入说"的学术影响也就更为深远。

六一

诗人必有轻视外物之意，故能以奴仆命风月；又必有重视外物之意，故能与花鸟共忧乐。

【评】

此则言诗人处理与外物关系的原则在轻重之间，与"出入"说可以合观。

此则言物我之关系，在重视外物的基础上，强调了诗人的主体地位。与前一则"出入说"可以对勘。只是"出入说"乃就诗人观物而言，此则则就构思过程中的物我关系的变化而论。

从构思的顺序来看，重视外物应该在前。所谓"重视外物"，其实就是前则所谓对宇宙人生"入乎其内"之意。这种重视不仅仅是一种创作态度，更是一种审美方式。只有审美主体心境虚静，将物我之间的种种关系、限制之处排除掉，才能与花鸟——审美客体融为一体，体察出审美客体中所蕴含的情感内涵。

只有曾经重视了外物，并曾经感受过外物的忧乐，才能进一步谈论轻视外物的话题。所谓"轻视外物"，乃是强调审美主体的主体性地位。诗人观物的目的不在于外物本身，而在于通过诗人的审美眼光发掘出外物所包含的精神内涵。诗人的眼光越纯粹，对外物物性的把握便越准确、越充分。可见，在观物的过程中，诗人的眼光始终是占据主导地位的。借助最准确的物性来表达诗人最深刻的感情，这才是诗人观物的意义所在。所以，诗人在与花鸟共忧乐之后，便要以奴仆命风月了。如此，才能将物我的生命交流彰显到更高的高度。王国维对构思阶段性的描述确实是精确而到位的。

六二

"昔为倡家女，今为荡子妇。荡子行不归，空床难独守。"[1]
"何不策高足，先据要路津？无为久贫贱，辗轲长苦辛。"[2] 可为淫
鄙之尤。然无视为淫词、鄙词者，以其真也。五代、北宋之大词人
亦然。非无淫词，读之者但觉其亲切动人；非无鄙词，但觉其精力
弥满。可知淫词与鄙词之病，非淫与鄙之病，而游词[3]之病也。
"岂不尔思，室是远而。"而子曰："未之思也，夫何远之有？"[4] 恶
其游也。

[1]"昔为"四句：出自《古诗十九首》之二："青青河畔草，郁郁园中
柳。盈盈楼上女，皎皎当窗牖。娥娥红粉妆，纤纤出素手。昔为倡家女，今为
荡子妇。荡子行不归，空床难独守。"　　[2]"何不"四句：出自《古诗十九
首》之四："今日良宴会，欢乐难具陈。弹筝奋逸响，新声妙入神。令德唱高
言，识曲听其真。齐心同所愿，含意俱未申。人生寄一世，奄忽若飙尘。何不
策高足，先据要路津？无为守穷贱，辗轲长苦辛。"王国维将"守穷贱"误作
"久贫贱"。　　[3]游词：指游离于真性情之外的应酬或咏物之作。出自清代
词人金应珪《词选后序》："……规模物类，依托歌舞。哀乐不衷其性，虑叹无
与乎情。连章累篇，义不出乎花鸟。感物指事，理不外乎酬应。虽既雅而不
艳，斯有句而无章。是谓游词。"　　[4]"岂不"数句：出自《论语·子罕》：
"'唐棣之华，偏其反而。岂不尔思，室是远而。'子曰：'未之思也，夫何远
之有？'"

【评】

此则论"真"之可贵，而不计以何面目出现。此说稍有唐突。

此则的基本理念来自金应珪的《词选·后序》。金应珪梳理词史时提出了淫词、鄙词和游词的"词有三弊"说。王国维以此作为学理基础，但对金应珪之说做了调整，取舍略有不同。

王国维认为有些淫鄙之词未可简单以"淫鄙"视之。如《古诗十九首》之二中"昔为倡家女"四句，因为游子未归而有"空床难独守"的想法，不免流于"淫"的嫌疑；而《古诗十九首》之四中"何不策高足"四句，则明确表达了因为无法安于贫贱而萌生追求功名之心，这个想法在清傲的文人眼里也不免显得粗鄙。但王国维认为就这些句中所表达的情感来看，确实有淫邪、鄙俗的成分，但如此真实地袒露自己的胸襟，就文学的层面来说，完全可以看作与淫词、鄙词无涉。

对于五代北宋之词，王国维认为其情形略同于《古诗十九首》，虽然有淫邪，却读来亲切；虽然有粗鄙，但自有一种力量在。王国维因此而对金应珪的"三弊"说提出了质疑，因为金应珪是将三弊并列的，而王国维认为三弊之中，游词才是弊中之弊。"淫"和"鄙"本身不构成"弊"，只有当这种淫和鄙用一种虚假或应酬的方式表达出来时，才因为其"游"而彰显出"淫"和"鄙"的弊端的。王国维的这一判断正是建立在以"真"为文学之生命的基础之上，其境界说以"真感情"为基本内涵之一，也可与此对勘。

在此则最后，王国维引用孔子对《诗经》中"唐棣"数句的评论，大意是说因为棠棣花生长较远，所以无法对其花开花落进行切实的思念。而孔子认为真正的思念根本就是与距离无关的，所以有无思念之心才是最重要的。王国维借用这一则评论，其意或在说明游词之病其实病在心的游离，没有很好地落实到真感情上，所以也导致了淫词、鄙词的出现。

六三

　　"枯藤老树昏鸦。小桥流水平沙。古道西风瘦马。夕阳西下。断肠人在天涯。"[1] 此元人马东篱[2]《天净沙》小令也。寥寥数语，深得唐人绝句妙境。有元一代词家，皆不能办此也。

　　[1]"枯藤"五句：出自元代散曲家马致远《天净沙》。"平沙"，他本多作"人家"。　　[2]马东篱：即马致远（约1251—1324？），字千里，号东篱，大都（今北京市）人。著有散曲集《东篱乐府》等。

【评】

　　此则以马致远《天净沙》为例，言说元曲胜元词之处在于尚存有唐人诗歌妙境。

　　王国维在最后两则由诗词而移论散曲，其用意一方面与诗——词——曲文体的自然嬗变有关，另一方面也与其在韵文文体内部寻绎其同的撰述理念有关。但宗旨仍落实到词体这一核心文体上。

　　所谓"唐人绝句妙境"，其实与五代北宋词之境界略似。因为小令似绝句，是王国维曾下的判断，而这种判断的核心就在于审美意趣上的相近。王国维论词体有"深美闳约""要眇宜修"之说，大意不出以简约精美语言表达深远不尽之意的内涵。此则引述的马致远《天净沙》乃是被誉为"秋思之祖"的名篇，以意象的连续呈现，在写秋景之中将漂泊游子的悲情表达得淋漓尽致。前三句九个意象，本是秋季常见之景象，但马致远各自前缀一词，如"枯""老""昏"等，则景中之情就自然蕴含在景象之中了，尤其是"枯藤老树昏鸦"一句，虽貌似写景，其实在开端一句就把情感倾泻在里面了。末二句，又将此前的单个意象组合到黄昏落日的整体背景之中，描述了在夕阳西下之时流落天涯的诗人形象。至此，前面的景象和后面的人物形象遂融合成一个萧瑟、凄凉的画面。其写情写景，真有一种绝大笔力。其间并无一个多余的字，也无一个与整体显得突兀的意象，情景结合也无一丝连缀的痕迹，故其为高。

王国维在大力称道马致远《天净沙》的同时，却对有元一代的词人词作作了整体性的否定，这其实也表明一种文体"始盛终衰"的基本规律，在揭示元曲取代宋词的客观现实的同时，隐含着"一代有一代之文学"的思想。

六四

白仁甫[1]《秋夜梧桐雨》剧[2]，沈雄悲壮，为元曲[3]冠冕。然所作《天籁词》[4]，粗浅之甚，不足为稼轩奴隶。岂创者易工，而因者难巧软？抑人各有能有不能也？读者观欧、秦之诗远不如词，足透此中消息。

[1] 白仁甫：即白朴（1226—1306?），原名恒，字仁甫，后改名朴，字太素，号兰谷先生，隩州（今山西省河曲市）人，徙居真定（今河北省正定市）。著有杂剧多种，词集名《天籁集》。　[2]《秋夜梧桐雨》剧：即白朴所作杂剧《唐明皇秋夜梧桐雨》，简称《梧桐雨》。此剧描写唐明皇、杨贵妃两人的爱情故事，抒情浓郁，诗味醇厚，文辞华美。剧本取材于唐代陈鸿的传奇小说《长恨歌传》和白居易的诗歌《长恨歌》，题目也因其中"春风桃李花开日，秋雨梧桐叶落时"诗句而得名。《梧桐雨》为末本戏，正末为李隆基。　[3] 元曲：是元代杂剧和散曲的合称。由于文学史上元杂剧的成就和影响超过散曲，所以也有以"元曲"单称杂剧。杂剧在结构上一般四折一楔子，其曲文由套数组成，间杂以宾白和科范，以用于舞台演出。散曲在体式上分小令和套数两类。小令又叫叶儿，体制短小，通常只是一支独立的曲子；套数亦名散套，由

多支曲子组成，而且要求始终用一个韵。散曲用语一般比较俚俗，有民歌风味。王国维此处所用"元曲"是指杂剧。 [4]《天籁词》：即《天籁集》，白朴词集名，共二卷，存词104首。白朴为词，师法苏轼与辛弃疾，故集中多豪放旷达之作。

【评】

此则以白朴为例，言说文学家在诸多文体中或有偏胜难以兼擅之形。

此则仍是承前一则之意，从一时代一作家一文体的多维角度来诠释"一代有一代之文学"的观念。前一则言元代散曲成就可观，而词体萎靡；这一则说白朴杂剧堪称元曲冠冕，而其词则粗浅之极。以一代论是如此，以一人论，亦是如此。

有元一代散曲家可以在创作中重造唐人绝句妙境，而词人则无法做到，这是词体已到了无法挽救的衰落时期的反映。此则再以白朴为例，其杂剧《梧桐雨》写唐明皇、杨贵妃之离合悲情，出以浓郁的抒情色彩、醇厚的诗味和华美的文辞，故有"诗剧"之称。就杂剧而言，王国维认为此剧堪称元曲中的冠冕之作。但有此创作才华的白朴在其词集《天籁集》中，却失去了神采。王国维说其词极其粗浅，连作辛弃疾的"奴隶"都不够格。因为白朴作词，乃是效法苏轼和辛弃疾的，故王国维直接将白朴与辛弃疾词做对比。王国维极意要说明的是元代乃是杂剧的时代，故其词已经不能再铸辉煌，他对白朴《天籁集》的评价应该纳入这一文体观念中，才能得到更切实的理解。但平心而论，《天籁集》中也颇多率意而发、真实自然的优秀之作，一味以"不足为稼轩奴隶"而整体否定，也是不符合事实的。朱彝尊在《天籁集·跋》中即称其"自是名家"。《四库全书总目》也称《天籁集》"清隽婉逸，调适韵谐"。为了佐证自己的这一说法，王国维又将欧阳修、秦观的诗词做了对比，认为他们的诗远不如词。其实这种"远不如"的结论背后，与其说是创作成就的比较，不如说是文体观念的较量。宋诗的"寄兴言情"固然不及宋词，但从诗体发展的角度而言，宋诗的说理议论，正是其可与唐诗并驱的原因所在。

王国维在揭出这种文体创作不平衡现象的同时，对于何以形成这种不平衡的原因也做了初步探讨。他认为原因主要有二：其一，"创者易巧，因者难工"。一种文体在初始阶段，因为文体束缚较少，故寄兴言情能以一种自然方式进行，所以能呈现出蓬勃的文体活力。而后人沿袭这种文体，受限于越来越多的文体限制，所以反而容易遮蔽性情，而多在技巧上追新逐能，文体之衰落遂不可阻挡了。其二，"人各有能有不能"，即诗人只能对切合自己秉性的文体发挥出自己的水平，而对其他的文体，只能成就一般，故文学史兼擅多体的文学家是十分罕见的。这种思想来源于陆游的《花间集·跋》，王国维在多则词话中反复举例，其实正是为了佐证陆游"能此不能彼"的说法。除此之外，譬如时代审美观念的变化等，王国维就不暇关注了。

卷二 《人间词话》未刊手稿

一

白石之词，余所最爱者亦仅二者，语曰："淮南皓月冷千山，冥冥归去无人管。"[1]

[1]"淮南"二句：出自南宋词人姜夔《踏莎行·自沔东来，丁未元日至金陵，江上感梦而作》："燕燕轻盈，莺莺娇软。分明又向华胥见。夜长争得薄情知，春初早被相思染。　别后书辞，别时针线。离魂暗逐郎行远。淮南皓月冷千山，冥冥归去无人管。"

【评】

此则言对姜夔词偏赏之句，盖其尚有境界也。

姜夔是王国维非议甚多的人物，这种非议除了因为其"不在意境上用力"，与王国维偏尚境界的词学思想形成一定的矛盾之外，也与姜夔在清代词学中的核心意义有关。清代前期的浙西词派、中期的常州词派，虽然作为流派的词学思想彼此有分歧，但对姜夔的评价却一直是"居高不下"的，尤其是浙西词派更是奉姜夔词为词中正鹄。在晚清词坛，姜夔也是风会所钟的人物。王国维因为撰述词话的目的在于纠正近代词坛的弊端，故对这些为当时词人所膜拜的词人便显得格外苛求。

在姜夔的词几乎被奉为字字珠玑的晚清，王国维大唱反调，认为其词能够为他欣赏的只有"淮南"二句。这两句出自姜夔因感梦而作的《踏莎行》，词写离情，"淮南"二句乃是结尾两句。其实要理解这两句，要将前面一句"离魂暗逐郎行远"结合来看。皓月当空，照耀着淮南的连绵群山，然而月儿悄悄归去，却无人过问。词中的这一"冷"字一方面是因为夜间寒冷，另一方面也是因"无人管"而心冷。这两句表达离情，确实在委婉之中包含着很深的感情。

但王国维的理论似乎存在着矛盾。他曾评说姜夔的写景之作如"二十四桥仍在，波心荡、冷月无声""数峰清苦，商略黄昏雨""高树晚蝉，说西风消息"等"虽格韵高绝，然如雾里看花，终隔一层"。此则"淮南"二句，其实意趣与这几句十分相似。这大概也是王国维在选择若干则准备发表时，将这一则刊落的原因所在。所以这个"最爱"也许只是"一时"的最爱。

二

双声、叠均[1]之论，盛于六朝，唐人犹多用之。至宋以后，则渐不讲，并不知二者为何物。乾、嘉间，吾乡周松霭先生（春）[2]著《杜诗双声叠韵谱括略》，正千余年之误，可谓有功文苑者矣。其言曰："两字同母谓之双声，两字同均谓之叠均。"余按，用今日各国文法通用之语表之，则两字同一子音者谓之双声（如《南史·羊元保传》之"官家恨狭，更广八分"，"官家""更广"四字，皆从K得声。《洛阳伽蓝记》之"狞奴慢骂"，"狞奴"二字，皆从N得声，"慢骂"二字，皆从M得声是也）。两字同一母音者谓之叠均（如梁武帝[3]之"后牖有朽柳","后牖有"三字,双声而兼叠均。"有朽柳"三字,其母音皆为U。刘孝绰[4]之"梁皇长康强","梁""长""强"三字,其母音皆为ian[5]也)。自李淑[6]《诗苑》伪造沈约[7]之说,以双声叠均为诗中八病[8]之二,后世诗家多废而不讲,亦不复用之于词。余谓苟于词之荡漾处多用叠均,促节处用双声,则其铿锵可诵,必有过于前人者。惜世之专讲音律者,尚未悟此也。

[1] 双声、叠均:即双声叠韵。连绵两字,声母相同者为双声字,韵母相同者为叠韵字。 [2] 周松霭:即周春(1729—1815),字芚兮,号松霭,海宁(今属浙江省)人。著有《杜诗双声叠韵谱括略》等。 [3] 梁武帝:即萧衍(464—549),字叔达,兰陵(今江苏省常州市)人。 [4] 刘孝绰(481—539),本名冉,彭城(今江苏省徐州市)人,南朝诗人。 [5] ian:应作iang。 [6] 李淑(1002—1059):字献臣,曾为翰林学士,北宋诗论家,编有《诗苑类格》(已佚)等。 [7] 沈约(441—513),字休文,吴兴(今浙江省)人,南朝文学家、史学家,著有《宋书》等。 [8] 八病:永明声律论的重要内容之一,指平头、上尾、蜂腰、鹤膝、大韵、小韵、旁纽、正纽八种诗歌创作上的弊病。其中旁纽、正纽即指双声叠韵。

【评】

此则论双声叠韵的内涵及其在诗词创作和吟诵中的音律意义。

在晚清讲究词律而大多局限于平仄四声的情况下,王国维将双声叠韵的问题重新提出来,体现出王国维对音律的别样眼光,也更具审美意义。

王国维考察了有关双声叠韵的论述,认为六朝与唐代是十分讲究的,但宋以后逐渐忽略,以至后人不明白双声叠韵的真正意思。在此背景下,王国维特别提到周春著的《杜诗双声叠韵谱括略》,周春概括的"两字同母谓之双声,两字同均谓之叠均"这一说法,简明扼要地将双声叠韵的区别说得很清楚了,所以王国维说有"正千余年之误"之功。王国维并结合当时各国文法将周春之说进一步表述为："两字同一子音者谓之双声""两字同一母音者谓之叠均"，与当时的表述语境就结合得更紧密了。但王国维未必对"千余年"来的语言学发展了然于心，故对周春的评价也不免有过甚之辞。如双声叠韵为诗中八病便并非伪造，《文镜秘府论》即有完整记载，其中最后二病旁纽、正纽就是与双声叠韵直接相关的。

王国维并非限于从语言学的角度来探讨双声叠韵的音韵学意义，而是从诗词创作的角度来探讨其在诗词韵律方面的美学意义。王国维主张填词时在"荡漾处"多用叠韵，以形成音节的平缓和连续性；在"促节处"多用双声，以形成节奏的韵律感，从而形成整体上"铿锵可诵"的艺术效果。这一主张确实是有道理的，体现了王国维在注重以真景物、真感情为核心创造词的境界之时，对于音律方面的重视之意。

三

昔人但知双声之不拘四声[1]，不知叠均亦不拘平、上、去三声。凡字之同母音者，虽平仄有殊，皆叠均也。

[1] 四声：指平、上、去、入四种声调。

【评】

此则继续言说双声叠韵的话题，但注重的是其与四声的关系。

双声不拘平、上、去、入四声，已经被广泛接受，故王国维在本则并未再申论这一话题，而是专就叠韵与四声的关系，略做说明。在王国维看来，叠韵的情况其实与双声是相似的，只要是同一母音的字，无论其平仄如何，都可纳入叠韵字的范围中，如前则所举的"后牖有"三字，母音相同，但声调有去声和上声的不同。王国维对声律的这种细微辨析，可视为他后来系统研究音韵学的前奏。

四

诗至唐中叶以后，殆为羔雁之具[1]矣。故五代北宋之诗，佳者绝少，而词则为其极盛时代。即诗词兼擅如永叔、少游者，亦词胜于诗远甚。以其写之于诗者，不若写之于词者之真也。至南宋以后，词亦为羔雁之具，而词亦替矣。此亦文学升降之一关键也。

[1] 羔雁之具：典出《礼记·曲礼》："凡贽，天子鬯，诸侯圭，卿羔，大夫雁。"后遂以"羔雁之具"为礼聘之物，本文中指应酬无聊之物。

【评】

此则言文学升降，实以文体兴替为基石。

一时代文体有偏胜，也有偏废；一诗人对文体的选择也必然会出现"能此不能彼"的现象。此意在《国粹学报》本中已有数则论及。故王国维未将此则刊发，当是出于避免重复的考虑了。

所谓"羔雁之具"，乃是指出于礼节应酬的礼物。文学本是抒写心性之产物，如果也沦为羔雁之具，则失去了文学最基本的意义。在诗歌史上，王国维认为中唐的诗歌已充斥着应酬的意味，而五代北宋的诗也难以回复到盛唐及盛唐以前的盛况了。除了少数才力绝大的诗人之外，余多不足论。北宋诗词兼擅的诗人如欧阳修、秦观，其实在诗与词方面的创作成就并不平衡，词的成就要明显高出诗歌，这也说明当时诗歌文体的衰落趋势已难以挽回了。南宋词的情况与中唐诗的情况相类似。因为"羌雁之具"可以很丰富、很华美，却难以做到很真实。所以，在王国维看来，凡是表现真景物、真感情的文体都是有生命力的文体，而离开了真，文体的生命也就日趋微弱了。王国维在宋词中偏嗜北宋词而贬斥南宋词，原因就在这里了。

五

　　曾纯甫[1]中秋应制，作《壶中天慢》词，自注云："是夜，西兴亦闻天乐。"[2]谓宫中乐声，闻于隔岸也。毛子晋[3]谓："天神亦不以人废言。"[4]近冯梦华复辨其诬。[5]不解"天乐"二字文义，殊笑人也。

[1] 曾纯甫：即曾觌（1109—1180），字纯甫，汴京（今河南省开封市）人。著有《海野词》。　[2]"是夜"二句：出自曾觌《壶中天慢》注："此进御月词也。上皇大喜曰：'从来月词，不曾用金瓯事，可谓新奇。'赐金束带、紫番罗、水晶碗。上亦赐宝盏。至一更五点回宫。是夜，西兴亦闻天乐焉。"按，此并非曾觌自注，可能是毛晋据《武林旧事》补注。《壶中天慢》："素飙漾碧，看天衢稳送，一轮明月。翠水瀛壶人不到，比似世间秋别。玉手瑶笙，一时同色，小按霓裳叠。天津桥上，有人偷记新阕。　当日谁幻银桥，阿瞒儿戏，一笑成痴绝。肯信群仙高宴处，移下水晶宫阙。云海尘清，山河影满，桂冷吹香雪。何劳玉斧，金瓯千古无缺。"西兴，渡口名，在今浙江省杭州市滨江区。初名固陵，相传春秋时范蠡曾筑城于此，六朝时易名西陵城，五代改为"西兴"。苏轼《望海楼晚景》诗云："江上秋风晚来急，为传钟鼓到西兴。"　[3] 毛子晋：即毛晋（1599—1659），字子晋，常熟（今江苏省）人。明末著名的藏书家、出版家，编有《宋六十名家词》等。　[4]"天神"句：出自《宋六十名家词》毛晋跋《海野词》："进月词，一夕西兴共闻天乐，岂天神亦不以人废言耶？"　[5] 冯梦华复辨其诬：指冯煦《宋六十一家词选·例言》："曾纯甫赋进御月词，其自记云：'是夜，西兴亦闻天乐。'子晋遂谓'天

神亦不以人废言'。不知宋人每好自神其说。白石道人尚欲以巢湖风驶归功于平调《满江红》，于海野何讥焉?"

【评】

此则言说"天乐"之义。

虽是考辨文字，但其实涉及词的阐释学的问题。过深的解读自然会造成深文周纳的结果，但过于随意的望文生义也容易误导读者。王国维此处虽是由曾觌《壶中天慢》词的一则注文发表感慨，但这种现象也确实不是个别的。曾觌此词注文中的"天乐"二字，本意不过是指宫中之乐而已。但毛晋从《武林旧事》中移录的注文却说成是"天神"之乐，而冯煦则认为"天乐"只是宋人的自神其说而已。如此把"天乐"二字剥离了原来的语境，而变成了任人阐发的话语，其结果自然与原意越来越远，难怪王国维要说"殊笑人也"。

六

梅溪、梦窗、玉田、草窗、西麓诸家，词虽不同，然同失之肤浅。虽时代使然，亦其才分有限也。近人弃周鼎而宝康瓠[1]，实难索解。

[1] 弃周鼎而宝康瓠：语出贾谊《吊屈原》："呜呼哀哉兮，逢时不祥。……斡弃周鼎兮，宝康瓠。"周鼎，周代的宝鼎，为国之重器；康瓠，瓦盆底，喻无价值的东西。本则盖以周鼎比喻良才，而以康瓠比喻庸才。

【评】

此则言一时代之才分而导致"肤浅"之问题，实是针对近人师法南宋词而论。

在王国维看来，如史达祖、吴文英、张炎、周密、陈允平等南宋词人都不过是"康瓠"——即庸才而已，但近人却对其十分膜拜，几至亦步亦趋，而对于堪称"周鼎"的北宋词人却漠然对待。如此颠倒的价值判断，令王国维十分困惑。

王国维认为以吴文英、史达祖等为代表的南宋词人，虽然也各有其特色，但他们共同的特色是"肤浅"。所谓肤浅，大概是指他们追求形式上的华赡以及在所谓"寄托"上的相似性，而不暇追求心性的个性化，所以面貌略异，而内里则惊人的一致。王国维分析其原因，大略有二：其一，南宋的时代已经不是词体昌盛的时代了，所以他们无法对抗文体始盛终衰的规律；其二，南宋词人的创作才分本身有限，所以他们也无力从个人的层面超越这种文体规律。这种时代和个人的因素综合起来，便直接导致了南宋词的整体衰落。王国维的这一判断当然不一定完全合理，如文体的变化不一定意味着衰落，才分的表现也有不同的方式等，而且明显受到其由北宋小令的体制特点而形成的审美倾向的影响。但南宋词的类型化确实是一个比较突出的现象，王国维由此入手，也是为文学的个性化要求提供了理论基础。

七

余填词不喜作长调，尤不喜用人韵。偶尔游戏，作《水龙吟》[1] 咏杨花，用质夫、东坡倡和均，作《齐天乐》[2] 咏蟋蟀，用白石均，皆有与晋代兴[3] 之意。然余之所长殊不在是，世之君子宁以他词称我。

[1] 王国维《水龙吟·杨花用章质夫苏子瞻唱和韵》："开时不与人看，如何一霎蒙蒙坠。日长无绪，回廊小立，迷离情思。细雨池塘，斜阳院落，重门深闭。正参差欲住，轻衫掠处，又特地、因风起。　　花事阑珊到汝。更休寻、满枝琼缀。算来只合，人间哀乐，者般零碎。一样飘零，宁为尘土，勿随流水。怕盈盈、一片春江，都贮得、离人泪。"　　[2] 王国维《齐天乐·蟋蟀用姜石帚原韵》："天涯已自悲秋极，何须更闻虫语。午响瑶阶，旋穿绣闼，更入画屏深处。喁喁似诉。有几许哀丝，佐伊机杼。一夜东堂，暗抽离恨万千绪。　　空庭相和秋雨。又南城罢柝，西苑停杵。试问王孙，苍茫岁晚，那有闲愁无数？宵深谩与。怕梦稳春酣，万家儿女。不识孤吟，劳人床下苦。"
[3] 与晋代兴：典出《国语·郑语》，喻超越原作，创意出奇之意。

【评】

此则王国维直言不喜词体长调与用韵之事。

此则王国维说自己的两个"不喜"：其一是不喜欢作长调；其二是不喜欢和人韵。这两个"不喜"其实都与他的审美特点有关。因为篇幅较长，长调十分讲究结构的安排，要在起接之间表现情感的曲折，如此对于提倡即兴而作的王国维来说，就会少了一种自然的乐趣；同时，因为长调多用赋的表现手法，所以在"深远之致"上常常会有所欠缺。而和韵词因为在主题和韵字上受到原唱的影响，也必然会出现通过改变自己的构思来迎合原唱要求的现象。所以无论是长调的体制，还是和韵的方式，都会受到种种的限制。这种限制不仅会使情景的"真"部分流失，也会影响到表达方式的"自然"。

但"不喜"不等于不作，王国维举了自己的《水龙吟·杨花用章质夫苏子瞻唱和韵》和《齐天乐·蟋蟀用姜石帚原韵》，两首词都是长调和韵词。但王国维认为自己不是姑妄之作，而是潜伏着"与晋代兴"——即超越原唱的动力的。这其实是对作者提出了更高的要求。当然，王国维只是说自己有与晋代兴之意，并没有正面评价自己这两首词的创作水平，但想来评价也不会太高，因为苏轼的《水龙吟》是被王国维誉为咏物词的冠冕之作的，而排在咏物词第二位的是史达祖的《双双燕》。故王国维没有将长调、和韵词作为自己的长处所在，理由也部分在此。此则隐含的意思则是批评南宋和晚清词风了，因为这正是长调与和韵词风很盛的时期。王国维对自己不喜欢南宋词的理由真是到了"不吝"寻找的地步。

八

余友沈昕伯（纮）[1]自巴黎寄余《蝶恋花》一阕云："帘外东风随燕到。春色东来，循我来时道。一霎围场生绿草。归迟却怨春来早。　　锦绣一城春水绕。庭院笙歌，行乐多年少。著意来开孤客抱。不知名字闲花鸟。"此词当在晏氏父子[2]间，南宋人不能道也。

[1] 沈昕伯：沈纮（？—1918），字昕伯。为王国维东文学社之同学。
[2] 晏氏父子：即晏殊、晏几道父子。

【评】

此则以友人沈纮《蝶恋花》词为例，说明南宋词不及北宋词之处，仍为境界说张本。

沈纮是王国维在上海东文学社的挚友。此词作于其游学法国之时，写了自己只身一人在欧洲的"孤客"怀抱，在怨春来早的情绪之中抒发了浓浓的思乡之意。用语自然而本色。尤其是结尾两句，将法国不知名字的花鸟之"闲"与自己的"孤"形成对照，其中写及闲花鸟"著意"来安慰自己，而自己却连花鸟的名字也叫不出来，颇得情景之妙。异国花鸟的有情与自己的无奈也在这种对照中彰显出来。别有韵味。

王国维认为沈纮此词具有北宋晏殊、晏几道父子的风味，是看出其中所包含的真感情与真景物了，而认为这样的词"南宋人不能道也"，其实是对南宋词在寄兴言情方面的不足深有体会之言。自然之语、真实情景、深远之致三者的结合是构成优秀作品的必备条件。按此标准，沈纮此词确实允无愧色的。

九

樊抗父[1]谓余词如《浣溪沙》之"天末同云"[2]、《蝶恋花》之"昨夜梦中""百尺朱楼""春到临春"[3]等阕，凿空而道，开词家未有之境。余自谓才不若古人，但于力争第一义[4]处，古人亦不如我用意耳。

[1] 樊抗父：即樊炳清（1877—1929），又名樊志厚，字少泉，又字抗甫、抗父，山阴（今浙江省绍兴市）人。与王国维为东文学社同学，后并一起任教江苏师范学堂，两人交游甚密。为王国维《人间词》甲、乙稿两篇序言的署名作者。在美学、哲学、农学等方面编译、著述较多，并雅好诗词，与王国维多有切磋之功。按，此则所云乃出自托名樊志厚的《人间词乙稿序》，其实为王国维自作。　[2] 王国维《浣溪沙》："天末同云暗四垂。失行孤雁逆风飞。江湖寥落尔安归。　陌上金丸看落羽，闺中素手试调醯。今朝欢宴胜平时。"　[3] 王国维《蝶恋花》："昨夜梦中多少恨。细马香车，两两行相近。对面似怜人瘦损。众中不惜搴帷问。　陌上轻雷听隐辚。梦里难从，觉后那堪讯。蜡泪窗前堆一寸。人间只有相思分。""百尺朱楼临大道。楼外轻雷，不

问昏和晓。独倚阑干人窈窕。闲中数尽行人小。　　一霎车尘生树杪。陌上楼头，都向尘中老。薄晚西风吹雨到。明朝又是伤流潦。""春到临春花正妩。迟日阑干，蜂蝶飞无数。谁遣一春抛却去。马蹄日日章台路。　　几度寻春春不遇。不见春来，那识春归处。斜日晚风杨柳渚。马头何处无飞絮。"　　[4]第一义：佛学用语。《传灯录》卷九云："心即是法，法即是心……当下无心，便是本法。……故引五眼所见，五语所言，真实不虚，是第一义谛。"南宋严羽《沧浪诗话》借此以喻诗学云："禅家者流，乘有小大，宗有南北，道有邪正。学者须从最上乘，具正法眼，悟第一义。"王国维此处"第一义"，盖指其对词境追求的普适性和极致性。

【评】

此则借樊炳清之口，实自道对词境的开拓之意。

此则借托樊志厚《人间词乙稿序》中语，表明自己对"创意"的重视和对"词境"的开拓之心。其实创意和词境不过是一个问题的两个方面，是以创意来拓展词境而已。王国维此前曾批评周邦彦"创意之才少"，又说姜夔的词不肯在意境上用力。所以此则乃借以表明自己在这两个方面的努力之心。其中虽有自称"才不若古人"云云，其实仍是以自负为主的。因为是否有"力争第一义"之心，是决定创作境界的重要前提。

王国维的这一首《浣溪沙》和三首《蝶恋花》是如何"凿空而道，开词家未有之境"的呢？这与王国维当时研究西方哲学，对人生问题有许多深刻的思考有关。换言之，王国维所说的"未有之境"主要是针对自己这几首词中所揭示的人生问题的深刻性而言的。《浣溪沙》（天末同云）其实揭示的是人世快乐与悲哀共存的残酷现象。《蝶恋花》（昨夜梦中）揭示了梦中梦后无法解决却始终纠结的人生矛盾。《蝶恋花》（百尺朱楼）则抒写了由人生变换的不可逆转而产生的悲悯情怀。《蝶恋花》（春到临春）则写对季节飘忽的无奈感。这些主题并非真的是前人从未关注过的，但王国维将其人生思考比较集中地表现在作品中，所以呈现出与传统词风不同的特色。而其对人生的这些看法，无疑在那个时代具有一定的普遍性，并非王国维一己之感情，所以其力争的"第一义"，也部分地包含着"无我之境"的内涵。但平心而论，这些词与他素所主张的深美闳约的词体特色，还是有一定的距离。只能说，这是王国维借词体来表达他的哲学思考而已。

十

叔本华[1]曰："抒情诗，少年之作也；叙事诗及戏曲，壮年之作也。"余谓：抒情诗，国民幼稚时代之作；叙事时（当为"诗"字之误），国民盛壮时代之作也。故曲则古不如今（元曲诚多天籁，然其思想之陋劣，布置之粗笨，千篇一律，令人喷饭。至本朝之《桃花扇》[2]《长生殿》、[3]诸传奇，则进矣），词则今不如古。盖一则以布局为主，一则须伫兴而成故也。

[1] 叔本华（1788—1860），德国古典哲学家，著有《作为意志和表象的世界》等。本则引文即出自该书。按，版本不同，引文略有差异。　　[2]《桃花扇》：清代传奇名作。作者孔尚任（1648—1718），字聘之，一字季重，号东塘，别号岸堂，自署云亭山人，曲阜（今属山东省）人，著有《桃花扇》等传奇多种。在传奇创作上与洪昇齐名，并称"南洪北孔"。　　[3]《长生殿》：清代传奇名作。作者洪昇（1645—1704），字昉思，号稗畦，钱塘（今浙江省杭州市）人。著有《长生殿》传奇及杂剧多种。

【评】

此则言词曲之今古关系，由此申论抒情与叙事文学之差异。

此则虽借助了德国叔本华的相关理论，但立足点在中西文学观念的相通上。王国维将叔本华关于抒情诗、叙事诗及戏曲的不同，进而移论中国戏曲与词的不同。盖因为词属于抒情诗的范畴，而戏曲则属于叙事诗的范畴，其间有可以互相比照对勘之处。

叔本华的原意当是因为抒情诗讲究感情的真实而强烈，而少年之时，尚未经太多世故，故能保留较多的真性情，而且这种真性情因为未经太多理性的束缚而呈现出强烈的特性。叙事诗及戏曲则以叙述故事为主，不仅讲究更多的叙事技巧，更要在叙事之中包含价值判断，而人至壮年，经历既丰富，眼光自然也更深邃，相关的判断也往往更准确。所以，叔本华将抒情诗归为少年之作，而将叙事诗及戏曲归为壮年之作，根源于此。在此基础上，王国维将叔本华立足个体年龄分别进而上升为整体国民智慧的幼稚和盛壮的时代分别。其实隐含着"一代有一代之文学"之意了。因为时代是文体成熟的重要因素，所以就叙事文学的戏曲来说，自然是古不如今，因为在此前的幼稚时代对于驾驭这种需盛壮时代智慧的戏曲，自然会有捉襟见肘之处。而词体属于抒情文学的范畴，正需要以幼稚——童心作为文体的基石，所以自然也会形成今不如古的现象。抒情诗需要伫兴而成，而叙事诗讲究布局结构。这种创作方式的差异，也注定了他们在处理感情与理智方面会有不同。王国维话头虽从远处说起，但最终仍归于对南宋长调词讲究布局结构的不满，以为自己贬抑南宋词提供更多的依据。

需要略做说明的是：王国维虽然对元曲的评价偏低，但只是针对其"思想之陋劣"与"布置之粗笨"这二者而言的，并非对于元曲的整体性否定。而对于清代传奇《桃花扇》《长生殿》的肯定也是就其思想和结构而言的。稍后数年，王国维在其撰述的《宋元戏曲考》中，对此就有比较全面而公允的评价了。

十一

北宋名家以方回为最次。其词如历下[1]、新城[2]之诗，非不华赡，惜少真味。至宋末诸家，仅可譬之腐烂制艺[3]，乃诸家之享重名者且数百年，始知世之幸人，不独曹蜍、李志[4]也。

[1] 历下：即李攀龙（1514—1570），字于麟，号沧溟，历城（今山东省济南市）人。明代"后七子"之一。著有《古今诗删》《沧溟集》等。　[2] 新城：即王士禛（1634—1711），字贻上，号阮亭，别号渔洋山人，新城（今山东桓台）人。著有词集《衍波词》等，与邹祗谟合编有《倚声初集》。　[3] 制艺：科举考试之八股文。八股文以四书五经中的文句做题目，要求考生用古人语气，代圣贤立言，依照题义阐释义理。八股文讲究程式化，主要部分分起股、中股、后股、束股四个段落，每个段落各有两段格式，合成八股。八股文由宋代经义文演变而来，因其思想和结构都受到诸多限制，渐成俗套，故为世所诟。八股文别称甚多，如"制义""制艺""时文""时艺""八比文""四书文"等。　[4] 曹蜍、李志：典自《世说新语·品藻第九》引庾道季语云："廉颇、蔺相如虽千载上死人，懔懔恒如有生气；曹蜍、李志虽见在，厌厌如九泉下人。人皆如此，便可结绳而治，但恐狐狸猫貉啖尽。"曹蜍、李志皆为晋人，与王羲之同时，书法在当世亦享有重名，堪与王羲之媲美，但人品为世所病。明代祝允明《评书》云："曹蜍、李志与右军同时，书亦争衡，其人不足称耳。"

【评】

此则以贺铸为例，说明"真"之与文学的特别意义，由此而衍生宋词愈趋愈下之意。

此则是承前一则"以布局为主"与"伫兴而成"两种创作理论的具体运用。批评贺铸词为北宋名家之"最次"，盖其殊少伫兴而成之作，故其词虽然词采华茂，但缺少"真"的韵味。王国维认为其词类同明代李攀龙和王士禛的诗歌，很少真情实感，属于"莺偷百鸟声"一类。而对于宋末诸家如史达祖、吴文英等人的词，王国维又将他们比喻为自明代以来广为流行的八股文，因为南宋词人多写长调，与八股文相似，也十分强调结构安排。八股文在思想和形式方面的程式化倾向使其一直承受着恶名，而南宋词人不仅没有因此而被冷落，反而在数百年间备受尊崇。所以王国维感叹，像曹蜍、李志这样人品恶劣的人，在当世却享有如王羲之一般的书法美名，而类似于"腐烂制艺"的南宋词也能在当世和晚清之时被顶礼膜拜。这只能说明对于词的文体体制失去了基本的判断。所以这一则不仅再次强调词的本色问题，也对晚清词人在师法南宋词的导向上提出了严厉批评。王国维的这一番用心虽然是可以理解的，但他对贺铸词以及南宋末年诸家词人的评价，却不免流于主观了。

十二

散文易学而难工，骈文难学而易工；近体诗易学而难工，古体诗难学而易工；[1] 小令易学而难工，长调难学而易工。

[1] "近体诗"二句，王国维可能笔误了，句中"难""易"二字的位置似应互换。

【评】

此则言各文体之难易，亦可备一说而已。

此则在文、诗、词三种文类中比较"学"和"工"的难易，说文说诗只是比类而及，目的在于说词。"学"之难易也非关注中心，关键在"工"的难易。就词体而言，王国维认为小令比长调易学，却比长调难工。因其难工，故更有文体意义和审美价值。北宋词以小令为主，南宋词则侧重长调，所以北宋词的文体意义和审美价值，也就在这种简单的比较中彰显出来了。

散文因为形式上要求较少，所以容易入手，但散文讲究在一种随意之中写出一种凝聚之神采，这其实是很难拿捏好分寸的，所以王国维说散文易学而难工。骈文在句式、对偶、用典等方面要求甚多，所以初学时往往把握不好，但其实这些形式方面的东西，稍微多做练习，便可趋于成熟，所以王国维说骈文难学而易工。近体诗因为格律、对仗等要求甚严，所以入门为难，但领会之后，也不难做到工整，而古体诗很少形式方面的限制，所以初学容易，但要真正写好，却并非易事，所以王国维对近体诗与古体诗的难易就是如此的认识。至于小令与长调的区别，其实也就主要是讲究仁兴而成与讲究布局的不同，其在王国维语境中的高下难易，已是反复涉及了。

十三

古诗云："谁能思不歌，谁能饥不食。"[1]诗词者，物之不得其平而鸣者也。[2]故欢愉之辞难工，愁苦之言易巧。[3]

[1]"谁能"二句：出自《子夜歌》："谁能思不歌，谁能饥不食。日冥当户倚，惆怅底不忆。"　[2]"物之"一句：出自唐代诗人韩愈《送孟东野序》："大凡物不得其平则鸣……人之于言也亦然。有不得已者而后言，其歌也有思，其哭也有怀。凡出乎口而为声者，其皆有弗平者乎？"王国维乃引述其意。　[3]"欢愉"二句：出自唐代诗人韩愈《荆潭倡和诗序》："夫和平之音

155

淡薄，而愁思之声要妙；欢愉之辞难工，而穷苦之言易好也。"王国维乃引述其意。

【评】

此则推衍韩愈之"不平则鸣"说，言文学与贫困之关系。

古代诗人往往以穷苦为宿命，故不仅创作多悲苦之音，而且在诗论上也多提倡表达悲情。《子夜歌》把诗人歌唱的原因与因挨饿而需要进食一样，都是一种自然和自觉的行为。挨饿是生理上的窘迫，而诗歌则是精神上的困苦。王国维显然认同这种创作现象和创作观念，所以他连续引用韩愈《送孟东野序》《荆潭倡和诗序》相关话语来强化这一观念。当然，韩愈"不平则鸣"之说的情感指向并非单是愁苦之情，但侧重点却分明在此。而所谓"穷苦之言易好"则是更多地从读者接受的角度来考虑，因为能够触动读者的往往是那些表现贫穷困苦的声音。王国维这一则表面上似乎没有特别针对词体的用意，但其实用心仍在词体。因为词体以有我之境者居多，而从王国维举证的有我之境的例句来看，无不侧重在表达悲情方面。秦观备受王国维称誉，也与其词主要表现凄婉、凄厉之情的特点有关。所以陈廷焯《白雨斋词话》说："诗以穷而后工，倚声亦然。"

十四

社会上之习惯，杀许多之善人；文学上之习惯，杀许多之天才。

【评】

此则言"习惯"对善人与天才之遏制作用。"习惯"之弊端，不仅在使社会失去善人，而且在使文学失去天才。

所谓"习惯"，在社会而言指限制人之本性的种种社会关系，包括思想的约束、礼节的规范、名利的诱惑，等等。人的善性要因这些习惯而改变。所以习惯越多，人的善性流失也往往越多。因为人在本质上是不受习惯制约的，人性的醇厚是需要呵护而不是要改变的。王国维应该是人性本善说的支持者。

"习惯"在文学上主要是指种种文体程式规范。按照王国维的理解，一种文体在初始阶段往往限制较少，自由度较高，所以文人能将自己最真实的感情以一种自然的方式表现于其中；而当参与这种文体的人越来越多之后，如何表现真性情的问题容易被搁置一边，而通过一些繁琐的规定和复杂的技巧来逞才使能，就会变成一种风气。如此，这种文体的衰落便不可避免。即使有文学创作天赋的人，在这种规范之中，也会沦为文体范式的被制约者，从而失去天才的特征。王国维痛恨"习惯"，理由在此。

十五

词之为体，要眇宜修[1]。能言诗之所不能言，而不能尽言诗之所能言。诗之境阔，词之言长……

[1]"要眇宜修"：出自屈原《九歌》之《湘君》："君不行兮夷犹，蹇谁留兮中洲。美要眇兮宜修，沛吾乘兮桂舟……"

【评】

此则对勘诗词体性之交叉与区别，拈出"要眇宜修"为词之根本体性。

此则虽是未刊稿，但其影响反而在若干已刊稿之上。王国维将词体特征从张惠言"深美闳约"的传统话语易为"要眇宜修"，其建立自我话语系统的用心是颇为清晰的。

王国维素持文学以表现微妙的情感为职责的观念，而词体在表现细美幽约的情感上更具有独特的优势。秉此理念，王国维将屈原《湘君》中原本形容湘夫人之美的"要眇宜修"四字来作为词体特征的概括，堪称别有会心。所谓"要眇宜修"，本意当是形容湘夫人一种精微细致、含蓄柔婉、修饰得宜而别具韵味的美。"要眇"是状其细微婉转，"宜"是形容其修饰得宜，惬人眼目，"修"是状其神韵远出之貌。如此理解，也可与张惠言的"深美闳约"之意联系起来。

王国维为词体定性，是为了将词与诗的区别彰显出来。就内容题材而言，王国维认为诗与词虽然有交叉，但也各有自己的领域：词能表达诗无法表达的内容，但却无法表达诗能表现的所有内容。换言之，诗也能表达词无法表达的内容。诗与词在题材内容上各有自己的胜场。就艺术表现而言，诗歌的境界要更开阔、更丰富，而词则讲究韵味的深长。王国维的这种比较当然是简略的，但确是涵盖了诗、词两种文体的主流特色。

十六

言气质，言格律，言神韵，不如言境界。境界，本也；气质、格律、神韵，末也。有境界而三者随之矣。

【评】

此则强调境界说的本体地位，同时也说明境界说的中国古典诗学渊源。客观上印证了境界说的中国文论特性。

气质侧重说诗人本身，格律乃是文体形式，神韵指向文本之外。此三者虽然都与文本有关，但确实多属文学外部之关系，境界说则立足文本内部之情景关系。王国维说境界为"本"，气质、格律、神韵为"末"，从文本角度来省察，是颇具学理的。

气质主要属于诗人先天的禀赋。曹丕《典论·论文》认为"文以气为主"，又说"气之清浊有体"。由于文章之"气"来源于作者之"气"，所以古代文人都特别重视养气。刘勰《文心雕龙》专列《养气》一篇，论述养气、固气的方式。气质醇厚、气势充沛，才能写出上佳之作。格律属于平仄四声以及韵系方面的形式要求，主要是从增强作品的节奏、声韵之美的角度来考虑的。神韵是源自作品内部但意义指向在作品之外的一种审美感受。此三者虽然都与文本本身有着密切的关系，但或者属于前提性的条件如气质，或者属于形式化的要求如格律，或者属于延伸性的审美如神韵。其与境界之间的本末关系，确实可以在某种程度上成立。王国维并非认为气质、格律、神韵不重要，而是认为要将这三者统辖在境界之下而已。因为有气质、格律、神韵，不一定就能形成作品的境界，但有境界的作品也必然不能离开这三者。

十七

"西风吹渭水，落日满长安。"[1]美成以之入词[2]，白仁甫以之入曲[3]，此借古人之境界为我之境界者也。然非自有境界，古人亦不为我用。

[1]"西风"二句：出自唐代诗人贾岛《忆江上吴处士》："闽国扬帆去，蟾蜍亏复圆。秋风吹渭水，落叶满长安。此夜聚会夕，当时雷雨寒。兰桡殊未返，消息海云端。"王国维将"秋风"误作"西风"，将"落叶"误作"落日"。　　[2]"美成"句：参见周邦彦《齐天乐·秋思》："绿芜凋尽台城路，殊乡又逢秋晚。暮雨生寒，鸣蛩劝织，深阁时闻裁剪。云窗静掩。叹重拂罗裀，顿疏花簟。尚有练囊，露萤清夜照书卷。　　荆江留滞最久，故人相望处，离思何限。渭水西风，长安乱叶，空忆诗情宛转。凭高眺远。正玉液新蒭，蟹螯初荐。醉倒山翁，但愁斜照敛。"　　[3]"白仁甫"句：参见白朴《双调·得胜乐》（秋）："玉露冷，蛩吟砌。听落叶西风渭水。寒雁儿长空嘹唳。陶元亮醉在东篱。"又《梧桐雨》杂剧第二折《普天乐》："恨无穷，愁无限。争奈仓促之际，避不得蓦岭登山。銮驾迁，成都盼。更那堪泸水西飞雁。一声声送上雕鞍。伤心故园，西风渭水，落日长安。"

【评】

此则言自我之境界与古人之境界之关系，要在以我为主，自立境界。

此则言如何在借鉴前人典故或成句的基础上进行境界再创造的问题，体现了王国维在这一问题上的基本立场。盖古今人情相通，则典故与成句的借用不仅可据为创作之常态，而且可以借此为后来作品增强情感的厚度。但借鉴、化用不等于简单移植套用，而是要突破原有语境，进行境界的再创造。此说与黄庭坚"点铁成金"说可以对勘。

唐代诗人贾岛"秋风"二句，写秋季风吹渭水、落叶翻飞之形十分形象，故广为驰名。周邦彦的《齐天乐》中便将其化为"渭水西风，长安乱叶"二句，以描写自己的离别之思。而白朴的《双调·德胜乐》则以一句"听落叶西风渭水"来写自己听觉上的萧瑟之感，而《梧桐雨》中"西风渭水，落日长安"二句，则写出了伤心故园之情。周邦彦的离别之意与白朴的听觉感受和故园之情，都与贾岛的怀念友人之意，形成了一定的区别。所以同样是围绕"秋风吹渭水，落叶满长安"的点化，意象、语言是相似的，但用以表达的情感和氛围已经发生了明显的变化。类似这样的化用，王国维是认可的。因为后人是在自己的语境中创造了新的境界，前人的成句已经被剥离了原来的语境，而完全融合到后人的语境之中了。通过这一则，可以明白王国维对于用典的灵活态度。

十八

昔人论诗词，有景语、情语之别。不知一切景语，皆情语也。

【评】

此则言情、景密不可分，王国维论情、景关系多承前人之论，并无新的发明。

王国维所谓"昔人"应该包括王夫之与李渔二人在内，因为关于情、景关系，此二人的论述颇为精到。王夫之《姜斋诗话》卷二云："关情者景，自与情相为珀芥也。情景虽有在心在物之分，而景生情，情生景，哀乐之触，荣悴之迎，互藏其宅。"其《唐诗评选》卷四亦云："景中生情，情中含景。故曰：景者情之景，情者景之情也。"李渔《窥词管见》云："词虽不出情景二字，然二字亦分主客。情为主，景是客。说景即是说情，非借物遣怀，即将人喻物。"王夫之和李渔虽然都将情、景分为在心、在物或为主、为客，但只是从表述之方便考虑而已，实际上对于两者的紧密关系都有非常深切的认同。如王夫之就认为情景"相为珀芥""互藏其宅",而李渔也明确说"说景即是说情"。则"昔人"未必不知道"一切景语皆情语"的道理。王国维此则既提及"昔人",而立论却又劈空而出,甚可怪也。

十九

"岂不尔思,室是远而。"[1]孔子讥之[2],故知孔门而用词。则"甘作一生拼。尽君今日欢"[3]等作,必不在见删之数。

[1]"岂不"二句:出自古诗:"唐棣之华,偏其反而。岂不尔思,室是远而。"此为逸诗。　[2]孔子讥之:出自《论语·子罕》:"'唐棣之华,偏其反而。岂不尔思,室是远而。'子曰:'未之思也,夫何远之有?'"　[3]"甘作"二句:出自五代词人牛峤《菩萨蛮》:"玉楼冰簟鸳鸯锦。粉融香汗流山枕。帘外辘轳声。敛眉含笑惊。　柳荫烟漠漠。低鬓蝉钗落。甘作一生拼。尽君今日欢。"

【评】

此则言性情真实之可贵,以此呼应境界之说。

"岂不"二句字面的意思是表示因为相距遥远,所以对于棠棣之花的开放与凋谢,无法亲临观赏,但并非没有观赏之心。而孔子认为这是虚情假意的掩饰而已,若是有思念之心,则距离岂能成为问题?孔子的眼光确实是敏锐的。孔门谈论的求真之意,从孔子的这一评价也可略窥端倪。

王国维认为,如果秉承孔子的这一标准,则如牛峤的"甘作一生拼。尽君今日欢",表达了情人倾心倾情相爱之意,虽然语言有违温柔敦厚的儒家宗旨，但仅凭其出于真心、用情强烈这一点，就不会被讲究"思无邪"的孔子删掉，因为只有虚假的情意才是最大的"邪"。王国维援引孔子求真的理念来为自己的求真添一重有力的证据。

二十

词家多以景寓情。其专作情语而绝妙者，如牛峤[1]之"甘作一生拼。尽君今日欢"，顾夐[2]之"换我心。为你心。始知相忆深"[3]，欧阳修之"衣带渐宽终不悔。为伊消得人憔悴"，美成之"许多烦恼，只为当时，一晌留情"[4]，此等词古今曾不多见。余《乙稿》[5]中颇于此方面有开拓之功。

[1] 牛峤（850？—920？），字松卿，又字延峰，一称牛给事，陇西（今属甘肃省）人。著有《牛峤歌诗》。王国维辑有《牛给事词》。　[2] 顾夐：生平不详，曾任职五代前蜀。《花间集》录其词55首。　[3]"换我心"三句：出自五代词人顾夐《诉衷情》："永夜抛人何处去，绝来音。香阁掩。眉敛。月将沉。　争忍不相寻。怨孤衾。换我心。为你心。始知相忆深。"　[4]"许多"三句：出自北宋词人周邦彦《庆宫春》："云接平冈，山围寒野，路回渐展孤城。衰柳啼鸦，惊风驱雁，动人一片秋声。倦途休驾，淡烟里，微茫见星。尘埃憔悴，生怕黄昏，离思牵萦。　华堂旧日逢迎。花艳参差，香雾飘零。弦管当头，偏怜娇凤，夜深簧暖笙清。眼波传意，恨密约，匆匆未成。许多烦恼，只为当时，一晌留情。"　[5]《乙稿》：即《人间词乙稿》，王国维词集名，纂集于1907年11月，录词43首，初刊于《教育世界》杂志。

【评】

此则在前一则论情、景关系基础上，举例说明专作情语而绝妙者。亦以此自道其词境开拓之方向。

作词的常态正如刘熙载《艺概》卷四所云："词或前景后情，或前情后景，或情景齐到，相间相融，各有其妙。"总之须兼顾情、景二者，方称合作。但这种情、景关系多是在词的整篇结构中体现出来的。王国维则截取词中若干句专言情语的绝妙，如牛峤的"甘作"二句、顾夐的"换我心"三句、柳永的"衣带"二句、周邦彦的"许多"三句，都是直接表达情感的句子，并没有借助景物来传达感情，却同样具有很强的艺术感染力。这就是王国维所说的"专作情语而绝妙"的意思。其实专作情语在词中的情况并不少见，王国维所重在"绝妙"二字。换言之，这种专作的情语应该是可以脱离前后景物的渲染，而具有独立的意义，才能被称为"绝妙"。

王国维的《人间词甲稿》尚比较多地表现其对人生的哲学思考，而在1907年编订的《人间词乙稿》中，则更多地向抒情方向发展，而且往往借鉴了前人这种"专作情语"的情况。所以自称有"开拓之功"。这种创作观念的转化，其实与他此时对哲学产生困惑并开始疏离哲学的思想变化，是有着比较密切关系的。

二一

长调自以周、柳、苏、辛为最工。美成《浪淘沙慢》二词[1]，精壮顿挫，已开北曲[2]之先声。若屯田之《八声甘州》[3]，玉局之《水调歌头·中秋寄子由》[4]，则伫兴之作，格高千古，不能以常词论也。

[1] 美成《浪淘沙慢》二词：即北宋词人周邦彦《浪淘沙慢》："晓阴重，霜凋岸草，雾隐城堞。南陌脂车待发，东门帐饮乍阕。正拂面、垂杨堪揽结。掩红泪、玉手亲折。念汉浦离鸿去何许，经时信音绝。　　情切。望中地远天

阔。向露冷风清、无人处，耿耿寒漏咽。　　嗟万事难忘，唯是轻别。翠樽未竭。凭断云、留取西楼残月。　　罗带光销纹衾叠。连环解、旧香顿歇。怨歌永、琼壶敲尽缺。恨春去、不与人期，弄夜色、空余满地梨花雪。"又一阕："万叶战，秋声露结，雁度砂碛。细草和烟尚绿，遥山向晚更碧。见隐隐、云边新月白。映落照、帘幕千家，听数声、何处倚楼笛。装点尽秋色。　　脉脉。旅情暗自消释。念珠玉、临水犹悲感，何况天涯客。　　忆少年歌酒，当时踪迹。岁华易老，衣带宽、懊恼心肠终窄。　　飞散后、风流人阻。兰桥约、怅恨路隔。马蹄过、犹嘶旧巷陌。叹往事、一一堪伤，旷望极。凝思又把阑干拍。"　　[2]北曲：即元杂剧及散曲的合称，因其主要流行在北方大都（今北京市）一带，故称"北曲"，以与同时在南方温州一带流行的南戏相区别。　　[3]屯田之《八声甘州》：即北宋词人柳永《八声甘州》："对潇潇暮雨洒江天，一番洗清秋。渐霜风凄紧，关河冷落，残照当楼。是处红衰翠减，苒苒物华休。惟有长江水，无语东流。　　不忍登高临远，望故乡渺邈，归思难收。叹年来踪迹，何事苦淹留。想佳人、妆楼颙望，误几回、天际识归舟。争知我、倚阑干处、正恁凝愁。"　　[4]玉局之《水调歌头·中秋寄子由》：即北宋词人苏轼《水调歌头·丙辰中秋，欢饮达旦，大醉，作此篇，兼怀子由》："明月几时有，把酒问青天。不知天上宫阙，今夕是何年。我欲乘风归去，又恐琼楼玉宇，高处不胜寒。起舞弄清影，何似在人间。　　转朱阁，低绮户，照无眠。不应有恨，何事长向别时圆。人有悲欢离合，月有阴晴圆缺，此事古难全。但愿人长久，千里共婵娟。"

【评】

此则言宋代长调名家，而以"伫兴""格高"为标准，似以小令衡诸长调也。

此则言长调的两种基本形态：一种是精壮顿挫，类似元杂剧的结构方式；一种是伫兴而作，类似小令做法。前者乃长调创作的常态，而后者则堪称例外。

所谓"精壮顿挫"，主要是形容其词在情感表达上随着结构的起承转合而相应变化。元杂剧一般一本四折，其叙事正以起承转合为基本结构。长调在这方面既然与北曲相似，所以王国维认为可将长

165

调中的这种情况视为北曲的先声。他所举的两首周邦彦的《浪淘沙慢》中的前一首写离别前的氛围、离别时的心态、离别后的回忆和此时的心情，其情感的转变确实在顿挫中具有明显的阶段性。

但也有一种长调，未必有这样精心的结构安排，而是具有伫兴而成的创作特点。王国维举了柳永的《八声甘州》和苏轼的《水调歌头》为例，认为像这样的作品虽然在体制上也属于长调，但实是用了小令的作法，所以与一般长调的精壮顿挫不同，而显现出格调高远、韵味深长的特点。值得注意的是：虽然柳永和苏轼的这类作品更契合王国维的词体观念，但王国维其实也意识到这并非长调创作的常规模式，所以他说"不能以常词论也"。王国维对长调体制的部分认同，在这一则是比较明显的。

二二

稼轩《贺新郎》[1] 词 "送茂嘉十二弟"，章法绝妙，且语语有境界，此能品而几于神者。然非有意为之，故后人不能学也。

[1] 稼轩《贺新郎》：即南宋词人辛弃疾《贺新郎·别茂嘉十二弟》："绿树听鹈鴂。更那堪、鹧鸪声住，杜鹃声切。啼到春归无寻处，苦恨芳菲都歇。算未抵、人间离别。马上琵琶关塞黑。更长门、翠辇辞金阙。看燕燕，送归妾。　　将军百战身名裂。向河梁、回头万里，故人长绝。易水萧萧西风冷，满座衣冠似雪。正壮士、悲歌未彻。啼鸟还知如许恨，料不啼清泪长啼血。谁共我，醉明月。"

【评】

此则以辛弃疾《贺新郎》为例，言说长调之章法与境界，而以自然为旨归。

此则承前一则之意，以辛弃疾为例说明长调与境界的关系，而重点落在典故的合理使用方面，亦此前王国维所谓"借古人之境界为我之境界"一则的具体分析而已。

辛弃疾是南宋唯一被王国维认可的词人，这在一心推崇北宋词的王国维词学观念中，应该说是异数了。被认可的原因在于辛弃疾虽然生在南宋，其词却具有北宋的风味。这里就存在着一个如何理解辛弃疾好用典故的问题了。词学史上对辛弃疾作词"掉书袋"的批评声音不绝于耳，而王国维拈以讨论的《贺新郎·送茂嘉十二弟》恰恰是用典极多的词。此词除了开头和结尾是一般性的情景描写之外，中间都以王昭君、荆轲等典故连缀而成。因为送别之悲怨，故其所取典故也多为怨事，以此将悲怨之情感连绵而下，所以王国维说是"章法绝妙"。而所谓"语语有境界"，则主要是针对其用典如同己出的艺术效果而言的。王国维并非一概反对用典，只是主张所使用典故要融入作者自己的语境中，而不能将自己的意思反而拘束到典故的原来语境中去。这也就是刘熙载《艺概》所谓"善文者满纸用事，未尝不空诸所有"的意思了。王国维一方面赞誉辛弃疾此词是"能品而几于神者"，一方面又说辛弃疾"非有意为之"。其实是说明辛弃疾在使用这一系列典故时，并非出于炫耀才学的目的，而是在情动之际，不自觉地联想到这些典故，又以一种不自觉的方式将这些典故融入作品中，所以看不到其苦心经营、精心搭配的痕迹。但平心而论，辛弃疾并非真的"非有意为之"，只是"有意"而流于不自知，或者说他人难以察觉耳。杨慎《词品》引用陈子宏评论此词是"万古一清风"，也当是缘于这种感觉了。

二三

"莫雨潇潇郎不归"[1]，当是古词，未必即白傅[2]所作。故白诗云"吴娘暮雨潇潇曲，自别苏州更不闻"[3]也。

[1]"莫雨"句：传出自唐代诗人白居易《长相思》："深画眉。浅画眉。蝉鬓鬅鬙云满衣。阳台行雨回。　巫山高，巫山低。暮雨潇潇郎不归。空房独守时。"王国维将"暮"作"莫"。　[2]白傅：即白居易。　[3]"吴娘"二句：出自唐代诗人白居易《寄殷协律》："五岁优游同过日，一朝消散似浮云。琴诗酒伴皆抛我，雪月花时最忆君。几度听鸡歌白日，亦曾骑马咏红裙。吴娘暮雨潇潇曲，自别江南更不闻。"

【评】

此则言说白居易名句，总以自然为尚。

此则属于简单辨证文字。《长相思》（深画眉）一词，黄升《花庵词选》是列在白居易名下的。王国维怀疑白居易的著作权，是因为读了白居易的《寄殷协律》，其中有"吴娘夜雨潇潇曲，自别苏州更不闻"，则似乎"夜雨潇潇曲"应该是"吴娘"所作，卓人月《古今词统》即因此列为吴二娘所作。此属于专门性的考证，这里暂不涉及。但叶申芗《本事词》的一则相关记载或可以作为参考："吴二娘，江南名姬也，善歌。白香山守苏时，尝制《长相思》（深画眉）一阕云云。吴善歌之，故香山有'吴娘夜雨潇潇曲，自别苏州更不闻'之咏，盖指此也。"《乐府纪闻》的记载也与此相同。则吴二娘其实是以"善歌"得名，而且《本事词》已经直言此词乃白居易所"制"。若无特别有力的证据，似不宜轻易质疑其作者问题。

二四

稼轩《贺新郎》词："柳暗凌波路。送春归、猛风暴雨，一番新绿。"[1]又《定风波》词："从此酒酣明月夜。耳热。"[2]"绿""热"二字，皆作上去用。与韩玉[3]《东浦词》《贺新郎》以"玉""曲"叶"注""女"，[4]《卜算子》以"夜""谢"叶"食""月"，[5]已开北曲四声通押之祖。

[1]"柳暗"三句：出自南宋词人辛弃疾《贺新郎》："柳暗凌波路。送春归、猛风暴雨，一番新绿。千里潇湘葡萄涨，人解扁舟欲去。又樯燕、留人相语。艇子飞来生尘步。唾花寒、唱我新番句。波似箭，催鸣橹。　黄陵祠下山无数。听湘娥、泠泠曲罢，为谁情苦。行到东吴春已暮。正江阔、潮平稳渡。望金雀、觚棱翔舞。前度刘郎今重到，问玄都、千树花存否。愁为倩，么弦诉。"　[2]"从此"二句：出自南宋词人辛弃疾《定风波·自和》："金印累累佩陆离。河梁更赋断肠诗。莫拥旌旗真个去。何处。玉堂元自要论思。且约风流三学士。同醉。春风看试几枪旗。从此酒酣明月夜。耳热。那边应是说侬时。"　[3]韩玉：生卒年不详，本金国人。与辛弃疾等多有唱和，其生活年代应相近。著有《东浦词》一卷。　[4]以"玉""曲"叶"注""女"：参见南宋词人韩玉《贺新郎·咏水仙》："绰约人如玉。试新妆娇黄半绿，汉宫匀注。倚傍小栏闲凝伫，翠带风前似舞。记洛浦、当年俦侣。罗袜尘生香冉冉，料征鸿、微步凌波女。惊梦断，楚江曲。　春工若见应为主。忍教都、闲亭邃馆，冷风凄雨。待把此花都折取，和泪连香寄与。须信到、离情如许。烟水茫茫斜照里，是骚人、《九辨》招魂处。千古恨，与谁语。"　[5]以"夜""谢"叶"食""月"：参见南宋词人韩玉《卜算子》："杨柳绿成阴，初过寒食节。门掩金铺独自眠，哪更逢寒夜。　强起立东风，惨惨梨花谢。何事王孙不早归，寂寞秋千月。"按：按照韵脚，"食"应作"节"。

【评】

此则以辛弃疾、韩玉词为例言说词曲四声通押嬗变之迹。

此则以若干宋词之例，说明词律之宽。四声通押是元代散曲的惯例，由于散曲多承宋词而来，所以这种四声通押也可以在宋词中找到例证。王国维列举了辛弃疾《贺新郎》《定风波》，韩玉《贺新郎》《卜算子》等例，具体说明了四声通押的情况。辛弃疾、韩玉之词乃是属于入声与上去通押，因为辛弃疾词中的"绿""热"，韩玉词中的"玉""曲""节""月"等字，都属入声。而北曲中"入派三声"已是通例。其实后来王国维在为敦煌发现的《云谣集》而写的跋文中，也再次强调了词律本宽的事实。王国维当是以此来说明词与曲在文体嬗变中的若干承传痕迹。不过，仅凭这些例子，还不足以完全说明宋词的词律之宽，宋人明辨四声之例与王国维所举四声通押之例相比，仍是占着绝对大的比例。

二五

谭复堂[1]《箧中词选》[2]谓：蒋鹿潭[3]《水云楼词》[4]与成容若、项莲生[5]，二百年间分鼎三足。[6]然《水云楼词》小令颇有境界，长调唯存气格。《忆云词》[7]亦精实有余，超逸不足，皆不足与容若比。然视皋文、止庵辈，则倜乎远矣。

[1] 谭复堂：即谭献（1832—1901），初名廷献，字仲修，号复堂，仁和（今浙江省杭州市）人。著有《复堂词》等。　[2]《箧中词选》：即《箧中词》，清词选本，谭献编选，正集六卷，续集四卷。选评合一，其中评语由其门人徐珂辑为《复堂词话》之一部分。　[3] 蒋鹿潭：即蒋春霖（1818—1868），字鹿潭，江阴（今属江苏省）人。著有《水云楼词》。　[4]《水云楼

词》：蒋春霖词集名，为作者自定本，共二卷。蒋春霖去世后，其未刻词被辑为《水云楼词续》一卷。 [5]项莲生：即项鸿祚（1798—1835），后改名廷纪，字莲生，钱塘（今浙江省杭州市）人。著有《水仙亭词》《忆云词甲乙丙丁稿》及"补遗"一卷等。 [6]"蒋鹿谭"句：出自谭献《箧中词》卷五："文字无大小，必有正变，必有家数。《水云楼词》固清商变徵之声，而流别甚正，家数颇大，与成容若、项莲生二百年中，分鼎三足。"王国维此处是间接引用。 [7]《忆云词》：即《忆云词甲乙丙丁稿》，项鸿祚词集初名，后易为《忆云词》。

【评】

此则裁断清词名家，而以纳兰为首，盖以境界、气格兼擅为本也。

此则由谭献评语而引出清词名家地位的衡定问题。作为清词选本，谭献《箧中词》影响甚大，而谭献以纳兰性德、蒋春霖、项鸿祚分鼎清词三足之说，更是驰名学界。其《箧中词》选录三家词分别为25、22、21首，是选词最多的三家。但王国维对此提出了疑问。王国维认为蒋春霖词中的小令堪当"境界"二字，而长调只是有气象有格调而已，而气象、格调与境界尚有距离。项鸿祚的词只能当得起"精实"二字，即在长调结构上顿挫有致，若求其"超逸"——即深远之致，就不免有欠了。如此，与纳兰性德以自然之眼观物、以自然之舌言情的词相比，就都显得逊色了。但王国维同时也认为蒋春霖、项鸿祚的词上不及纳兰性德，下却远在张惠言、周济之上。王国维对清词名家座次的排序，与其以自然、真切为核心的境界说密切相关。

二六

贺黄公（裳）[1]《皱水轩词筌》云："张玉田乐府指迷，其调叶宫商，铺张藻绘，抑亦可矣，至于风流蕴藉之事，真属茫茫。如啖官厨饭者，不知牲牢[2]之外别有甘鲜也。"[3]此语解颐。

[1] 贺黄公：即贺裳，字黄公，清代康熙年间词人。著有《红牙词》《皱水轩词筌》等。　　[2] 牲牢：供祭祀用的牲畜，以牛羊猪为主，"牢"即系养者之意。　　[3]"张玉田"数句：出自贺裳《皱水轩词筌》："词诚薄技，然实文事之绪余，往往便于伶伦之口者，不能入文人之目。张玉田乐府指迷，其词叶宫商，铺张藻绘，抑以可矣。至于风流蕴藉之事，真属茫茫，如啖官厨饭者，不知牲牢之外，别有甘鲜也。"王国维将"其词"误作"其调"，将"抑以可矣"之"以"误作"亦"。"乐府指迷"若为书名，则当是《词源》之误。

【评】

此则引述贺裳评说张炎之语，认为其评说客观，而以境界为潜在标准也。

贺裳原文似针对张炎词的创作特点而言。在贺裳的观念里，词不过是文事的"绪余"，往往但求声调婉转、词义通俗，而难当文章之义。"张玉田乐府指迷"一句似可理解为：张炎曾著述《词源》为填词——即"乐府"指点迷津。而张炎自己的词也只是在合律可诵和润色词采上略有胜处，如果要追究其词中的风雅意趣和深远之致，就很茫然了。这就好像经常食用官厨所制作的菜肴，往往在牛、羊、猪这些"牲牢"中变换花样，以至忘了在此之外还有更鲜美的味道了。王国维认为"此语解颐"，其实是认同贺裳这一番评论。

之所以将这一则认为是专评张炎词，而非兼评其《词源》，是因为这种理解不仅契合贺裳的整体语境，而且在手稿的下一则，王国维也是援引他人评述张炎词之语。则此数则应是都围绕如何评价张炎词的创作特色而集中撰写的。

二七

周保绪（济）《词辨》云："玉田，近人所最尊奉，才情诣力亦不后诸人，终觉积谷作米，把缆放船，无开阔手段。"又云："叔夏所以不及前人处，只在字句上着功夫，不肯换意。……近人喜学玉田，亦为修饰字句易，换意难。"

【评】

此则引周济评张炎词，以其无开阔手段并乏换意能力也。

承前一则评说张炎词之意，此则继续引用周济之说，以为张炎词之定论。清代前期浙西词派以姜夔、张炎词为典范，一时师法张炎词之风气很盛。而王国维认为填词贵有创意，贵有远韵，张炎词其实无当于其所享有的声名。此则应为周济《介存斋论词杂著》中评述张炎之语，王国维虽未接一语，但其实是以引代论，持赞同态度的。

周济对张炎的批评大致集中在"修饰字句"与"不肯换意"两个方面，所谓"无开阔手段"云云，也是意思逼仄之意，故难以有深远之致。但周济对张炎的"才情"也是认同的，并认为"其清绝处，自不易到"，"若其用意佳者，即字字珠辉玉映，不可指摘"。评说相对比较客观。而王国维引述周济的话却将其中肯定之语删去，

173

只留否定之评，其引述的倾向性因此而更为突出。

从这一则引述周济评论张炎词的内容，也可见前一则引述贺裳评论张炎词"铺张藻绘""不知牲牢之外别有甘鲜"的评价，与此是彼此呼应的。王国维对张炎词的评价从这两则引文已见端倪了。

二八

词家时代之说，盛于国初。竹垞[1]谓：词至北宋而大，至南宋而深。[2]后此词人，群奉其说。然其中亦非无具眼者。周保绪曰："南宋下不犯北宋拙率之病，高不到北宋浑涵之诣。"又曰："北宋词多就景叙情，故珠圆玉润，四照玲珑。至稼轩、白石，一变而为即事叙景，使深者反浅，曲者反直。"[3]潘四农（德舆）[4]曰："词滥觞于唐，畅于五代，而意格之闳深曲挚，则莫盛于北宋。词之有北宋，犹诗之有盛唐。至南宋则稍衰矣。"[5]刘融斋（熙载）曰："北宋词用密亦疏，用隐亦亮，用沈亦快，用细亦阔，用精亦浑。南宋只是掉转过来。"[6]可知此事自有公论。虽止庵词颇浅薄，潘、刘尤甚。然其推尊北宋，则与明季云间诸公[7]，同一卓识，不可废也。

[1] 竹垞：即朱彝尊（1629—1709），字锡鬯，号竹垞，又号金风亭长，秀水（今浙江省嘉兴市）人。与汪森合编《词综》。著有词集《静志居琴趣》《江湖载酒集》等。　[2]"词至"二句：意出清代朱彝尊《词综·发凡》："世人言词，必称北宋。然词至南宋始极其工，至宋季而始极其变。"　[3]"南宋"数句：出自清代周济《介存斋论词杂著》。　[4] 潘四农：即潘德舆（1785—1839），字彦辅，号四农，山阳（今属江苏省）人。著有《养一斋集》。　[5]"词滥觞"数句：出自清代潘德舆《养一斋集》卷二十二《与叶生名澧书》。　[6]"北宋词"数句：出自清代刘熙载《艺概》卷四《词曲概》。　[7] 云间诸公：即明末词人陈子龙、宋徵舆、李雯，三人均为松江（今属上海市）人，松江旧称"云间"，故称他们为"云间三子"。

【评】

此则言词家时代之说，区别南宋，而以北宋为归。

此则引述数家词论，不仅表明其崇尚北宋词的基本立场，也示其词学渊源所在。

作为浙西词派的领袖，朱彝尊的词学思想曾广泛影响到清初词坛，他与汪森合编的《词综》更是成为当时词人竞相师法的范本。浙西词派的理论以南宋词为极致，所以其导引的词风也就成了"家白石而户玉田"的局面。王国维在前面两则极力贬低张炎词，也是为这一则的正面立说提供依据。

周济、潘德舆、刘熙载三家之论词虽然都偏尚北宋，但周济是在北宋与南宋的直接比较中显现出北宋词珠圆玉润的"浑涵"之境；潘德舆则立足词史发展过程，而将北宋词比喻为盛唐诗；刘熙载则是从北宋词的艺术手法和审美感受上，彰显了北宋词的独特魅力。三家角度略异，但殊途同归，都将北宋作为词体发展的巅峰时期，并以北宋词为词体典范。王国维认为此三家言论实渊源于明末云间词派的理论，因为以陈子龙为代表的云间词派就是高举五代北宋的旗帜的。王国维应该是完全认同周济、潘德舆、刘熙载三家词论的，但对这三家的填词水平却评价甚低，以此来说明理论眼光与创作水平，不一定存在着某种必然的联系。

二九

唐五代北宋之词，所谓"生香真色"[1]。若云间诸公，则彩花[2]耳。湘真[3]且然，况其次也者乎？

［1］生香真色：似出自清代词学家王士禛《花草蒙拾》："'生香真色人难学'，为'丹青女易描，真色人难学'所从出。千古诗文之诀，尽此七字。"
［2］彩花：似出自清代词学家谢章铤《双邻词钞序》："词也者，意内言外者也。言胜意，剪彩之花；意胜言，道情之曲也。顾与其言胜，无宁意胜，意胜则情深。" ［3］湘真：即陈子龙。因其词集名《湘真阁稿》，故以"湘真"代称其人。

【评】

此则推崇唐五代北宋词之"生香真色"，而以陈子龙云间派为彩花，因其乏真实灵动也。

前一则批评周济、潘德舆、刘熙载词论有卓识，而创作则难副其说。但结尾以"然其推尊北宋，则与明季云间诸公，同一卓识，不可废也"数句，戛然而止。此则便由此生发，在肯定云间派词学趣尚的同时，对其创作水平提出了批评。

所谓"生香真色"，即指作品体现出来的生动而真切、活泼而丰富的审美特点。"香"和"色"更多的是形容作品的文采，而"生"和"真"则是对这种文采所表现的情感特点的概括。换言之，"生香真色"其实是对"境界说"的一种感性描述。王国维将境界作为唐五代北宋词人"卓绝"的标志，"生香真色"也具有同样的标志性意义。

云间派推崇《花间》词风，但难以学出其风神，而多临摹其形式。或者说，有其语言风味，而无其情感底蕴，所以王国维以"彩花"视之。所谓"彩花"，即如谢章铤所说是"言胜于意"。这与王国维所强调的意在言外的深远之致，适成相反之例了。王国维认为云间词人中最杰出者如陈子龙都不免此病，其他如宋徵舆、李雯等，就更可以想见了。"生香真色"与"彩花"的分别，不在香、色、花这些外在的意象上面，而在其所承载感情的真实与虚假上面。

三十

《衍波词》[1]之佳者，颇似贺方回。虽不及容若，要在锡鬯、其年[2]之上。

[1]《衍波词》：王士禛词集名，共二卷。 [2]其年：即陈维崧（1625—1682），字其年，号迦陵，宜兴（今属江苏省）人。著有《湖海楼集》，词集名《湖海楼词》，曾与朱彝尊合刻《朱陈村词》。

【评】

此则言王士禛、朱彝尊、陈维崧三家词高低，而皆归诸纳兰性德之下。

王国维词学从王士禛《花草蒙拾》采择颇多，此则评王士禛词，则措辞隐约。正如其评价周济、刘熙载等词学理论堪具卓识，而创作浅薄一样。此则对王士禛词的评价也与此近似。

王国维说王士禛词中的"佳者"，才与贺铸相似。而王国维对贺铸的评价是"非不华赡，惜少真味"八字，是北宋名家中"最次"者。按照王国维的词学理论，填词如果缺乏真味，也就与"彩花"无异了。而王士禛词中的佳者不过如此，其他就更不足与论了。但在清代词史中，王国维仍将其置于纳兰性德之下、朱彝尊和陈维崧之上。即此一端，也可见清词在王国维心目中的总体地位。置于纳兰性德之下，是因为纳兰词的真实、自然与悲情淋漓都不是王士禛所具备的；置于朱彝尊、陈维崧之上，是因为朱彝尊乃一意师法南宋，取径有偏，自然等而下之了，而陈维崧以豪放为尚，与词体"深美闳约"之体制要求，也就有了明显的距离。王国维的这种轩轾当然只是可备一说，但与其理论却是契合的。

<h1 style="text-align:center">三一</h1>

近人词如复堂词之深婉，彊村词[1]之隐秀，皆在吾家半塘翁[2]上。彊村学梦窗，而情味较梦窗反胜。盖有临川[3]庐陵[4]之高华，而济以白石之疏越者。学人之词，斯为极则。然古人自然神妙处，尚未梦见。

[1] 彊村：即朱孝臧（1857—1931），一名祖谋，字古微，一字藿生，号沤尹、彊村，归安（今浙江省湖州市）人。校刻有词集丛编《彊村丛书》，著有词集《彊村语业》等。　[2] 半塘翁：即王鹏运（1849—1904），字佑遐，一字幼霞，自号半塘老人，晚年又号骛翁、半塘僧骛，临桂（今广西区桂林市）人。校刻有词集丛编《四印斋所刻词》，著有词集《半塘定稿》等。
[3] 临川：即王安石（1021—1086），字介甫，号半山，临川（今属江西省）人。因其籍贯临川，故以"临川"代指王安石。著有词集《临川先生歌曲》，一名《半山词》。　[4] 庐陵：即欧阳修。以其籍贯庐陵（今江西省吉安市），故称。

【评】

此则论近人谭献、朱祖谋、王鹏运三家学人之词，虽在学人之词内部有地位高下的权衡，但都未被列入本色词人之列，与"自然神妙"无涉。王国维的尊体之心于此可见。

其实所谓"学人之词"，王国维是总体将其纳入"破体"的范围的。可能是语涉"近人"，故王国维出语颇为讲究。先是评说谭献词"深婉"，朱祖谋词"隐秀"，并将他们均置于王鹏运之上。而在谭献与朱祖谋之间，似又以朱祖谋为胜。朱祖谋是晚清师法吴文英词的引领者，按照王国维此前对吴文英词的极度贬斥，其对朱祖谋的贬斥也当在情理之中，但王国维居然认为朱祖谋的情味反而在吴文英之上。之所以形成这种后出转精的现象，王国维认为是因为朱祖谋虽然在大的方向上不离吴文英，但也不限于吴文英一家，而是把王安石、欧阳修的"高华"和姜夔的"疏越"融入其中，所以形成了其一家之特色。所谓"高华"，按照许文雨《人间词话讲疏》的理解，应该是指声调高逸；而所谓"疏越"，则是形容余韵不绝。如此，学人之词也就部分具备了传统词体的若干特征了。但学人之词，毕竟以"学"为基本特色，才学的张扬与性情的抑制也就不可避免会产生一定的矛盾，如此学人之词中的"自然神妙"，也就难以追寻了。

三二

宋尚木[1]《蝶恋花》："新样罗衣浑弃却。犹寻旧日春衫着。"[2]谭复堂《蝶恋花》："连理枝头侬与汝。千花百草从渠许。"[3]可谓寄兴深微。

[1] 宋尚木：即宋徵璧，字尚木，华亭（今属上海市松江区）人。著有《歌浦倡和香词》等。此处"宋尚木"应作"宋徵舆"。宋徵舆（1618—1667），字直方，华亭人，与陈子龙、李雯等并称"云间三子"。宋徵舆乃宋徵璧从弟，两人时有"大小宋"之称。 [2]"新样"二句：出自明末词人宋徵舆《蝶恋花》："宝枕轻风秋梦薄。红敛双蛾，颠倒垂金雀。新样罗衣浑弃却。犹寻旧日春衫着。 偏是断肠花不落。人苦伤心，镜里颜非昨。曾误当初青女约。至今霜夜思量着。" [3]"连理"二句：出自清代词人谭献《蝶恋花》："帐里迷离香似雾。不烬炉灰，酒醒闻余语。连理枝头侬与汝。千花百草从渠许。 莲子青青心独苦。一唱将离，日日风兼雨。豆蔻香残杨柳暮。当时人面无寻处。"

【评】

此则言说宋徽壁与谭献名句，以持境界说为标准也。

从寄兴深微的角度评价宋徵舆与谭献两首词，仍是着眼于词体"深美闳约"的体制特点。

宋徵舆的《蝶恋花》写女子秋夜相思，"新样"二句写薄梦醒后，翻寻旧日春衫，乃重温当日相聚情景之意。谭献的《蝶恋花》写男子追忆当日情事，"连理"二句极写情意之深笃。"新样"二句与"连理"二句，分别以旧日春衫、连理枝头、千花百草起兴，以表达彼此相恋之深情。但王国维却认为别有一种"深微"的寄兴在。"深微"在何处呢？可能与两人的生存时代相关。宋徵舆生当明末清初，谭献则生活在清代末年。故两人的沉迷往日之意，或许有这样的时代背景在内。

三三

半唐《丁稿》[1] 和冯正中《鹊踏枝》十阕 [2]，乃《鹜翁词》[3] 之最精者。"望远愁多休纵目"[4] 等阕，郁伊惝怳，令人不能为怀。《定稿》只存六阕 [5]，殊为未允也。

[1] 半唐《丁稿》：即王鹏运晚年所编之《鹜翁词》。 [2] "和冯正中"一句：即王鹏运依次属和冯延巳《鹊踏枝》十四首词，《鹜翁词》中仅收录十首，故称"十阕"。词多不备录。 [3]《鹜翁词》：王鹏运自编词集名。[4] "望远"句：出自清代词人谭献《鹊踏枝》之七："望远愁多休纵目。步绕珍丛，看笋将成竹。晓露暗垂珠簏簌。芳林一带如新浴。 檐外春山森碧玉。梦里骖鸾，记过清湘曲。自定新弦移雁足。弦声未抵归心促。" [5]《定稿》只存六阕：指王鹏运《半塘定稿》只收录了六阕和冯延巳《鹊踏枝》词，删去了《鹜翁词》中所收录十阕中的第三、六、七、九四首。

【评】

此则王国维评述"吾家半塘翁"王鹏运之词，对其和冯延巳《鹊踏枝》十阕十分推崇。称其"郁伊惝恍"，实是称誉其词体"要眇宜修"之美。

王鹏运和冯延巳《鹊踏枝》词共有十四首，收录在《鹜翁词》中仅十首，而收录在《半塘定稿》中则只有六首。其求精之意于此可见。王国维在这录存的十首词前曾有小序云："冯正中《鹊踏枝》十四阕，郁伊惝恍，义兼比兴，蒙者诵焉。春日端居，依次属和，就均成词，无关寄托，而章句尤为凌杂。忆云生云：'不为无益之事，何以遣有涯之生？'三复前言，我怀如揭矣。时光绪丙申三月二十八日。录十。"冯延巳的词被王国维称为"堂庑特大，开北宋一代之风气"。"堂庑"云云，其实就是指其寄托高远之意。王鹏运在小序中称冯延巳此组词"郁伊惝恍，义兼比兴"，与王国维此论也可以对勘。不过，王国维认为王鹏运评价冯延巳的话，也可移评王鹏运自己。"郁伊惝恍，令人不能为怀"云云，其实就是指其由内蕴情感的丰富而迷离所引发的深沉感慨。这与王国维素所强调词体"深美闳约"的审美要求是一致的。王国维此前论谭献有"深婉"二字，论朱祖谋有"隐秀"二字，此处则以"郁伊惝恍"四字评价王鹏运词。而对其后来仅删存六阕，尤为耿耿，可见其倾慕之意。

三四

固哉，皋文之为词也！飞卿《菩萨蛮》[1]、永叔《蝶恋花》[2]、子瞻《卜算子》[3]，皆兴到之作，有何命意？皆被皋文深文罗织。

阮亭《花草蒙拾》谓："坡公命宫磨蝎^[4]，生前为王珪、舒亶辈^[5]所苦，身后又硬受此差排。"^[6]由今观之，受差排者，独一坡公已耶？

[1] 飞卿《菩萨蛮》：即晚唐词人温庭筠《菩萨蛮》："小山重叠金明灭。鬓云欲度香腮雪。懒起画蛾眉。弄妆梳洗迟。　照花前后镜。花面交相映。新帖绣罗襦。双双金鹧鸪。"张惠言《词选》评："此感士不遇也，篇法仿佛《长门赋》。……'照花'四句，《离骚》初服之意。"　[2] 永叔《蝶恋花》：即北宋词人欧阳修《蝶恋花》："庭院深深深几许？杨柳堆烟，帘幕无重数。玉勒雕鞍游冶处。楼高不见章台路。　雨横风狂三月暮。门掩黄昏，无计留春住。泪眼问花花不语。乱红飞过秋千去。"按，此词当为冯延巳作。张惠言认为这是一首政治讽刺词，在《词选》里他评："'庭院深深'，闺中既以邃远也。'楼高不见'，哲王又不寤也。'章台游冶'，小人之径。'雨横风狂'，政令暴急也。'乱红飞去'，斥逐者非一人而已，殆为韩、范作乎？"　[3] 子瞻《卜算子》：即北宋词人苏轼《卜算子·黄州定慧院寓居作》："缺月挂疏桐，漏断人初静。谁见幽人独往来，缥缈孤鸿影。　惊起却回头，有恨无人省。拣尽寒枝不肯栖，寂寞沙洲冷。"张惠言《词选》评："此东坡在黄州作。鲖阳居士云：'缺月'，刺明微也。'漏断'，暗时也。'幽人'，不得志也。'独往来'，无助也。惊鸿，贤人不安也。'回头'，爱君不忘也。'无人省'，君不察也。'拣尽寒枝不肯栖'，不偷安于高位也。'寂寞沙洲冷'，非所安也。此词与《考槃》诗极相似。"　[4] 命宫磨蝎：即命运多舛之意。磨蝎，星宿名。苏轼《东坡志林》卷一云："退之诗云：'我生之辰，月宿直斗。'乃知退之磨蝎为身宫，而仆乃以磨蝎为命。平生多得谤誉，殆是同病也。"此当是王士禛《花草蒙拾》之所本。　[5] 王珪、舒亶辈：即王珪、舒亶等北宋御史，他们将苏轼诗歌断章取义，诬陷苏轼借诗歌以讥讽新法，历史上著名的"乌台诗案"即由此形成。　[6]"坡公"数句：出自清代词学家王士禛《花草蒙拾》："仆尝戏谓：坡公命宫磨蝎，湖州诗案，生前为王珪、舒亶辈所苦，身后又硬受此差排耶？"王国维引文漏"湖州诗案"四字。

【评】

此则言兴到之作与寄托说之隔膜，以张惠言的若干评词为例，批评常州词派过于追求寄托而近乎索隐的弊端。

张惠言出于尊体之考虑，将词体的价值和意义以"寄托"的方式昭示出来。其《词选》一编，为示创作门径，曾批注数则以详细说明。温庭筠《菩萨蛮》、冯延巳《蝶恋花》和苏轼《卜算子》即是其重点批注的词例。其中评论苏轼《卜算子》只是引述鲖阳居士之语，但张惠言显然也是完全认同所评内容的。将这三则评语结合起来看，其评述思路都围绕着诗歌与政治的关系而进行，往往将诗句与所影射的政治事件或与政治相关的感情直接对应起来，所以给人以句句深含寄托之意，这实际上把文学作为政治表述的一种特殊方式来看待了。而王国维素来反对政治对文学的干预，他曾说："生百政治家，不如生一文学家。"又说：政治家之言往往限于一时一物，而诗人是应该通古今而观之的。如此，王国维对这种限定得过于绝对的解词方式，自然会表达出自己的不满了。

因此，王国维将张惠言的"深文罗织"视为迂腐之见，认为如温庭筠、冯延巳、苏轼等的作品，都是"兴到"之作，不一定有这么深这么具体的寄托。王国维这里说的"有何命意"，并非是说这些作品意旨浅薄，而是没有如张惠言——包括鲖阳居士这般解说的寄托特征。实际上，越是兴到的诗词，越是有着联想的空间，但那不过是读者的联想而已。即如王国维自己也说过读李璟的"菡萏香销翠叶残，西风愁起绿波间"二句，"大有众芳芜秽、美人迟暮之感"的。则解说词固不能排除合理的联想，要反对的只是过深的索隐而已。王国维引述王士禛《花草蒙拾》中评述苏轼生前身后硬受差排之事，说明这种解说方式已经形成了一种令人担忧的"传统"了。

三五

贺黄公谓:"姜论史词,不称其'软语商量',而称其'柳昏花暝',固知不免项羽学兵法之恨。"[1]然"柳昏花暝"[2],自是欧、秦辈吐属。吾从白石,不能附和黄公矣。

[1]"姜论史词"数句:出自清代贺裳《皱水轩词筌》。原文"称其'柳昏花暝'"之"称"作"赏"。"姜论史词",是指黄升《中兴以来绝妙词选》卷七于史达祖《双双燕》后注云:"姜尧章极称其'柳昏花暝'之句。"
[2]"柳昏花暝":出自南宋史达祖《双双燕·咏燕》。

【评】

此则引姜夔称赞史达祖"柳昏花暝"之语,认为有欧阳修、秦观之风。

贺裳的《皱水轩词筌》是王国维浸染较多的一部词话,曾明引暗用数处,以赞同为主。此则则表示异议,认为贺裳判断失衡。黄升《中兴以来绝妙词选》卷七曾在史达祖《双双燕》之下注云:"姜尧章极称其'柳昏花暝'之句。"姜夔何以欣赏此四字,则未能说明。王国维则进而为姜夔申论,认为"柳昏花暝"四字,具有欧阳修、秦观词的风神,融情入景而不见痕迹。而"软语商量"云云,其实与姜夔"数峰清苦,商略黄昏雨"的用法相似,有"如雾里看花,终隔一层"的感觉,情、景相隔,所以不为王国维所取了。

贺裳显然对"软语商量"这样带有拟人化的情景描述极为欣赏,而对"柳昏花暝"这种明于写景而隐于言情的方式略有不满,所以批评姜夔不免如项羽学兵法,未能得其底蕴而空言远大了。姜夔是王国维颇为非议的词人之一，而此则王国维“吾从白石”一语，乃是从其词学批评着眼，而非论其创作也。

三六

“池塘春草谢家春[1]，万古千秋五字新。传语闭门陈正字[2]，可怜无补费精神。”[3] 此遗山[4] 论诗绝句也。梦窗、玉田辈，当不乐闻此语。

［1］“池塘”句：出自南朝诗人谢灵运《登池上楼》“池塘生春草”之句。 ［2］陈正字：即陈师道（1053—1102），字履常、无己，号后山居士，曾任秘书省正字，故称“陈正字”，彭城（今江苏省徐州市）人。黄庭坚《病起荆江亭即事十首》之八有“闭门觅句陈无己”之句。 ［3］“池塘”四句：出自元代诗论家元好问《论诗绝句三十首》之二十九。 ［4］遗山：即元好问（1190—1257），字裕之，号遗山，太原秀容（今山西省忻州）人。著有《遗山乐府》等。

【评】

此则引元好问论诗绝句以批评吴文英、张炎词之乏自然真致。

此则意在伫兴的创作才能表现真景物、真感情，而苦思安排的作品往往是缺乏生命力的。

谢灵运《登池上楼》“池塘生春草，园柳变鸣禽”二句，乃是他在政治上遭受打击、身体上久病初愈后登楼即见之初春景象，以此唤起自己的生活意趣。所以“池塘”一句中包含着诗人的敏锐感觉和欣喜之情。其万古流传的原因就在于这句诗没有雕琢的痕迹，而情景融合、转换却十分自然。这就是其魅力所在。

钟嵘《诗品》在评谢灵运诗时曾说过"寓目辄书，内无乏思，外无遗物"的话。这就是说，即兴的创作往往能将内心的情思和外在的景物自如地融合起来。这种融合是闭门觅句者势难做到的，所以元好问说陈师道的苦思其实是白费精神的。不过，王国维引述元好问评论谢灵运和陈师道的诗，意在为他批评南宋吴文英、张炎等人的词风提供佐证。吴文英和张炎的词正带有"闭门觅句"的特点，他们试图通过结构的安排和精心的构思，将主题曲折表现出来，但实际上这往往造成情感的流失和景物的模糊，与境界也就愈趋愈远了。王国维在词史上不取南宋，很大原因即根于此。

三七

朱子[1]《清邃阁论诗》[2]谓："古人有句，今人诗更无句，只是一直说将去。这般一日作百首也得。"[3]余谓北宋之词有句，南宋以后便无句。如玉田、草窗之词，所谓"一日作百首也得"者也。

[1] 朱子：即朱熹（1130—1200），字元晦，一字仲晦，号晦庵，别号紫阳，婺源（今属江西省）人。南宋理学家。著有《朱子语类》《四书章句》等。　[2]《清邃阁论诗》：朱熹论诗之语辑录专卷，载《朱子语类》卷第一百四十。　[3] "古人有句"数句：出自南宋朱熹《清邃阁论诗》。王国维引文在"古人"后漏"诗中"二字，在"这般"后漏一"诗"字。

【评】

此则以是否"有句"裁断两宋词之高下，呼应境界之说。

此则从朱熹论诗之"有句""无句"而说及词之"有句""无句"，仍是为境界说补证之意。所谓"句"，乃是指秀句，即最为凝练自然而独拔于全篇者，是一篇之神韵所在。

朱熹反对作诗"一直说将去"，也就是反对平铺直叙、既无波澜也无出彩之句的写法。朱熹所说的情况与宋诗中有不少诗人追求"平易"的风格有关。如果一味以平易为贵，则作诗变成了一种类似于整齐句式的散文了，诗歌所需要讲究的秀句和波澜也就容易被淡化。如此，诗歌的味道便也薄弱了，这其实是对诗歌文体的一种轻浮心态所致。

王国维将朱熹的这一看法移论词史，认为北宋词有句，而南宋词无句。也许北宋词的有句，与朱熹所说的古人诗中有句相类似，因为多是伫兴之作，故性情洋溢，情景妙合而成自然之佳制。但南宋词的无句却是因为过于苦思、讲究结构而淹没了性情的原质表达，以致形成全篇结构工稳却无秀句的情况，其中张炎、周密更是如此。王国维从秀句之有无——实际上是境界之有无，为其抬高北宋词贬低南宋词提供新的依据。

三八

朱子谓："梅圣俞诗，不是平淡，乃是枯槁。"[1] 余谓草窗、玉田之词亦然。

[1] "梅圣俞诗"三句：出自朱熹《清邃阁论诗》。

【评】

此则论平淡与枯槁之区别，意思落在周密、张炎之枯槁无味也。

此则继续引用朱熹之语，以作批评张炎、周密等南宋词人之资。

王国维在前一则就说张炎、周密等作词"一日作百首也得"，即以其文字平易之故。此则再以朱熹评论梅尧臣诗歌貌似平淡、其实枯槁，来说明张炎、周密等人之词在情感内涵方面的贫瘠与浅薄。王国维并非反对平淡之风，对于讲究即兴的创作方式和自然的审美风格的王国维来说，"平淡"也必然是符合其审美理念的要素之一。只是王国维所要求的平淡要以深厚的情感作为底蕴，以精妙而自然的艺术表达作为形式特征，所以形成的"平淡"也就是淡而有味、耐人寻索的。以此要求来看待张炎、周密的词，就很容易发现他们在平淡之下仍是平淡的事实了。王国维对南宋词似乎总以挑剔的眼光来衡量，故往往夸大其不足而遮蔽其优点。这也使得王国维的《人间词话》不免带有比较明显的感性特征。

三九

"自怜诗酒瘦，难应接、许多春色"[1]，"能几番游，看花又是明年"[2]，此等语亦算警句耶？乃值如许费力！

[1]"自怜"二句：出自南宋史达祖《喜迁莺》："月波疑滴。望玉壶天近，了无尘隔。翠眼圈花，冰丝织练，黄道宝光相直。自怜诗酒瘦，难应接、许多春色。最无赖，是随香趁烛，曾伴狂客。　踪迹。漫记忆。老了杜郎，忍听东风笛。柳院灯疏，梅厅雪在，谁与细倾春碧。旧情拘未定，犹自学、当年游历。怕万一，误玉人夜寒帘隙。"　[2]"能几"二句：出自南宋张炎《高阳台·西湖春感》："接叶巢莺，平波卷絮，断桥斜日归船。能几番游，看花又是明年。东风且伴蔷薇住，到蔷薇、春已堪怜。更凄然。万绿西泠，一抹荒烟。　当年燕子知何处，但苔深韦曲，草暗斜川。见说新愁，如今也到鸥边。无心再续笙歌梦，掩重门、浅醉闲眠。莫开帘。怕见飞花，怕听啼鹃。"

【评】

此则言说史达祖、张炎之所谓"警句"，实乏自然之致，用力过甚，遂留费力痕迹。

此则当是针对元代陆辅之《词旨》而发。《词旨》除了前面七条词说之外，就是列举属对、奇对、警句、词眼等。而"自怜"二句、"能几"二句皆在"警句"之列。但在王国维看来，所谓警句应该是准确表现真景物真感情、出于自然、独出全篇的句子。换言之，警句要在自然中透出韵味，若是露出用力雕琢的痕迹，则已失自然之趣，就遑论警句了。史达祖和张炎将情感的表现用一种大力的转折表达出来，句中如"自怜""瘦""难应接""能几番""又是"等，均是力度明显的字词，如此，情感的微妙与深沉反而被遮蔽了。这样的"警句"只是警在字面，而非警在内里。王国维的质疑确实是有道理的，以此他也将自己代表着"境界"的名句与词学史上的"警句"区别开来。

四〇

文文山[1]词，风骨甚高，亦有境界，远在圣与[2]、叔夏、公谨诸公之上。亦如明初诚意伯[3]词，非季迪[4]、孟载[5]诸人所敢望也。

[1] 文文山：即文天祥（1236—1283），初名云孙，字天祥，以字行，改字宋瑞、履善，号文山，吉州庐陵（今江西省吉安市）人。著有《文山集》等。　[2] 圣与：即王沂孙，字圣与，号碧山、中仙，会稽（今浙江省绍兴市）人。著有词集《花外集》等。　[3] 诚意伯：即刘基（1311—1375），字伯温，曾被封诚意伯，青田（今属浙江省）人。著有《诚意伯文集》等。

[4]季迪：即高启（1336—1374），字季迪，长洲（今江苏省苏州市）人。著有《凫藻集》等。　　[5]孟载：即杨基（1326—1378后），字孟载，号眉庵，原籍嘉州（今四川省乐山市），生于吴县（今江苏省苏州市）。著有《眉庵集》等。

【评】

此则言文天祥、刘基词兼有风骨与境界，非同时期其他词人可比。

继续以评点词人的方式裁断词史的发展。文天祥是民族英雄，气节凌云，其词表述其心，亦有风清骨峻的风范，故王国维许以"风骨甚高"四字。"亦有境界"之评是因为其词有真感情，但艺术表现略欠婉转，所以用"亦有"二字，以示区别。王国维将文天祥的词史地位置于南宋王沂孙、周密、张炎等人之上，而且以"远在"二字显示其距离之大，可见其对南宋词的评价几乎到了低无可低的地步了。

对于明词，王国维也提及刘基、高启、杨基三人，并以刘基拟之如文天祥，而以高启、杨基拟之如王沂孙、周密、张炎等人。这可能与刘基在明初备受猜忌，最后并忧愤而死的经历有关。通过此则可以看出，王国维评述词人词史，颇为重视人格境界的高低，甚至在某种程度上以人格高低来决定词品高低。这可能也是受到刘熙载的影响。刘熙载《艺概·词曲概》评价文天祥词就是主张"当合其人之境地观之"的。

四一

和凝[1]《长命女》词："天欲晓。宫漏穿花声缭绕。窗里星光少。 冷霞寒侵帐额，残月光沉树杪。梦断锦闱空悄悄。强起愁眉小。"此词前半，不减夏英公《喜迁莺》也。此词见《乐府解词》[2]，《历代诗余》[3]选之。

[1] 和凝（898—955），字成绩，被称为"曲子相公"，须昌（今山东省东平县）人。著有《红叶稿》等。 [2]《乐府解词》：当为《乐府雅词》之误，词集选本，南宋曾慥编，正编三卷，拾遗二卷，录宋代词人50家，始于欧阳修，讫于李清照，是宋人选宋词而流传至今最早的一部，因为编选时有涉谐谑者皆去之，故名《乐府雅词》。 [3]《历代诗余》：即《御选历代诗余》，清康熙皇帝领衔主编，侍读学士沈辰垣等编选，共120卷，选录唐五代以迄明代各家词9009首。以风华典丽不失其正者为选录原则，分词选、词人姓氏、词话三部分，前100卷为词选，101—110卷为词人姓氏，111—120卷为词话汇辑。

【评】

此则论和凝与夏竦词之佳处在自然而有韵味。

此则以和凝与夏竦之词为例，说明词的自然风雅之美。其露出端倪者，在此则最后提及《乐府雅词》和《历代诗余》曾选录此词。《乐府雅词》即书名已见其选录的尚雅宗旨，而《历代诗余》也是以风华典丽而不失其正为选录标准。和凝《长命女》写女子梦断后所见情景之凄清，以此描写其愁情，在自然而真实的景象中贴切地传达出内心之感受。夏竦的《喜迁莺》写月夜卷帘凭吊旧时宫殿，亦是以景传情，而且出语自然。这可能是王国维将这两首词并论的原因所在了。

四二

宋《李希声诗话》曰："唐人作诗正以风调高古为主。虽意远语疏，皆为佳作。后人有切近的当、气格凡下者，终使人可憎。"[1] 余谓北宋词亦不妨疏远。若梅溪以降，正所谓切近的当、气格凡下者也。

[1] "唐人"数句：出自宋代李錞《李希声诗话》。"唐人"应作"古人"。

【评】

此则以诗歌之风调高古而涵意远语疏，要在北宋词张目，而以切近的当、气格凡下者为非。

此则以诗词对勘，说明"大同"之外也不妨有"小异"。"风调高古"是诗词高境，大凡优秀作品都或多或少具备这一特征。但诗歌中的"意远语疏"毕竟非正体，只是因为气存高古，所以用意过远、语言略有疏放，也不妨碍成为优秀的诗歌。而那些局限当下，意思平实，既无高远之胸襟，也无言外之远致的诗，就真是面目可憎，等而下之了。

王国维认为词未必需要风调高古，但不妨"疏远"。因为"疏"而不密实，"远"而有情韵，正是词体所追求的。所以王国维认为"疏远"正是北宋词的特色之一，而南宋史达祖等人之词，就好像李希声论诗所谓流于"切近的当、气格凡下"了，既不能追求格调之高，又局促于一己之感情，所以气象不大，格调凡近。王国维看待南宋词总带着极为苛刻的眼光，故其往往有略其优点而夸大其不足的弊病。这一点是需要特别提出的。

四三

　　《提要》[1]："王明清[2]《挥麈录》[3]载曾布[4]所作《冯燕歌》，已成套数，与词律殊途。"[5]毛西河[6]《词话》[7]谓：赵德麟令時[8]作商调鼓子词[9]谱"西厢"传奇，为杂剧之祖。[10]然《乐府雅词》卷首所载秦少游、晁补之、郑彦能（名仅）[11]《调笑转踏》，首有致语[12]，末有放队[13]，每调之前有口号诗[14]，甚似曲本体例。无名氏《九张机》[15]亦然。至董颖道宫《薄媚》大曲[16]咏西子事，凡十只曲，皆平仄通押，则竟是套曲。此可与《弦索西厢》[17]同为曲家之荜路。曾氏置诸《雅词》[18]卷首，所以别之于词也。颖字仲达，绍兴初人，从汪彦章[19]、徐师川[20]游，彦章为作《字说》。见《书录解题》[21]。

　　[1]《提要》：即《四库全书总目提要》，亦称《四库全书总目》，是对收录于四库全书中各书的简明内容提要，编定于清代乾隆年间，由纪昀任总纂官。[2]王明清（1127—约1214），字仲言。著有《挥麈录》《清林诗话》等。[3]《挥麈录》：南宋王明清著，分《前录》四卷、《后录》十一卷、《三录》三卷、《余话》二卷等。　　[4]曾布，字子宣，曾巩之弟。　　[5]"王明清"数句：出自《四库全书总目》之《钦定曲谱》提要。王国维引文在"已成"二字间缺一"渐"字。　　[6]毛西河：即毛奇龄（1623—1713），字大可，号秋晴，以郡望西河，故称"西河先生"，萧山（今属浙江省）人，著有《西河词话》等。　　[7]《词话》：即清代毛奇龄所著《西河词话》。　　[8]赵德麟令時：即赵令時，字德麟，号聊复翁。北宋词人。著有《侯鲭录》等。[9]商调鼓子词：北宋词人赵令時所作，即商调《蝶恋花》鼓子词，按照元稹《会真记》而以说唱方式敷衍故事。　　[10]"赵德麟"数句：出自清代词学家毛奇龄《西河词话》卷二："宋末有安定郡王赵令時者，始作商调鼓子词，谱西厢传奇，则纯以事实谱词曲间，然犹无演白也。"王国维乃间接引用其意而已。"西厢"传奇：即唐代传奇小说《会真记》，一名《莺莺传》，因其爱情

故事主要发生于"西厢",故称"西厢"传奇。后世《西厢记》杂剧即据此命名。　[11]郑彦能：即郑仅，字彦能，彭城（今江苏省徐州市）人。作有《调笑转踏》等。　[12]致语：原指宋代词人在联章词开头所作的骈文。宋代朝廷诸多活动如朝贺、令节、宴会等，往往合唱、说、演、舞等为一体。后亦流行于民间，程序也因此略有简化。致语为开场语，多为四六文，略述活动意义，亦有舞队表演前有致语的。因其位于活动之首，也有将整个活动的内容称为"致语"或"乐语"的。　[13]放队：即舞队表演结束，以诗歌或骈文宣示表演结束。　[14]口号：唐诗中即有"口号诗"一种，此处指宋代乐语的一部分，多位于致语之后，一般为七律，也有作七绝的。　[15]无名氏《九张机》：宋代无名氏所作《九张机》，属于联章体。据此前小序，《九张机》属于才子之新调，以与乐府旧名如《醉留客》相区别。内容是"章章寄恨，句句言情"。词长不录。　[16]董颖道宫《薄媚》大曲：董颖，字仲达，南宋初年词人，其所作道宫《薄媚》大曲，收录于《乐府雅词》中。　[17]《弦索西厢》：即《西厢记诸宫调》，亦称"董西厢"，金代董解元著。　[18]《雅词》：即南宋曾慥所编选之《乐府雅词》。曾慥，字端伯，自号至游子，晋江（今属福建省）人。　[19]汪彦章：即汪藻（1079—1154），字彦章，德兴（今属江西省）人。著有《浮溪集》等。　[20]徐师川：即徐俯（1075—1141），字师川，洪州分宁（今江西省修水市）人。为黄庭坚甥。　[21]《书录解题》：即《直斋书录解题》，南宋陈振孙著。

【评】

此则引《四库全书总目提要》言说词曲体制之关系。

此则从文体嬗变角度阐明由词变曲之端倪，主要引用《四库全书总目提要》和《西河词话》等，以作论资。曾布的《冯燕歌》、赵德麟的商调《蝶恋花》鼓子词、秦观等人的《调笑转踏》、无名氏《九张机》、董颖道宫《薄媚》大曲等，不仅在形式上是散曲套数的规模，而且与词律不合，甚者平仄通押，曲由词出，北宋已显其迹象。王国维此则及以下数则，话锋多涉及词与曲之关系，这也是王国维试图在韵文文类的变迁中来考察词体特色的基本思路的反映。

四四

宋人遇令节、朝贺、宴会、落成等事，有"致语"一种。宋子京[1]、欧阳永叔、苏子瞻、陈后山、文宋瑞集中皆有之。《啸余谱》[2]列之于词曲之间。其式：先"教坊致语"（四六文），次"口号"（诗），次"勾合曲"（四六文），次"勾小儿队"（四六文），次"队名"（诗二句），次"问小儿""小儿致语"，次"勾杂剧"（皆四六文），次"放队"（或诗或四六文）。若有女弟子队，则勾女弟子队如前。其所歌之词曲与所演之剧，则自伶人定之。少游、补之之《调笑》乃并为之作词。元人杂剧乃以曲代之，曲中楔子、科白、上下场诗犹是致语、口号、勾队、放队之遗也。此程明善《啸余谱》所以列"致语"于词曲之间者也。

[1] 宋子京：即宋祁（998—1061），字子京，开封雍丘（今河南省杞县）人。近人赵万里为辑《宋景文公长短句》一卷。 [2]《啸余谱》：明代程明善撰，共11卷，其中词谱3卷。以"歌行题""天文题"等分类为题，并注韵协、句式等。程明善，字若水，号玉川子，新安（今安徽省歙县）人。

【评】

此则论宋代致语与词曲之关系。

此则列出词—致语—曲的演变轨迹，补足上文，从体制上说明词、曲之联系与区别。点名"致语"创作与令节、朝贺、宴会、落成等事有关，因事关喜庆，故衍词成曲时掺杂若干故事，以唤起兴趣。从文体演变的角度来看，致语在从词到曲的变化过程中担任着"过渡"的角色，其语言形式近似词，而结构特征近似曲——尤其是散曲中的套数。收录于《续修四库全书》的《啸余谱》类似于一部音乐文学作品集，其总目为啸旨、声音数、律吕、乐府原题、诗余谱、致语、北曲谱、中原音韵、务头、南曲谱、中州音韵、切韵。在体例上，致语列于"诗余谱"与"北曲谱"之间，带有文体过渡意义，这是王国维关注《啸余谱》的原因所在。程明善在《啸余谱·凡例》中说："今之传奇本戾家把戏，而关汉卿为我辈生活，亦伶人简兮之遗意，不若致语且歌且舞有腔有韵有古遗风，存之以见一斑云。"其实是注意到致语文体的综合特点。明乎致语的结构体例及内容特点，再来看王国维此则，大概是致语的成套形式、句式的长短错综、杂剧的科诨调笑，等等，都不免有一种似词而非词、似曲而非曲的文体特点。王国维注意及此，只能说明文体观念一直是这部《人间词话》持以论说的核心。

四五

自竹垞痛贬《草堂诗余》而推《绝妙好词》[1]，后人群附和之。不知《草堂》虽有亵诨之作，然佳词恒得十之六七。《绝妙好词》则除张、范、辛、刘[2]诸家外，十之八九皆极无聊赖之词。甚矣，人之贵耳贱目也。

[1]《绝妙好词》：词集选本，南宋周密编选，共七卷，凡132家近400首词，专收南宋人词作，始于张孝祥，终于仇远。以符合格律而清丽婉约为选录标准。　[2]张、范、辛、刘：即张孝祥、范成大、辛弃疾、刘过。范成大（1126—1193），字致能，一字幼元，号此山居士，晚号石湖居士，吴县（今属江苏省）人，著有《石湖词》等。刘过（1154—1206），字改之，自号龙洲道人，吉州太和（今江西省泰和县）人，著有《龙洲词》等。

【评】

此则以《草堂诗余》实在《绝妙好词》之上，以其真也。

此则通过选本比较，以反对朱彝尊偏尊南宋的词学倾向。

朱彝尊《书绝妙好词后》："词人之作，自《草堂诗余》盛行，屏去《激楚》《阳阿》，而《巴人》之唱齐进矣。周公谨《绝妙好词》选本虽未全醇，然中多俊语，方诸《草堂》所录，雅俗殊分。"朱彝尊以南宋词为极工，所以对于选录南宋词较多的《绝妙好词》评价较高，而对选北宋词较多的《草堂诗余》则评价为低，其意盖在崇雅抑俗耳。朱氏之说确实得到了清代不少学者的附议，如钱曾《述古堂藏书题词》即评价《绝妙好词》云："选录精允，清言秀句，层见叠出，诚词家之南董也。"王国维"后人群附和之"之说未为无据。

王国维词论反浙派的意图一向是分明的，此则从选本的角度对朱彝尊词学痛下针砭。王国维认为《草堂诗余》因为是备歌唱之用，所以选词以通俗居多，其中更难免有亵诨之作，但其真性真情，却是值得肯定的。而《绝妙好词》乃南宋人所作，这一时期的词人多作长调，讲究结构，安排心思，遂失去了北宋词那种自然活泼之趣。王国维认为其中只有张孝祥、辛弃疾、范成大、刘过等数人的作品尚有价值，其他多是无聊应酬之作。而这样的选本却备受称誉，这可能与读者未曾细读《草堂诗余》，而被朱彝尊一言蛊惑所致。

四六

明顾梧芳刻《尊前集》[1]二卷，自为之引并云：明嘉禾顾梧芳编次。毛子晋刻《词苑英华》疑为梧芳所辑。朱竹垞跋称：吴下得吴宽手钞本，取顾本勘之，靡有不同，固定为宋初人编辑。《提要》两存其说。案《古今词话》[2]云："赵崇祚《花间集》载温飞卿《菩萨蛮》甚多，合之吕鹏《尊前集》不下二十阕。"今考顾刻所载飞卿《菩萨蛮》五首，除"咏泪"一首外，皆《花间》所有，知顾刻虽非自编，亦非复吕鹏所编之旧矣。《提要》又云："张炎《乐府指迷》虽云唐人有《尊前》《花间集》，然《乐府指迷》真出张炎与否，盖未可定。陈振孙《书录解题》'歌词类'以《花间集》为首，注曰：此近世倚声填词之祖，而无《尊前集》之名。不应张炎见之而陈振孙不见。"然《书录解题》"阳春集"条下引高邮崔公度语曰："《尊前》《花间》往往谬其姓氏。"公度元祐间人，《宋史》有传。北宋固有，则此书不过直斋未见耳。又案：黄升《花庵词选》李白《清平乐》下注云："翰林应制。"又云："案唐吕鹏《遏云集》载应制词四首，以后二首无清逸气韵，疑非太白所作"云云。今《尊前集》所载太白《清平乐》有五首，岂《尊前集》一名《遏云集》，而四首五首之不同，乃花庵所见之本略异欤？又，欧阳炯[3]《花间集序》谓："明皇朝有李太白应制《清平乐》四首。"则唐末时只有四首，岂末一首为梧芳所羼入，非吕鹏之旧欤？

[1]《尊前集》：编者不详，盖为北宋初人所编，录词人36人词作289首，以五代词为主。今传最早版本为明吴讷《唐宋名贤百家词》一卷本。　[2]《古今词话》：清代沈雄编撰，分词话、词品、词辨、词评四个部分，每一部分分上下两卷，共八卷。　[3]欧阳炯（约896—971），五代后蜀词人，益州华阳（今四川省成都市）人，王国维为辑有《欧阳平章词》。

【评】

此则考订《尊前集》兼及李白词之真伪。

纯粹考证文字，考证《尊前集》之作者、编定时间、别名，作者是吕鹏还是顾梧芳？是吕鹏原编，顾梧芳重编，编定时间是唐末、北宋初，还是明代？是否别名为《遏云集》？提出疑问，但未做定论。按，此则内容已大体先见于王国维编撰的《词录》中，至撰写词话之时，则略做修改。《庚辛之间读书记》亦有一长篇叙说，大意同此。王国维大约因为辑录唐五代之词，又在吴昌绶《宋金元词集见存卷目》的基础上编纂《词录》一书，故对历代词选多有留意，在阅读材料过程中遇有问题遂略做考证耳。手稿写作，较为随意，故时有这类考证文字杂乎其中，而在王国维选录后的本子里，这类带有纯粹考证色彩的词话基本被删略掉了。

四七

《提要》载："《古今词话》六卷，国朝沈雄纂。雄字偶僧，吴江人。是编所述上起于唐，下迄康熙中年。"然维见明嘉靖前白口本《笺注草堂诗余》林外《洞仙歌》下引《古今词话》云："此词乃近时林外题于吴江垂虹亭。"（明刻《类编草堂诗余》亦同）案：升庵[1]《词品》云："林外字岂尘，有《洞仙歌》书于垂虹亭畔。作道装，不告姓名，饮醉而去。人疑为吕洞宾。传入宫中。孝宗笑曰：'云崖洞天无锁，锁与老叶均，则锁音扫，乃闽音也。'侦问之，果闽人林外也。"（《齐东野语》所载亦略同）则《古今词话》宋时固有此书。岂雄窃此书而复益以近代事欤？又《季沧苇书目》[2]载《古今词话》十卷，而沈雄所纂只六卷，益证其非一书矣。

[1]升庵：即杨慎（1488—1559），字用修，号升庵，新都（今属四川省）人，著有《升庵长短句》《词品》等，编有《词林万选》等。　[2]《季沧苇书目》：清代季振宜撰。

【评】

此则考订宋本《古今词话》与沈雄《古今词话》之关系。

王国维以明代《笺注草堂诗余》和《词品》二书曾引述《古今词话》之语，因而考证宋代与清代两种《古今词话》，结论基本正确，但认为沈雄可能窃取杨湜原书，却属妄加猜度。其实，沈雄在《古今词话·凡例》已言之甚明："词话者，旧有《古今词话》一书，撰述名氏久矣失传，又散见一二则于诸刻。兹仍旧名，而断自六朝，分为四种，据旧辑及新钞者，前后登之，一表制词之原委，一见命调之异同。僭为纂述，以鸣一时之盛。"王国维可能未曾寓目沈雄此书，故起考证之心。杨湜《古今词话》，原书久佚，最早见引于胡仔《苕溪渔隐丛话》。近人赵万里从所引诸书中辑得67则。此书所记多五代以来词坛逸事，侧重传闻艳事，近于说部。沈雄所撰《古今词话》则分词话、词品、词辨、词评四个部分，以荟萃各家评语为主。

四八

"君王枉把平陈业，换得雷塘数亩田"[1]，政治家之言也；"长陵亦是闲丘陇，异日谁知与仲多"[2]，诗人之言也。政治家之眼，域于一人一事；诗人之眼，则通古今而观之。词人观物，须用诗人之眼，不可用政治家之眼。故感事、怀古等作，当与寿词同为词家所禁也。

[1]"君王"二句：出自唐代诗人罗隐《炀帝陵》："入郭登桥出登船，红楼日日柳年年。君王枉把平陈业，只换雷塘数亩田。"　　[2]"长陵"二句：出自唐代诗人唐彦谦《仲山·高祖兄仲山隐居之所》："千载遗踪寄薜萝，沛中乡里汉山河。长陵亦是闲丘陇，异日谁知与仲多。"

【评】

此则言诗人之眼与政治家之眼之区别，而以"通古今而观之"之诗人之眼为尚，反对感事、怀古与寿词，以纯文学为旨归。

此则区别诗歌与政治的关系，强调用诗人之眼观物，以诗人之言表述。

罗隐"君王"二句写观览隋炀帝陵时的感慨，认为炀帝虽然在统一全国的过程中建立了功勋，但因为在任上过于无道，结果死后只有雷塘的数亩田成为葬身之地。罗隐的感慨其实限于一朝一姓之盛衰。而唐彦谦的"长陵"二句则是感怀世事的沧桑，带有较大的普遍性。

王国维认为之所以在诗歌中出现这两种情感状态，与诗人的观物方式有着很密切的关系。政治家多着眼于具体的人和事，即使是对盛衰的感慨也带有很强的针对性，这与政治家的身份和思维方式不可分割。而诗人观物虽然也可能是由一人一事一物引发，但诗人由此看到的是古今不易的感情，所以诗人的眼界要更高远，所表现的感情也更有代表性。

王国维要求词人观物要用"通古今而观之"的诗人之眼，反对写感事、怀古、寿词这类题材，因为这类题材往往受具体内容的限定太多。所感何事，所怀何古，都有一个明确的对象在。而寿词的对象更是具体的个人。要在这些题材的创作中彰显出高远之境，确实难度颇大。但实际上题材并不一定是决定性的因素，如何根于题材又在眼光上超越题材，才是对一个优秀词人的衡量标准所在。王国维未免过于重视题材的重要性了。

四九

宋人小说，多不足信。如《雪舟脞语》谓：台州知府唐仲友眷官妓严蕊奴，朱晦庵系治之。及晦庵移去，提刑岳霖行部至台，蕊乞自便。岳问曰：去将安归？蕊赋《卜算子》词云："住也如何住"云云。[1] 案：此词系仲友戚高宣教作，使蕊歌以侑觞者，见朱子"纠唐仲友奏牍"。[2] 则《齐东野语》所纪朱、唐公案[3]，恐亦未可信也。

[1]"台州"数句：参见陶宗仪《说郛》卷五十七引邵桂子《雪舟脞语》："唐悦斋仲友字与正，知台州。朱晦庵为浙东提举，数不相得，至于互申。寿皇问宰执二人曲直。对曰：秀才争闲气耳。悦斋眷官妓严蕊奴，晦庵捕送图圄。提刑岳商卿霖行部疏决，蕊奴乞自便。宪使问去将安归？蕊奴赋《卜算子》，末云：'住也如何住，去又终须去。若得山花插满头，莫问奴归处。'宪笑而释之。" [2]朱子"纠唐仲友奏牍"：参见朱熹《朱子大全》卷十九"按唐仲友第四状"："五月十六日筵会，仲友亲戚高宣教撰曲一首，名《卜算子》，后一段云'去又如何去，住又如何住。待得山花插满头，休问奴归处。'" [3]《齐东野语》所纪朱、唐公案：参见周密《齐东野语》卷十七《朱唐交奏本末》："朱晦庵按唐仲友事，或云吕伯恭尝与仲友同书会，有隙，朱主吕，故抑唐，是不然也。盖唐平时恃才轻晦庵，而陈同父颇为朱所进，与唐每不相下。同父游台，尝狎籍妓，嘱唐为脱籍，许之。偶郡集，唐语妓曰：'汝果欲从陈官人耶？'妓谢。唐云：'汝须能忍饥受冻，乃可。'妓闻大恚。自是，陈至妓家，无复前之奉承矣。陈知为唐所卖，亟往见朱。朱问：'近日小唐云何？'答曰：'唐谓公尚不识字，如何作监司？'朱衔之，遂以部内有冤案，乞再巡按。既至台，适唐出迎少稽，朱益以陈言为信。立索郡印，付之次官。乃摭唐罪具奏，而唐亦作奏驰上。时唐乡相王淮当轴。既进呈，上问王。王奏：'此秀才争闲气耳。'遂两平其事。详见周平园《王季海日记》。而朱门诸贤所著《年谱道统录》，乃以季海右唐而并斥之，非公论也。其说闻之陈伯玉式卿，盖亲得之婺之诸吕云。"

【评】

此则言宋人小说之关于词之本事者多不足信，盖乏其真也。

辨证文字，与理论无涉。此则所谓"小说"非现代文体意义上的小说，而是类似于本事词一类的野史和笔记，即朱自清《论雅俗共赏》中所言及之"记述杂事的趣味作品"，这类作品往往依据某些传说将词敷演成一段故事，但往往误歌者与作者为一人。如《雪舟脞语》所记台州知府唐仲友所眷官妓严蕊作《卜算子》一词，据朱熹所记，实是唐仲友之戚高宣教所作，严蕊不过是歌唱此词而已。王国维认为这类"宋人小说"多不可信，是从史实的角度而言，这其实涉及如何合理采信历史资料的问题。今存宋人笔记即多有此类。王国维此则要求慎重对待宋人小说笔记，即对于今人研究宋人文史也是富有启发意义的。

五〇

唐五代之词，有句而无篇；南宋名家之词，有篇而无句；有篇有句，唯李后主降宋后之作，及永叔、子瞻、少游、美成、稼轩数人而已。

【评】

此则论句与篇之关系，而要以有句有篇为尚，以此推崇北宋之词也。

此从篇句关系，宛然将唐宋词史分为"三种境界"：第一等是有篇有句的北宋词（前加李煜一人，后加辛弃疾一人）；第二等是有句无篇的唐五代词；第三等是有篇无句的南宋词。这三等渐次而下，通过篇句关系来再次强调境界说而已。

所谓"篇"其实是就意思和结构的完整性而言的。所谓"句"，即是"秀句"之意，是指在全篇之中最为突出最显境界者。王国维认为唐五代之词虽然有秀句，但往往是孤立在作品之中，未能呼应并带动全篇的气象变化，所以是"有句而无篇"。南宋名家词多长调之作，在意思的斟酌、结构的安排上往往用心很深，所以全篇的整体性较强，但缺乏振起全篇的秀句，境界难以彰显出来。降宋之后的李煜及北宋欧阳修、苏轼、秦观、周邦彦和南宋的辛弃疾数人，则不仅有结构的浑成之美，而且有秀句的点缀其间，这才是真正的"有境界……则自有名句"。可见，王国维虽然将对境界的分析多集中于"句"，但其实是在"篇"的背景之下来重视"句"的。当篇与句难以兼顾时，王国维似乎更倾向于"句"，这大概也是他始终将唐五代词的地位置于南宋词之上的原因所在了。将周邦彦列为"有篇有句"的典范，隐含着王国维词学某种细微的变化。

五一

唐五代北宋之词家，倡优也；南宋后之词家，俗子也。二者其失相等。然词人之词，宁失之倡优而不失之俗子。以俗子之可厌，较倡优为甚故也。

【评】

此则以"倡优"与"俗子"分拟唐五代北宋词家与南宋后之词家，其以倡优为胜，略见其反俗之倾向。

此则从词史之"失"的角度来裁断词史高低。"倡优"与"俗子"似乎并非是一对妙喻，但也能在部分层面上彰显词史的不同。周济《介存斋论词杂著》曾说："北宋有无谓之词以应歌，南宋有无谓之词以应社。"周济所说的"应歌"与"应社"的不同，与王国维所说的"倡优"与"俗子"的区别，是可以大致对应起来的。因为周济的"无谓之词"也是立足于"失"而言的。

之所以将唐五代北宋之词家比喻为"倡优"，是因为这一时期的词确实多应歌而作，因为需要迎合歌伎的口吻，所以在内容上不免有流于浮泛情感甚至色情的成分；南宋词家既多应酬唱和之作，则虚矫、伪饰的内容就难以避免。这两种情况都属于"失"，而且其失相等。但在这两失之中，王国维认为唐五代北宋词家的那种流于"倡优"的失，因为其真实无隐，相对而言，仍比流于"俗子"的虚伪做作要好。此则仍是为"真"字做注脚。

五二

《蝶恋花》"独倚危楼"一阕，见《六一词》，亦见《乐章集》。余谓屯田轻薄子，只能道"奶奶兰心蕙性"[1]耳。"衣带渐宽终不悔。为伊消得人憔悴。"此等语固非欧公不能道也。

[1]"奶奶"句：出自北宋词人柳永《玉女摇仙佩》："飞琼伴侣，偶别珠宫，未返神仙行缀。取次梳妆，寻常言语，有得几多姝丽。拟把名花比。恐旁人笑我，谈何容易。细思算，奇葩艳卉，惟是深红浅白而已。争如这多情，占得人间，千娇百媚。　须信画堂绣阁，皓月清风，忍把光阴轻弃。自古及今，佳人才子。少得当年双美。且恁相偎倚。未消得，怜我多才多艺。愿奶奶兰心蕙性，枕前言下，表余深意。为盟誓。今生断不孤鸳被。"

【评】

此则以柳永为例，仍是一意反俗，亦以俗为词之贼之意。

王国维推崇北宋词，但对北宋名家柳永的评价并不高，仅评价其长调较工，尤其是对《八声甘州》词，以为可与苏轼《水调歌头》比美，是"格高千古"之作。北宋词人排序或仅在贺铸之上耳。然王国维在此犯了一个文献上的错误，而且因为这个文献上的错误而导致了其境界说内涵的不周延。其实"奶奶兰心蕙性"固是柳永语，"衣带渐宽终不悔，为伊消得人憔悴"也同样是柳永语，盖一人而有不同创作面貌也。欧公所作艳词，香艳程度超过柳永的大有词在，为此还在宋代引起一桩公案：是欧公自作，还是小人嫁名？则柳永言情未必轻浮，而欧公言情未必深挚也。王国维以此来考证，恐冤假错案在所难免也。词话中文献诸多失误，与王国维此种理念殊有关联。其"三种境界"之第二种正是"衣带"两句，而注曰：欧阳永叔。则王国维此误实由来已久。王国维欣赏这一类的句子，与他推崇的"精神强固"的人格是有关系的。只是因为心目中对柳永词品之低与欧阳修词品之高已先存其念，故在文献真伪的勘察上不免受这种先念的情绪的影响。

五三

读《会真记》[1]者，恶张生之薄幸，而恕其奸非。读《水浒传》者，恕宋江之横暴，而责其深险。此人人之所同也。故艳词可作，唯万不可作儇薄语。龚定庵[2]诗云："偶赋凌云偶倦飞，偶然闲慕遂初衣。偶逢锦瑟佳人问，便说寻春为汝归。"[3]其人之凉薄无行，跃然纸墨间。余辈读耆卿、伯可词，亦有此感。视永叔、希文小词何如耶？

[1]《会真记》：一名《莺莺传》，元稹作，唐代传奇名作，是后来描写张珙与崔莺莺爱情故事的诗词、诸宫调、杂剧之所本。 [2]龚定庵：即龚自珍（1792—1841），字璱人，号定庵，仁和（今浙江省杭州市）人。著有《定庵文集》等。 [3]"偶赋"四句：出自清代诗人龚自珍《己亥杂诗》。

【评】

此则力反凉薄之人与儇薄之语，认为奸非之人与艳词尚在此之上。

此则承续前则，乃由词以论人。前则仅举例以明柳永与欧阳修词之区别，而未曾点破人格之本原，此则便说破。"儇薄语"源于作者之"凉薄无行"，乃由人格缺失而导致的作品缺失。张生之"奸非"可恕，乃因为沉迷困惑于情，而其"薄幸"，则是背离于真情；宋江之"横暴"，乃是其血性之表现，而其"深险"则是虚伪之表现。张生、宋江其源于真实情感之表现，皆在可以接受和理解之中，而两人背离情感的举动，则在宜深加鞭挞之列。以此回视上则，柳永之"奶奶兰心蕙性"不过假意应承，而欧阳修（实为柳永）之"衣带渐宽终不悔，为伊消得人憔悴"，则真情郁勃。此两则回护境界说之"真"。宋末张炎《词源》之感叹"淳厚日变成浇风"，与王国维此则神韵略似。此则说传奇、说小说、说诗、说词，一则之中涉及四种文体，亦可见出王国维论词的泛文学背景。

五四

　　词人之忠实，不独对人事宜然。即对一草一木，亦须有忠实之意，否则所谓"游词"[1]也。

　　[1]"游词"：参见金应珪《词选后序》云："近世为词，厥有三蔽：……规模物类，依托歌舞，哀乐不衷其性，虑叹无与乎情，连章累篇，义不出乎花鸟，感物指事，理不外乎酬应，虽既雅而不艳，斯有句而无章，是谓游词，其蔽三也。"

【评】

　　此则力反游词，主张词人应忠实于自然人事，亦求真之意。

　　从"游词"概念的使用，即知王国维此则乃由金应珪《词选后序》引发而来，但金应珪只是描述游词之外在迹象，所谓"哀乐不衷其性，虑叹无与乎情"，以应酬为能事。王国维则直揭游词之本原在于不"忠实"的创作态度。而"忠实"云云，大意仍是为境界之"真"张本，"忠实"不过是"真"的另外一种表述。前两则集中在对"人事"之"忠实"之考虑上，凡忠实人事者，无论其奸非或横暴，皆在可以理解之范围，而非忠实人事者，则会引起读者厌恶之感情。王国维此则由前两则之言人事之忠实而扩大至"一草一木"，则情、景、物之真，乃是王国维时时强调的重点所在，"真"是指向一切主体或客体的。所谓"忠实"，就是忠于人、事、物的本来面目而予以如实之反映，涉及如何反映出事物的本质以及以怎样的心态来进行创作的问题。在王国维看来，哪怕人性原本恶劣、事物一直丑陋，词人只要将这种原生形态的东西真切地写入作品中，则无愧于"忠实"之名。忠实之词人,自有境界,否则只能流为游词,宕失境界。此则可与"境非独谓景物也,喜怒哀乐,亦人心中之一境界,故能写真景物、真感情者,谓之有境界,否则谓之无境界"对勘,理出一路。

五五

楚辞之体,非屈子[1]之所创也。"沧浪"[2]、"凤兮"[3]之歌已与《三百篇》异,然至屈子而最工。五七律始于齐、梁而盛于唐。词源于唐而大成于北宋。故最工之文学,非徒善创,亦且善因。

[1]屈子:即屈原(约前340—约前278),名平,字原,战国末期楚国丹阳(今湖北省秭归县)人,"楚辞"体的完成者和集大成者,著有《九歌》《九章》等。 [2]"沧浪":即《孺子歌》:"沧浪之水清兮,可以濯我缨。沧浪之水浊兮,可以濯我足。" [3]"凤兮":参见《论语·微子》:"楚狂接舆歌而过孔子曰:'凤兮凤兮,何德之衰?往者不可谏,来者犹可追。已而已而,今之从政者殆而!'"

【评】

此则以楚辞、律诗和词体为例,言说文体善因善创,方能成就"最工之文学"。

此则提出文体的"善创善因"说,并以此作为形成"最工之文学"的文体基础。王国维总结的这一文体形成规律,确实具有充分的文学史依据。"楚辞"的文体虽然是在屈原手里形成文学奇彩,但与此前"沧浪""凤兮"等初步具备楚辞文体特征的若干作品也有着一定的关系。若无这种文体雏形,屈原的文体创新指向是否能如此清晰明确，也应该是个疑问。五七言律诗的雏形也是随着齐梁时代声律理论的发明而出现的，但其最终定型并达成全盛却是在唐代。词在唐代也已经开始萌芽并有了初步的创作，而其辉煌则要到北宋。这些文体现象说明，一种文体的成熟必然要经过一个比较长的发展时期，"善因"是不可忽略的环节。

不过，"善创"才是文体得以确立的根本，才能由此结束此前文体的不稳定状态。这不仅需要才力绝大的个人如屈原，也需要适应这种文体的时代土壤，如律诗之于唐，词之于北宋。王国维概括提炼的这一文体形成与发展理论是符合文学史实践的，也为其"一代有一代之文学"的理论提供了文体学依据。

五六

"沧浪""凤兮"二歌，已开楚辞体格。然楚辞之最工者，推屈原、宋玉[1]，而后此王褒[2]、刘向[3]之词不与焉。五古之最工者，实推阮嗣宗[4]、左太冲[5]、郭景纯[6]、陶渊明，而前此曹、刘[7]，后此陈子昂[8]、李太白不与焉。词之最工者，实推后主、正中、永叔、少游、美成，而前此温、韦，后此姜、吴、张，皆不与焉。

[1] 宋玉：战国后期楚国鄢（今湖北省宜城）人，著有《九辩》《高唐赋》等。　[2] 王褒（？—前61），字子渊，蜀资中（今四川省资阳市）人，著有《洞箫赋》《九怀》等。　[3] 刘向（约前77—前6），本名更生，字子政，著有《九叹》《新序》《说苑》等。　[4] 阮嗣宗：即阮籍（210—263），字嗣宗，陈留尉氏（今属河南省）人，著有《阮嗣宗集》等。　[5] 左太冲：即左思（约250—约305），字太冲，临淄（今山东省淄博市）人，著有《左太冲集》等。　[6] 郭景纯：即郭璞（276—324），字景纯，河东闻喜（今属山西省）人，著有《郭弘农集》等。　[7] 曹、刘：即曹植、刘桢。曹植（192—232），字子建，沛国谯（今安徽省亳州市）人，著有《曹子建集》。刘桢

（？—217），字公幹，东平宁阳（今属山东省）人，著有《刘公幹集》等。
[8] 陈子昂（659—700），字伯玉，梓州射洪（今属四川省）人，著有《陈伯玉文集》等。

【评】

此则言"最工之文学"乃不可重复，此前既未至，此后也难及。

此则续足前则之意，然彼重点言欲成就一代之文学必有前代相近文体之铺垫，而方能臻于成功，此则言某种文体既成一代之文学之后，此前所创或有气象，但难成规模，后世因袭，也往往盛极难继。两则对勘，可以比较完整地看出王国维对于文体嬗变的规律性体认。屈原、宋玉成楚辞一代之文学，而前此"沧浪""凤兮"二歌，虽略具体格，但终究未成独立之文体，而后此王褒、刘向也无力继盛；阮籍、左思、郭璞、陶潜成五古之高峰，前此曹植、刘桢，后此陈子昂、李白，或居前则体格未成，或居后则精彩已过；词之最高则在五代北宋，代表词人为李煜、冯延巳、欧阳修、秦观、周邦彦，而此前晚唐之温庭筠、韦庄，后此南宋之姜夔、吴文英等，都未臻词体高境。王国维此两则虽以"最工"来代替"一代之文学"，但学理是一脉相承的。从文学史的发展实际来看，王国维此论大体符合文体发展规律。此文体演变之轨迹与时代发展的趋势相合，则可成"一代之文学"。

五七

读《花间》《尊前》集，令人回想徐陵[1]《玉台新咏》[2]；读《草堂诗余》，令人回想韦縠《才调集》[3]；读朱竹垞《词综》，张皋文、董晋卿[4]《词选》，令人回想沈德潜"三朝诗别裁集"[5]。

[1] 徐陵（507—583），字孝穆，东海郯（今属山东省郯城县）人，编有诗歌总集《玉台新咏》。　[2]《玉台新咏》：东周至南朝梁代诗歌总集，南朝徐陵编，共10卷，录诗669首，以风格绮靡之艳诗居多。　[3] 韦縠，五代后蜀文学家，编有《才调集》10卷，选录唐诗1000首，以韵高词丽为选录标准。为现存唐人选唐诗存诗最多的一种。　[4] 董晋卿：应为"董子远"之误。董子远：即董毅，字子远，张惠言外甥，继张惠言、张琦《词选》之后，编《续词选》3卷，录52家词人122首词。　[5] 沈德潜（1673—1769），字确士，号归愚，长洲（今江苏省苏州市）人，编有《唐诗别裁集》《明诗别裁集》《清诗别裁集》，合称"三朝诗别裁集"，以温柔敦厚的诗教为选录标准。

【评】

此则以选本为例，言说诗词之相似也。

以诗词对勘的方式，明诗词在题材、内容和风格等方面的体性之同。词集中的《尊前》《花间》与诗集中的《玉台新咏》相似处在于风格的轻和柔靡方面；《草堂诗余》与《才调集》的汇合处在于题材和风格俗艳上；《词综》《词选》与"三朝诗别裁集"的一致处在于对风雅和诗教的推崇上。但《词综》之醇雅与《词选》之寄托本有距离，王国维统以沈德潜之"三朝诗别裁集"概括言及，似未妥当。王国维自称"予于词，五代喜李后主、冯正中，而不喜《花间》"，所以其对《花间》的"回想"也不尽符合实际，盖《花间》以清艳为宗，与《玉台新咏》之俗艳犹有异趣。在这种学术史背景中来考量王国维的这三番"回想"，可以见出王国维的感性色彩。或许正是因为这一种感性，王国维例外地未做直接的理论分析，而只是用三个"回想"来模糊表现出此数种诗集与词集在风格题材上的相似之处。

五八

明季国初诸老之论词，大似袁简斋[1]之论诗，其失也纤小而轻薄；竹垞以降之论词者，大似沈归愚，其失也枯槁而庸陋。

[1] 袁简斋：即袁枚（1716—1798），字子才，号简斋、随园老人，清代诗人、诗论家，著有《小仓山房诗集》《随园诗话》等。

【评】

此则言说明末清初论词偏重纤小轻薄，殊失词之体性，影响直至朱彝尊而愈甚。

续足上则之意，从"失"的角度分析清代诗论与词论的相似性。所谓"明季国初诸老"，当主要是指以陈子龙为代表的云间词派和以朱彝尊为代表的浙西词派，云间派偏尚《花间》词风，浙西派偏重描写个人之情趣，此与袁枚论诗之"性灵"说相似，以个人生活心性为本位，故其纤小，又喜欢写文人谑浪趣味，时见轻薄，故王国维相并以论。所谓"竹垞以降之论词者"，当指以张惠言、周济为代表的常州词派，其论词主寄托，解说作品也务求深解，此与沈德潜以诗教"温柔敦厚"论诗，旨意相似，王国维以"枯槁而庸陋"形容之，亦在于其对于艺术意味的轻视也，且执此以衡诸所有的词，不免有强作解人之感。"纤小而轻薄"当然眼界不大，感慨不深，更谈不上"有释迦、基督担荷人类罪恶之意"，境界之狭尤可见；"枯槁而庸陋"当然与深美闳约、神秀判然两途，词之"要眇宜修"之体性无由得现。从此则来看，王国维对于浙西和常州两大词派都有不满，两派之中，对常州词派的不满要更多一些，也更为强烈一些。而这正是晚清词学从单一流派中宕出，在诸多流派中择取合理成分，并试图融合而成新的更有时代特色的理论的反映。

五九

东坡之旷在神，白石之旷在貌。白石如王衍，口不言阿堵物，而暗中为营三窟之计，此其所以可鄙也。[1]

[1]"白石"数句：参见刘义庆《世说新语·规箴第十》："王夷甫雅尚玄远，常疾其妇贪浊，口未尝言'钱'字。妇欲试之，令婢以钱绕床，不得行。夷甫晨起，见钱阂行，呼婢曰：'举却阿堵物！'"王衍，字夷甫。阿堵物：这个东西，文中指钱。又，《战国策·齐策》记冯谖为孟尝君开凿三窟：其一，烧毁债券以赢得薛地百姓民心；其二，游说梁惠王聘请孟尝君为相，从而使齐王情急之下重新任命孟尝君为相；其三，请求齐王同意在薛地建立宗庙。此前后三计，终究确立了孟尝君在齐国稳固的政治地位。所谓"三窟"，即指三个使人可以退守而立于不败之地的政治资本。

【评】

此则比较苏轼与姜夔之旷，扬苏而抑姜，而根源在人格之高下。

此则重申人格胸襟之境界是词之境界的基石。如果就词而论，苏轼的旷达和姜夔的清旷具有相似的神韵；但就人而论，却相距甚远，苏轼自如出入儒佛道，不以物喜，不以己悲，所以心性强固，而姜夔寄身宦门，自然是局促辕下，其清旷便不免会受到无形的约束。王国维把姜夔比之如晋代王衍，虽然雅尚玄远，但家中蓄财万贯，妻妾成群，心中其实并没有放下那个"钱"字。姜夔的清旷与王衍类似，也不过是故作姿态罢了。这样的清旷不仅不能映衬出其胸襟的高远，反而将其卑陋的心态暴露无遗了。王国维在此则不仅强调人格精神的高远问题，更切实地提出了人格的真实与虚骄问题。其论词风而以人品为底蕴，也很可能是受到刘熙载"文品出于人品"观念的影响。

六〇

"纷吾既有此内美兮，又重之以修能。"[1] 文学之事，于此二者，不能缺一。然词乃抒情之作，故尤重内美。无内美而但有修能，则白石耳。

[1] "纷吾"二句：出自屈原《离骚》："帝高阳之苗裔兮，朕皇考曰伯庸。摄提贞于孟陬兮，惟庚寅吾以降。皇览揆余初度兮，肇锡余以嘉名：余曰正则兮，字余曰灵均。纷吾既有此内美兮，又重之以修能。扈江离与辟芷兮，纫秋兰以为佩。汩余若将不及兮，恐年岁之不吾与。朝搴阰之木兰兮，夕揽洲之宿莽。日月忽其不淹兮，春与秋其代序。惟草木之零落兮，恐美人之迟暮。不抚壮而弃秽兮，何不改乎此度？乘骐骥以驰骋兮，来吾道夫先路！"

【评】

此则言词体须尤重内美，兼重修能。

引屈原《离骚》句，以文学乃由作者兼备德才方能臻高境。"内美"的本义，按照朱熹的解释，当是"天赋我美质于内"之意，即先天赋予的美好品质，在《离骚》中具体是指屈原家世之美、生辰日月之美和所取名字之美等，有此种种之"美"，故以"纷"来形容；"修能"即特殊才干的意思，扬雄《方言》指出陈楚一带都称

"长"为"修"，而"能"，洪兴祖《楚辞补注》释为"绝人之才"，在《离骚》中具体是指屈原在承传优良家世之外个人独具的特殊才能，王逸《楚辞章句》释"修能"为"谋足以安社稷，智足以解国患，威能制强御，仁能怀远人"。合言之，文学就是天赋美质与特殊才能的结合。王国维把词定位在"抒情之作"，所以对于情感的本质——品德特予强调，因为失却品德的情感是没有价值和生命力的。王国维此则重在求作者品质之"真"，为境界说铺垫基础。亦即《文学小言》所说："无高尚伟大之人格而有高尚伟大之文学者，殆未之有也。"其批评白石"无内美"，可能与白石长期的幕僚生涯有关，因为这一层幕僚的关系，所以不免有言不从心出，遮遮掩掩之处，甚至"暗中为营三窟之计"，为人已是"隔"，何况为文？

六一

诗人视一切外物，皆游戏之材料也。然其游戏，则以热心为之，故诙谐与严重二性质，亦不可缺一也。

【评】

此则言诗人以热心对待外物，亦持文学"游戏"之说。因热心而呈现出文学诙谐与严重两种特性。

仍就物我关系立论。所谓视外物为"游戏之材料"，乃意在分清物我之界限，既是游戏之材料，则诗人与外物的主从关系自然得以确立。然此作为"游戏之材料"的外物毕竟是诗人借以表现自我情意之基础，不明外物之情，自然难通诗人之情，故热心游戏于外物之中，乃为必不可少之阶段。热心于游戏，故称"诙谐"；严分别物我，故名"严重"。先以游戏，继以区别，乃成功之文学创作必经之途径，故王国维以为"不可缺一"。王国维在此前的《文学小言》中已经明确指出："文学者，游戏的事业也。人之势力用于生存竞争而有余，于是发而为游戏。"在《人间嗜好之研究》一文中，王国维又说："若夫最高尚之嗜好，如文学美术，亦不外势力之欲之发表。希尔列尔既谓儿童之游戏存于用剩余之势力矣。文学美术亦不过成人之精神的游戏，故其渊源之存于剩余之势力，无可疑也。且吾人内界之思想感情，平时不能语诸人，或不能以庄语表之者，于文学中以无人与我一定之关系，故得倾倒而出之。易言以明之，吾人之势力所不能于实际表出者，得以游戏表出之是也。"对勘这两则文字可知，王国维所谓"游戏"的心态——不汲汲于争存，其实是王国维心目中"诗人"的基本前提。把现实生活中限于种种"关系"而无法表述之内容，在文学的天地里尽情挥洒，王国维的纯文学观念由此可见一斑。在王国维的观念里，文学美术既然是倾诉平时不能语诸人之精神游戏，自然可以彻底摆脱功利的束缚而呈现出如同游戏的色彩。

卷三　《人间词话》重编本

引言

此为刊发于《盛京时报》的《人间词话》。笔者参校已转录诸本，辨别正误。参校本有：陈杏珍、刘烜《人间词话》（重订）本，原刊《河南师范大学学报》1982年第7期，简称"陈刘本"；滕咸惠《人间词话新注》（修订本），齐鲁书社1986年版，简称"滕本"；赵利栋辑校《王国维学术随笔》本，社会科学文献出版社2000年版，简称"赵本"；周锡山编校《人间词话汇编汇校汇评》，北岳文艺出版社2004年版，简称"周本"。陈刘本与滕本同出王国维自存《盛京时报》剪报本，缺失二期，凡23则；赵本与周本同出《盛京时报》原文，为全本，凡31则。诸本来源不同，但均只录文字，未加校订，致使错漏汗漫，不一而足。笔者按察原文，甄综诸家移录文字，略加校订，庶使读者由此而得一可读之本。

余于七八年前，偶书词话数十则。今检旧稿，颇有可采者，摘录如下。

【校订】

陈刘本"摘录"之"录"误作"采"。

一

词以境界为最上。有境界则自成高格，自有名句。五代北宋之词所以独绝者在此。

【校订】

赵本、周本"为最上"漏一"最"字。

二

言气格，言神韵，不如言境界。境界，本也；气格、神韵，末也。境界具，而二者随之矣。

【校订】

原文"境界，本也"之"本"误作"末"，"气格、神韵，末也"之"末"误作"未"，陈刘本已改，以后诸家照此改，或王国维自存剪报本已自做修订。

三

有造境，有写境，此理想与写实二派之所由分。然二者颇难区别。因大诗人所造之境，必合乎自然；所写之境，必邻乎理想故也。

【校订】

滕本"邻乎理想"之"乎"作"于"。

四

境非独谓景物也。情感亦人心中之一境界。故能写真景物、真感情者，谓之有境界；否则谓之无境界。

【校订】

周本"独谓景物""独"字后漏一"谓"字。

五

"红杏枝头春意闹"，著一"闹"字，而境界全出；"云破月来花弄影"，著一"弄"字，而境界全出矣。

【校订】

陈刘本"著"误作"着"。

六

境界有大小，然不以是而分优劣。"细雨鱼儿出，微风燕子斜"，何遽不若"落日照大旗，马鸣风萧萧"。"宝帘闲挂小银钩"何遽不若"雾失楼台，月迷津渡"也。

【校订】

原文"闲挂"之"闲"误作"间"。陈刘本已改。

七

《诗·蒹葭》一篇最得风人深致。晏同叔之"昨夜西风凋碧树。独上高楼，望尽天涯路"，意颇近之。但一洒落，一悲壮耳。

八

"我瞻四方，蹙蹙靡所骋"，诗人之忧生也。"昨夜西风凋碧树。独上高楼，望尽天涯路"似之。"终日驰车走，不见所问津"，诗人之忧世也。"百草千花寒食路。香车系在谁家树"似之。

【校订】

原文"甍甍靡所骋"句漏一"靡"字。陈刘本、滕本、赵本、周本已补入。

九

成就一切事，罔不历三种境界："昨夜西风凋碧树。独上高楼，望尽天涯路"，此第一境也；"衣带渐宽终不悔。为伊销得人憔悴"，此第二境也；"众里寻他千百度。回头蓦见，那人正在，灯火阑珊处"，此第三境也。此等语均非大词人不能道。然遽以此意解诸词，恐为晏、欧诸公所不许也。

【校订】

陈刘本、滕本、周本"销"作"消"。原文在"那人"与"正在"中间点断，陈刘本在"灯火"前面点断，赵本、周本则在"那人"之前点断。通行本《稼轩词》"回头蓦见，那人正在"作"蓦然回首，那人却在"。

一〇

太白词纯以气象胜。"西风残照，汉家陵阙"，寥寥八字，遂关千古登临之口。后世唯范文正之《渔家傲》、夏英公之《喜迁莺》，差堪继武。然气象已不逮矣。

【校订】

原文"范文正"之"范"误作"落"，陈刘本已改。各本亦改。赵本、周本"唯"作"惟"。

一一

温飞卿之词，句秀也；韦端己之词，骨秀也；李后主之词，神秀也。词至李后主而境界始大，感慨遂深，遂变伶工之词，而为士大夫之词。宋初晏、欧诸公皆自此出，而《花间》一派微矣。

【校订】

陈刘本、滕本、赵本、周本"花间"漏书引号。赵本在"李后主"后点断。

一二

冯正中词除《鹊踏枝》、《菩萨蛮》数十阕最煊赫外，如《醉花间》之"高树鹊衔巢，斜月明寒草"，虽韦苏州之"流萤度高阁"、孟襄阳之"疏雨滴梧桐"，不能过也。

【校订】

陈刘本、滕本、赵本、周本"度高阁"之"度"作"渡"。

一三

"画屏金鹧鸪",飞卿语也,其词品似之;"弦上黄莺语",端己语也,其词品亦似;若正中词品,欲于其词求之,则"和泪试严妆",殆近之欤。

【校订】

陈刘本、滕本"其词品亦似"后衍一"之"字。周本"欲于其词"后衍一"中"字。

一四

欧阳公《浣溪沙》词"绿杨楼外出秋千",晁补之谓只一"出"字,便后人所不能道。余谓此本于正中《上行杯》词"柳外秋千出画墙",但欧语尤工耳。

【校订】

原文"浣溪沙"之"浣"误作"院","欧语"之"欧"误作"歌",陈刘本、赵本、滕本、周本已改。陈刘本在"出秋千"后漏后半双引号。赵本"晁补之"之"晁"误作"晃"。周本"所不能道"后衍一"也"字。

一五

少游词境最为凄婉。至"可堪孤馆闭春寒，杜鹃声里斜阳暮"，则变而凄厉矣。东坡赏其后二语，尤为皮相。

【校订】

陈刘本、滕本、周本"尤为"之"尤"作"犹"。

一六

"风雨如晦，鸡鸣不已""山峻高以蔽日兮，下幽晦以多雨；霰雪纷其无垠兮，云霏霏而承宇""树树皆秋色，山山尽落晖""可堪孤馆闭春寒，杜鹃声里斜阳暮"，气象皆相似。

【校订】

陈刘本、滕本缺此条。原文"窈晦"当作"幽晦"，赵本、周本已改。

一七

美成词深远之致不及欧、秦，唯言情体物，穷极工巧，故不失为第一流之作者。但恨创调之才多，创意之才少耳。

【校订】

陈刘本、滕本缺此条。赵本、周本"唯"作"惟"。

一八

词最忌用替代字。美成《解语花》之"桂华流瓦"，境界极妙，惜以"桂华"二字，代"月"耳。梦窗以下，则用代字更多。其所以然者，非意不足，则语不妙也。盖语妙，则不必代，意足则不暇代。此少游之《水龙吟》首二语，所以为东坡所讥也。

【校订】

陈刘本、滕本缺此条。

一九

美成《青玉案》词"叶上初阳干宿雨。水面清圆，一一风荷举"，此真能得荷之神理者。觉白石《念奴娇》《惜红衣》二词犹有隔雾看花之恨。

【校订】

陈刘本、滕本缺此条。赵本"干"误作"乾"。

二〇

南宋词人，白石有格而无情，剑南有气而乏韵。其堪与北宋人颉颃者，唯一幼安耳。近人祖南宋而祧北宋，以南宋之词可学，北宋不可学也。学南宋者，不祖白石，则祖梦窗，以白石、梦窗可学，幼安不可学也。学幼安者，率祖其粗犷、滑稽，以其粗犷、滑稽处可学，佳处不可学也。同时白石、龙洲学幼安之作且如此，况其他乎？其实幼安词之佳者，俊伟幽咽，独有千古。其他豪放之处，亦有"横素波、干青云"之概，岂梦窗辈龌龊小生所可语耶？

【校订】

陈刘本、滕本缺此条。赵本、周本"唯一幼安"之"唯"作"惟"。周本"所可语耶"之"语"误作"误"。

二一

东坡之词旷，稼轩之词豪。无二人之胸襟，而学其词，犹东施之效捧心也。

【校订】

陈刘本、滕本误此条为第十六条。

二二

读东坡、稼轩词，须观其雅量高致，有伯夷、柳下惠之风。白石虽似蝉蜕尘埃，终不免局促辕下。

【校订】

陈刘本、滕本误此条为第十七条。

二三

昭明太子称陶渊明诗"跌宕昭彰，独超众类。抑扬爽朗，莫之与京"。王无功称薛收赋"韵趣高奇，词义晦远。嵯峨萧瑟，真不可言"。词中惜少此二种气象。前者坡词近之，后者唯白石略得一二耳。

【校订】

陈刘本、滕本误此条为第十八条。陈刘本在"陶渊明"前点断，"跌宕"之"宕"误作"岩"。赵本、周本"唯白石"之"唯"作"惟"。

二四

白石写景之作，如"二十四桥仍在，波心荡、冷月无声"，"数峰清苦，商略黄昏雨"，"高树晚蝉，说西风消息"，虽格韵高绝，然如雾里看花，终隔一层。梅溪、梦窗诸家写景之作，其病皆在一"隔"字。北宋风流，过江遂绝，抑真有风会存乎其间耶？

【校订】

陈刘本、滕本误此条为第十九条。原文"仍在"与"波心"之间未点断，陈刘本、滕本在"二十四桥仍在"后点断。原文"过江"之"江"误作"口"，陈刘本、滕本、赵本、周本已改。

二五

东坡、稼轩，词中之狂；白石，词中之狷；若梅溪、梦窗、草窗、玉田、西麓、竹山之词，则乡愿而已。

【校订】

陈刘本、滕本误此条为第二十条。

二六

问"隔"与"不隔"之别。曰:"生年不满百,常怀千岁忧。昼短苦夜长,何不秉烛游""服食求神仙,多为药所误。不如饮美酒,被服纨与素"。写情如此,方为不隔。"采菊东篱下,悠然见南山。山气日夕佳,飞鸟相与还。""天似穹庐,笼盖四野。天苍苍。野茫茫。风吹草低见牛羊。"写景如此,方为不隔。词亦如之。如欧阳公《少年游》咏春草云:"阑干十二独凭春,晴碧远连云。二月三月,千里万里,行色苦愁人。"语语皆在目前,便是不隔;至换头云:"谢家池上,江淹浦畔,吟魄与离魂",使用故事,便不如前半精彩。然欧词前既实写,故至此不能不拓开。若通体如此,则成笑柄。南宋人词则不免通体皆是"谢家池上"矣。

【校订】

陈刘本、滕本误此条为第二一条。原文在"曰"前未点断。陈刘本"笼盖四野"之"野"误作"横","咏春草"之"咏"误作"永"。陈刘本、滕本"三月二月"与"千里万里"的位置互换。赵本、周本"皆在目前"之"目"误作"眼","使用故事"之"使"误作"便"。周本"换头"之"头"误作"调"。

二七

国朝人词,余最爱宋尚木《蝶恋花》"新样罗衣浑弃却。犹寻旧日春衫著”及谭复堂之“连理枝头侬与汝。千花百草从渠许”，以为最得风人之旨。

【校订】

陈刘本、滕本误此条为第二二条。陈刘本、滕本“宋尚木”作“宋直方”。陈刘本“浑弃却”之“却”误作“欲”。赵本、周本“犹寻”之“犹”误作“独”。

二八

近人词，如复堂之深婉，彊村之隐秀，当在吾家半塘翁之上。彊村学梦窗，而情味较梦窗反胜。盖有临川、庐陵之高华，而济以白石之疏越者。学人之词，斯为极则。然于古人自然神妙处，尚未梦见。《半唐丁稿》和冯正中《鹊踏枝》十阕，乃鹜翁词之最精者。“望远愁多休纵目”等阕，郁伊惝恍，令人不能为怀。《定稿》只存六阕，殊为未允。

【校订】

陈刘本、滕本误此条为第二三条。原文“彊村之隐秀”之“彊”误作“疆”，陈刘本、赵本、周本沿袭此误，滕本已改。陈刘本“《半唐丁稿》”作“半唐《丁稿》”，赵本、周本作“《半塘丁稿》”。陈刘本、滕本、赵本、周本“鹜翁词”误作“《鹜翁词》”。陈刘本“惝恍”之“惝”误作“敞”，赵本误作“倘”，周本“惝恍”之“恍”误作“忱”。

二九

词总集如《花间》、《尊前》，行于宋世。南宋迄明，盛行《草堂诗馀》。自朱竹垞力诋《草堂》，而推重周草窗之《绝妙好词》。其实《草堂》瑕瑜互见，宋人名作大抵在焉。《绝妙好词》则如硜砆，无瑕可指，而可观之词甚少。竹垞《词综》自唐宋以后，其病略同。皋文《词选》又扬其波，固陋弥甚矣。

【校订】

陈刘本、滕本缺此条。赵本"诗馀"之"馀"作"余"，"自朱竹垞"误作"朱自竹垞"。周本"自朱竹垞""自"后漏一"朱"字。原文"唐宋"之"唐"误作"原"，赵本、周本"唐宋"误作"宋代"。

三〇

词至元人，皆承南宋绪余，殆无足观。然曲中小令却有绝妙者。如无名氏《天净沙》云："枯藤老树昏鸦。小桥流水人家。古道西风瘦马。夕阳西下。断肠人在天涯。"此等语非当时词家所能道也。

【校订】

陈刘本、滕本缺此条。赵本、周本"绪余"误作"余绪"。

三一

元人曲中小令以无名氏《天净沙》为第一。套数则以马东篱之《双调·夜行船》为第一。兹录其词如左："〔夜行船〕百岁光阴如梦蝶。重回首，往事堪嗟。昨日春来，今朝花谢。急罚盏夜阑灯灭。〔乔木查〕想秦宫汉阙，都做了衰草牛羊野。不恁渔樵无话说。纵荒坟横断碑，不辨龙蛇。〔庆宣和〕投至狐踪与兔窟，多少豪杰。鼎足三分半腰折，魏耶。晋耶。〔落梅花〕天教富，不待奢。无多时，好天良夜。看钱奴，硬将心似铁，空辜负锦堂风月。〔风入松〕眼前红日又西斜，疾似下坡车。晓来青镜添白发，上床和鞋履相别。莫笑鸠巢计拙，葫芦提一就装呆。〔拨不断〕利名竭，是非绝。红尘不向门前惹，绿树偏宜屋角遮，青山正补墙东缺，竹篱茅舍。〔离亭宴煞〕蛩吟一枕方宁贴，鸡鸣万事无休歇。争名利，何年是彻。密匝匝，蚁排兵；乱纷纷，蜂酿蜜；急穰穰，蝇争血。裴公绿野堂，陶令白莲社。爱秋来，那些和露摘黄花，带霜烹紫蟹，煮酒烧红叶。人生有限杯，几个登高节。嘱付与顽童记者，便北海探吾来，道东篱醉了也。"周德清《中原音韵》中载此剧，以为万中无一，不虚也。

【校订】

陈刘本、滕本缺此条。原文曲调名均用"（ ）"标示，今易为通行之"〔 〕"。原文"夜阑灯灭"之"阑"误作"兰"，赵本已改。赵本、周本"急罚盏"之"急"误作"争"，"秦宫"前漏一"想"字。周本"风入松"之"入"误作"人"。原文"青镜"之"镜"误作"境"，赵本、周本已改。"斐呆"，赵本、周本作"装呆"。赵本、周本"蛩吟一枕方宁贴"的"方"作"才"，并在"才"后用顿号点断，当误。原文"有限杯几个"在"杯"后当点断，赵本、周本已点断。

【跋】

《盛京时报》本《人间词话》是词学史上一部被冷落的经典。

有关《人间词话》的文本变化，迄今已有手稿本、《国粹学报》本和《盛京时报》本三种版本。与赵万里、徐调孚、陈乃乾、王幼安、刘烜、滕咸惠、佛雏等人前后长达60余年的7次持续增补不同，王国维在生前却先后有过三次明确的删订、压缩和调整的想法。第一次是从手稿本125则择录64则（含补写1则）刊发于1908、1909年之交的《国粹学报》；第二次是从手稿本和《国粹学报》本中再次删订、合并成31则（含从《宋元戏曲考》中移录1则），刊发于1915年初的《盛京时报》；第三次是1926年八九月间，因为陈乃乾致信商谈《国粹学报》本的单行问题，王国维在回信中计划有所删订，但这次删订没有进行。所以从1915年以后，王国维其实再无专门的词学著述。因此，从时间上来说，《盛京时报》本《人间词话》代表了王国维词学的终极形态。也因此，探索王国维的词学思想，不应仅仅停留在起步阶段的手稿本，也不能停留在过程状态的《国粹学报》本，而应更多地关注终极状态的《盛京时报》本。

《盛京时报》由日人中岛岭雄1906年1月创刊于沈阳，1944年终刊，历时38年。1914年，日人一宫房治郎任该报社长，遂邀请王国维连载其学术札记。王国维的《二牖轩随录》（中间有两期易名《东牖轩随录》）即是当时连载的一部分，具体连载时间是1914年9月9日至1915年7月16日，署名"礼堂"（从1915年2月起，改署"词山"）。《二牖轩随录》为札记体的随笔性质，每则长短不一，不列标题，内容则十分丰富，涉及经史考证、诗文理论、词曲杂评、金石书画等。其中有11期涉及词，具体刊发时间是1915年1月9日—21日。而从《人间词话》手稿和《国粹学报》本摘录的31则词话，分七期，刊于1915年1月13、15、16、17、19、20、21日的《盛京时报》，具体是：小序以及第一至五则，1月13日刊出；第六至九则，1月15日刊；第一○至一五则，1月16日刊；第一六至二○则，1月17日刊；第二一至二五则，1月19日刊；第二六、二七、二八则，1月20日刊；第二九、三○、三一则，1月21日刊。这31则词话统列于《二牖轩随录》名下，王国维未再另起名。至于《自编〈人间词话〉选》（陈杏珍、刘烜）、《人间词话选》（滕咸惠、赵利栋、周锡山）等名，乃后人另起。按照小序中的说明，王国维既言"摘录"，若姑妄名之，则《人间词话摘录》的名称也许更契合王国维的语境。但王国维手稿本已作《人间词话》之名，后择其中64则（含补写1则）刊发于《国粹学报》时，亦名《人间词话》，其实已有"选"的工作，若有"选"即须命名《人间词话选》，则《国粹学报》本已然，不遑《盛京时报》再补一"选"名了。

这31则词话久不为人所注意，直至1980年，才有刘烜在《读书》第7期发表《王国维〈人间词话〉的手稿》一文，披露王国维存有《盛京时报》剪报一份，内有23则《人间词话》的摘录。1982年，陈杏珍、刘烜在《河南师范大学学报》第7期刊发《人间词话》（重订），不仅把手稿的情况分类做了编排，而且将《自编〈人间词话〉选》附录在后，这是继《盛京时报》发表这些词话摘录后的再次面世。但遗憾的是，陈、刘两人看到的只是藏于国家图书馆的一份王国维自存剪报，而这份剪报又不全，仅有23则。笔者2009年4月在国家图书馆曾见到此剪报，又见到了《盛京时报》的复印件。把王国维自存剪报与《盛京时报》对勘，可以推断，王国维的剪报与《盛京时报》本原刊相关的部分仅有1915年1月13、15、16、19、

20五期的内容，1月17、21日的8则内容未保存在剪报中，以致在近20年内，《盛京时报》本《人间词话》有31则的情况不为人所知。2000年，赵利栋将当年刊发于《盛京时报》的王国维所撰《东山杂记》《二牖轩随录》《阅古漫录》等全部录出，以《王国维学术随笔》的书名由社会科学文献出版社出版，其中列于《二牖轩随录》名下的《人间词话选》方才第一次全部公布，此后周锡山《人间词话汇编汇校汇评》等书收录时，便已是31则的版本了。但在赵利栋辑校本正式出版后，一些有关《人间词话》的注释、导读、评点、研究著作，仍收录的是陈杏珍、刘烜、滕咸惠的23则本，殊令人困惑。

王国维摘录的这31则词话，不仅继续强化了"境界"的核心地位，而且将手稿中没有发表过的"言气格"一则补入，位居第二，可见以境界为本的观念在王国维心目中始终没有动摇。而在《国粹学报》本《人间词话》中，位居第二、第三的两则论"有我之境"与"无我之境"的词话都被删弃，其在话语上意图抹去西学、回归中国古典的痕迹颇为明显。《国粹学报》本《人间词话》从第四七则至六四则共18则，仅摘录第六三则1则，而在未刊手稿中也摘录了6则（合并为4则），最后一则是完全新写的条目。对照《国粹学报》与《盛京时报》两种版本的《人间词话》，可以发现其基本理路大致相同，都由境界说来开篇，都由元曲来终篇。《国粹学报》本最后两则分论散曲中的小令和白朴的《梧桐雨》杂剧，兼及元词之不振；《盛京时报》本最后两则也是如此，第三○则与《国粹学报》本第六三则略同，但先言元词之衰落，继言元曲之兴盛；而新补入的第三一则，其实是从此前完成的《宋元戏曲考·元剧之文章》中移录过来，此前词话论及元曲而未涉及套数，而此则援引马致远《双调·夜行船》全套作代表，其中隐含着"一代有一代之文学"的文体嬗变之规律。第三○则论《天净沙》一则，在《国粹学报》本之后，王国维曾将之移录入《宋元戏曲考》；而《宋元戏曲考》论马致远

《双调·夜行船》套数一节，王国维又将其移录入此后的《盛京时报》本《人间词话》中。王国维词学与曲学之关系，由此可见一斑。而将《盛京时报》本与《国粹学报》本《人间词话》对勘，虽在"去西方化"这一点上，《盛京时报》走得更远，但其基本学理仍是一脉相承的。

　　《盛京时报》本《人间词话》此前被尘封了67年；自1982年重现人世后，又被冷落了40年。这个在王国维词学中曲终奏雅的定本，到了该引起学术界重视的时候了。

卷四 王国维词论汇录

一

蕙风[1]词小令似叔原，长调亦在清真、梅溪间，而沉痛过之。彊村虽富丽精工，犹逊其真挚也。天以百凶成就一词人，果何为哉！

[1] 蕙风：即况周颐（1859—1926），原名周仪，字夔笙，号蕙风，临桂（今广西桂林市）人，著有《蕙风词》《蕙风词话》《历代词人考略》等。

【评】

此则言说"天以百凶成就一词人"，乃就生平遭遇与填词成就的关系而论。

此则比较况周颐与朱祖谋二人词之高下，仍以词的体制和悲情特色为基本衡量标准。朱祖谋接续王鹏运之论，对吴文英评价甚高，其自身创作即多追慕吴文英的词风，并以其在当时词坛的地位而影响到众多词人。王国维虽然把朱祖谋的词誉为学人之词的"极则"，但其实这个"极则"在王国维心目中并没有很高的地位，称其对古人词的自然神妙处尚未"梦见"。此则以"富丽精工"评朱祖谋词，也是立足其长调结构及师法吴文英所成的特色而已。而况周颐可能是晚清词人中最受王国维推崇的一位了。就体制而言，况周颐兼擅小令与长调。王国维认为况周颐的小令类似晏几道，长调介于周邦彦和史达祖之间。这个评价在王国维的语境中都是较高的。而所以有此评价，王国维揭出了"沉痛"和"真挚"两个要素，而这个要素正是王国维心目中词的本色所在。所谓"天以百凶成就一词人"，其实也是针对况周颐的经历而言。况周颐一生虽然在生活表象上不失风流，但实际上"光景奇窘"，晚年更是以代人捉刀以易米，一生堪称沉沦，心境自是凄凉。这种经历和心境才是其词所以能沉痛和真挚的基础所在。

二

蕙风《洞仙歌·秋日游某氏园》[1] 及《苏武慢·寒夜闻角》[2] 二阕，境似清真。集中他作，不能过之。

[1] 况周颐《洞仙歌·秋日独游某氏园》："一向闲缘借。便意行散缓，消愁聊且。有花迎径曲，鸟呼林罅。秋光取次披图画。恣远眺、登临台与榭。堪潇洒。奈脉断征鸿，幽恨翻萦惹。　　忍把。鬓丝影里，袖泪寒边，露草烟芜，付与杜牧狂吟，误作少年游冶。残蝉肯共伤心话。问几见，斜阳疏柳挂。谁慰藉，到重阳，插菊携萸事真假。酒更赊。更有约、东篱下。怕蹉跎霜讯，梦沉人悄西风乍。"王国维引用题目漏一"独"字　　[2] 况周颐《苏武慢·寒夜闻角》："愁入云遥，寒禁霜重，红烛泪深人倦。情高转抑，思往难回，凄咽不成清变。风际断时，迢递天街，但闻更点。枉教人回首，少年丝竹，玉容歌管。　　凭作出、百绪凄凉，凄凉惟有，花冷月闲庭院。珠帘绣幕，可有人听，听也可曾肠断。除却塞鸿，遮莫城乌，替人惊惯。料南枝明日，应减红香一半。"

【评】

此则论况周颐词境似周邦彦词，乃择其高者而言。

此则是对前一则论况周颐词"长调亦在清真、梅溪间"的具体解释，具体落实沉痛、真挚四字而已。不过，仅从与周邦彦词风的相似角度立说，而未及史达祖。

况周颐《洞仙歌·秋日独游某氏园》《苏武慢·寒夜闻角》二词，一写秋日独游，一写寒夜闻角，其题材亦奠定基本格调。《洞仙歌》先写意行散缓、花迎径曲、鸟呼林罅，尤其是"秋光取次披图画"收束的一句见出情景之胜，但在登临远眺后，就转出幽恨了。下阕虽然仍是写秋光，但情调已是不同，"残蝉肯共伤心话"一句，将重阳节的孤独之感传写殆尽。《苏武慢》写"情高转抑，思往难回"后的"百绪凄凉"，先写花冷月闲庭院，接写无人隔帘倾听，再写听也未曾肠断。如此逐层写来，真有荡人心魄、催人泪下之感。这种情感的转折和对照，与周邦彦的词风颇为接近。所以，王国维以一句"境似清真"来揭示两人在表达真挚沉痛之情方面的相似性。

三

彊村词，余最赏其《浣溪沙》"独鸟冲波去意闲"二阕[1]，笔力峭拔，非他词可能过之。

[1] 朱祖谋《浣溪沙》二阕："独鸟冲波去意闲。环霞如赭水如笺。为谁无尽写江天。　并舫风弦弹月上，当窗山髻挽云还。独经行地未荒寒""翠阜红厓夹岸迎。阻风滋味暂时生。水窗官烛泪纵横。　禅悦新耽如有会，酒悲突起总无名。长川孤月向谁明"。

【评】

此则论朱祖谋词之有笔力者，乃择其善者而言之。

此则或以"笔力峭拔"四字来纠正此前对朱祖谋词的偏低评价。王国维所谓笔力应该包括意象和情感的双重力度。"独鸟冲波"一阕则以意象的力度见长，首句与结句两个"独"字本极容易将情感导向低沉，但朱祖谋却以"冲波""环霞""无尽"等词语，将情感向激越方面引导，而起句的"去意闲"三字，又将这种力度略作顿挫，这大概就是王国维所说的"峭拔"之意了。"翠阜红厓"一阕，虽然也有长川孤月这样开阔的意象，但先写烛泪纵横，继写酒悲突起，而且这种悲伤的感情是以"总无名"的方式频繁发生，则词人内心之沉痛不待详言而自可知了。王国维将这两阕词列为朱祖谋词的压卷之作，自是有他的看法，但可能是限于小令的体制了。其实朱祖谋词中的长调之作，还是有不少值得关注的。

四

蕙风"听歌"诸作，自以《满路花》[1]为最佳。至题《香南雅集图》诸词[2]，殊觉泛泛，无一言道著。

[1] 况周颐《满路花·彊村有听歌之约，词以坚之》："虫边安枕簟，雁外梦山河。不成双泪落，为闻歌。浮生何益，尽意付消磨。见说寰中秀，曼睩修蛾。旧家风度无过。 凤城丝管，回首惜铜驼。看花余老眼，重摩挲。香尘人海，唱彻《定风波》。点鬓霜如雨，未必愁多。问天边问嫦娥。"（梅郎兰芳以《嫦娥奔月》一剧蜚声日下） [2] 题《香南雅集图》诸词：可能况周颐当时所作此题词非止一首，今《蕙风词》卷下之《戚氏》或为其中之一，因其中有"香南笛语"云云。《戚氏·沤尹为琬华索赋此调，走笔应之》："伫飞鸾。萼绿仙子彩云端。影月娉婷，浣霞明艳，好谁看。华鬘。梦寻难。当歌掩泪十年

闲。文园鬓雪如许，镜里长葆几朱颜。缟袂重认，红帘初卷。怕春暖也犹寒。乍维摩病榻，花雨催起，著意清欢。　　丝管。赚出婵娟。珠翠照映，老眼太辛酸。春宵短。系骢难稳，栩蝶须还。近尊前。暂许对影，香南笛语，遍写乌阑。番风渐急，省识将离，已忍目断关山。（畹华将别去，道人先期作虎山之游避之。）　　念我沧江晚。消何逊笔，旧恨吟边。未解《清平调》苦，道苔枝、翠羽信缠绵。剧怜画罨瑶台、醉扶纸帐，争遣愁千万。算更无、月地云阶见。谁与诉、鹤守缘悭，甚素娥、暂缺能圆。更芳节、后约是今番。耐清寒惯。梅花赋也，好好纫兰。"

【评】

此则以隔与不隔的标准衡量况周颐的"听歌"诸作。

况周颐写了不少以听歌为主题的词，除了《满路花》《戚氏》之外，还有诸如《八声甘州·〈葬花〉一剧，属梅郎擅场之作，为赋两调》《减字浣溪沙·听歌有感》，等等。这些听歌观剧之作反映了当时上海文人之间的一时风雅。"香南雅集"应是指词人的集体观摩演剧之事，事后盖请人绘有《香南雅集图》，主其事者当是况周颐。王国维本人也曾受况周颐之邀，作有《清平乐·况夔笙太守索题〈香南雅集图〉，庚申》，以纪其盛。然而在1926年的清华园，王国维仍对此事发表看法，而且观点不失犀利，可见这一次雅集，在王国维记忆中是占有一定分量的。王国维认为况周颐题《香南雅集图》诸词，过于浮泛，没有将听歌的感受清晰地传达出来。今检《蕙风词》，其中《戚氏》（伫飞鸾）一阕，将演剧形象与梅兰芳身世结合来写，而且措语讲究，富有文采，笔法在离合之间。这种写法与王国维对以真实自然为底蕴的境界说的要求，确实存在着距离。

但王国维对况周颐的《满路花》（虫边安枕簟）一阕却独致青睐。此词写听歌，从歌者到自身，顺序写来，虽然也写泪、也写愁，但自有一种洒落的笔调在其间。尤其是结句"问天边问嫦娥"，更是将意趣放在两个"问"字之外。王国维的"最佳"之感，或许原因在此。

五

（皇甫松）词，黄叔旸[1]称其《摘得新》二首[2]，为有达观之见。[3]余谓不若《忆江南》二阕[4]，情味深长，在乐天、梦得上也。

[1]黄叔旸：即黄升，字叔旸，号玉林，又号花庵词客，闽侯（今属福建省）人。 [2]皇甫松《摘得新》："酌一卮。须教玉笛吹。锦筵红蜡烛，莫来迟。繁红一夜经风雨，是空枝。""摘得新。枝枝叶叶春。管弦兼美酒，最关人。平生都得几十度，展香茵。" [3]"黄叔旸称"二句：出自沈雄《古今词话·词评卷上》引："皇甫松……以《花仙子》著名，终不若《摘得新》二首为有达观之见。" [4]皇甫松《忆江南》："兰烬落，屏上暗红蕉。闲梦江南梅熟日，夜船吹笛雨萧萧。人语驿边桥。""楼上寝，残月下帘旌。梦见秣陵惆怅事，桃花柳絮满江城。双髻坐吹笙。"

【评】

此则以皇甫松词为例说明词以情味深长为本色。

黄升称赞皇甫松的《摘得新》二首有"达观之见"，是基于词人的思想特点而言的。《摘得新》二首的主旨都在"管弦兼美酒，最关人"之句，所以其人生态度便留恋于此，而对时间功名则淡然处之。这大概就是黄升所说的"达观"了，其实达观之中包含着消极。皇甫松的《忆江南》二阕，都写梦忆江南之事，一写梅熟季节夜船吹笛，一写双髻吹笙，似乎都暗含着情事。但说来隐约迷离，不露痕迹，情味确实耐人寻索，也更契合词体要眇宜修的特点。

白居易和刘禹锡的《忆江南》是久驰声名的佳作。白居易词云："江南好，风景旧曾谙。日出江花红胜火，春来江水绿如蓝。能不忆江南。"刘禹锡词云："春去也，多谢洛城人。弱柳从风疑举袂，丛兰裛露似沾巾。独坐亦含颦。"白居易词明媚，但余味略逊；刘禹锡词的情感则不如皇甫松词的那种曲折幽微。王国维认为皇甫松《忆江南》词在白居易、刘禹锡之上，其持以比较高下的依据正在词体的特征上。

六

端己词情深语秀，虽规模不及后主、正中，要在飞卿之上。观昔人颜、谢优劣论 [1] 可知矣。

[1] 昔人颜、谢优劣论：出自《南史·颜延之传》："延之尝问鲍照己与谢灵运优劣。照曰：'谢五言如初发芙蓉，自然可爱。君诗如铺锦列绣，亦雕缋满眼。'"又钟嵘《诗品》："汤沐休曰：'谢诗如芙蓉出水，颜如错采缕金。'颜终身病之。"

【评】

此则为韦庄在唐五代词人中的地位定位，乃介于李煜、冯延巳与温庭筠之间。

以"情深语秀"评韦庄，应该是一个较高的评价。情深不必细论，语秀则是指称秀句。此前王国维已经评论唐五代之词"有句而无篇"，秀句其实是这一时期词人的一个共同特色。所谓"规模不及后主、正中"，主要是因为李煜"神秀"，而冯延巳"堂庑特大"，无论是在情感深度和情感格局上，韦庄都无法与李煜、冯延巳相比。所以韦庄的情深是在一定程度上说的。但王国维认为韦庄的地位在温庭筠之上。王国维曾以"画屏金鹧鸪"指代温庭筠的词风，其批评之意是明确的。此则又引出历史上的"颜谢优劣论",实际上是以韦庄比拟为谢灵运的"自然可爱",而以温庭筠比拟为颜延之的"雕缋满眼",王国维以自然、真率、灵动为核心的境界说为裁断词人高下的标准,是通贯于其词学观念的。

七

(毛文锡)词比牛、薛[1]诸人,殊为不及。叶梦得谓:"文锡词以质直为情致,殊不知流于率露。诸人评庸陋词者,必曰:此仿毛文锡[2]之《赞成功》[3]而不及者。"[4]其言是也。

[1]牛、薛:即牛峤、薛昭蕴。薛昭蕴,生卒年不详,当为五代前蜀事人,王国维为辑有《薛侍郎词》。　[2]毛文锡,生卒年不详,字平珪,高阳(今属于河南省)人,王国维为辑有《毛司徒词》。　[3]毛文锡《赞成功》:"海棠未坼,万点深红。香包缄结一重重,似含羞态,邀勒春风。蜂来蝶去,任绕芳丛。　昨夜微雨,飘洒庭中,忽闻声滴井边桐。美人惊起,坐听晨钟。快教折取,戴玉珑璁。"　[4]"文锡词"数句:出自沈雄《古今词话·词评卷上》引叶梦得语。

【评】

此则言毛文锡词质直而流于率露,乃词之庸陋者。

此则引叶梦得语,认为毛文锡词率露庸陋,整体地位不及牛峤与薛昭蕴等人。叶梦得认为毛文锡的词追求情感表达的朴素与率直,但实际上流于粗率直露。毛文锡的《赞成功》词写海棠雨后情态,意思本极简单,语言却甚枝蔓。李冰若《花间集评注》说毛文锡的词"意浅词支",可谓切中要害。毛文锡这一类词数量不少,而且也有一定影响，所以被后人引以为"庸陋"词的代表。但毛文锡的词也并非仅限于这一类供奉内廷之作，他的《巫山一段云》（雨霁巫山上）借景言情，就颇有韵味。而其《甘州遍》（秋风紧）等更是开拓了边塞词的题材，带有豪放的意味，也是值得关注的。王国维的评价可能是过于受到叶梦得的影响了。

八

（魏承班）[1] 词逊于薛昭蕴、牛峤，而高于毛文锡，然皆不如王衍[2]。五代词以帝王为最工，岂不以无意于求工欤。

[1] 魏承班，生卒年不详，大约为五代前蜀时人，王国维为辑有《魏太尉词》。　[2] 王衍（899—926），初名宗衍，字化源，前蜀后主，许州舞阳（今属河南省）人，著有《烟花集》。

【评】

此则言五代词以帝王为最工，余则次之。

此则为五代词人序列成就高低，将魏承班置于薛昭蕴、牛峤与毛文锡之间。魏承班词风秾艳，与温庭筠相近。《柳塘词话》评价其词与南唐诸公相比"更淡而近，更宽而尽"，这一评价可能与魏承班偶有清疏之作有关。但切近、有尽并非王国维所欣赏的风格，所以仅将其列于毛文锡粗率之上。王国维在统观五代词人之后，得出的结论是：所有的词人都无法与帝王词人相比。这里的"帝王"应该主要是指李璟、李煜，旁及王衍而已。据欧阳修《新五代史》记载，作为前蜀之主王建之子，王衍在年轻时候曾度过了一段轻狂的日子，兼之"能为浮艳之词"，与南唐后主李煜确实性情相近。而论其词的成就，实与李璟、李煜无法相提并论。但"无意于求工"倒确实可能是王衍与李璟、李煜的相似之处，故别有一种真情倾注和自然的韵味，而这正是王国维奉为词体本色之所在。

九

复[1]词在牛给事、毛司徒间。《浣溪沙》（春色迷人）[2]一阕，亦见《阳春录》[3]。与《河传》[4]、《诉衷情》[5]数阕，当为复最佳之作矣。

[1]复（xiòng）：即顾复。　[2]顾复《浣溪沙》："春色迷人恨正赊。可堪荡子不还家。细风轻露著梨花。　帘外有情双燕飏，槛前无力绿杨斜。小屏狂梦极天涯。"　[3]《阳春录》：即冯延巳词集《阳春集》　[4]顾复《河传》："燕飏，晴景。小窗屏暖，鸳鸯交颈。菱花掩却翠鬟欹，慵整。海棠帘外影。　绣帏香断金鹨鹈。无消息。心事空相忆。倚东风。春正浓。愁红。泪痕衣上重。""曲槛，春晚。碧流纹细，绿杨丝软。露华鲜，杏枝繁。莺啭。野芜平似剪。　直是人间到天上。堪游赏。醉眼疑屏障。对池塘。惜韶光。断肠。为花须尽狂。""棹举，舟去。波光渺渺，不知何处。岸花汀草共依依。雨微。鹧鸪相逐飞。　天涯离恨江声咽。啼猿切。此意向谁说。舣兰桡。独无聊。魂销。小炉香欲焦。"　[5]顾复《诉衷情》："永夜抛人何处去，绝来音。香阁掩，眉敛，月将沉。　争忍不相寻。怨孤衾。换我心。为你心。始知相忆深。""香灭帘垂春漏永，整鸳衾。罗带重，双凤，缕黄金。窗外月光临，沉沉。断肠无处寻。负春心。"

【评】

此则评述顾复的词史地位，认为其介于牛峤与毛文锡之间。

顾复作词甚多，《花间集》收录其词有55首之多。其词多写艳情，但用情深至。况周颐《蕙风词话》称其词为"艳词上驷"，"以艳之神与骨为清，其艳乃益入神入骨"，可见其艳词有非同一般之处。王国维举出《浣溪沙》《河传》《诉衷情》数首作为代表，大概正是看出这些词写出了一种透骨感情的缘故。如《浣溪沙》将思妇"春色迷人恨正赊"与"小屏狂梦极天涯"的情感推进而写，确实有神骨俱思的意味；《河传》（燕飏）将思妇倚窗所见之景与动作心理合并而写，最后逼出一个"泪痕衣上重"的形象来；《诉衷情》（永夜抛人）更将思妇的情感由思而及怨；等等。这些作品因为将艳情放在真情的范围中来写，所以具有一种动人心魄的力量。

<h1 style="text-align:center">一〇</h1>

　　周密《齐东野语》称其[1] 词新警而不为儇薄。[2] 余尤爱其《后庭花》，[3] 不独意胜，即以调论，亦有隽上清越之致，视文锡蔑如也。

　　[1] 其：指毛熙震，生卒年不详，蜀人，王国维为辑《毛秘书词》。[2] "周密"句：参见《历代词话》卷三引周密语："蜀人毛熙震集止二十余调，中多新警，而不为儇薄。"今本《齐东野语》未载此数语。　　[3] 毛熙震《后庭花》："莺啼燕语芳菲节。瑞庭花发。昔时欢宴歌声揭。管弦清越。　自从陵谷追游歇。画梁尘蹴。伤心一片如珪月。闲锁宫阙。""轻盈舞伎含芳艳。竞妆新脸。步摇珠翠修蛾敛。腻鬟云染。　歌声慢发开檀点。绣衫斜掩。时将纤手匀红脸。笑拈金靥。""越罗小袖新香蒨。薄笼金钏。倚栏无语摇轻扇。半遮匀面。　春残日暖莺娇懒。满庭花片。争不教人长相见。画堂深院。"

【评】

　　此则言说毛熙震词有隽上清越之致。

此则评毛熙震词，引周密语以为知音。毛熙震词多写艳情，缠绵婉转之中，自有一种韵味。周密称赞其词"新警"，可能与毛熙震比较注意对动作、情态的描摹有关，而且丽而有则，没有轻佻浅薄之语，所以是"不为偎薄"。实际上是对其词中感情表达的分寸感表示了认同。王国维特别拈出其《后庭花》三首，认为其兼得创意之胜和音调之美，评价颇高。如第一首以今昔变化和季节的热烈与心境的寂寞形成对比，写出了"伤心"之感，同时又把这一份伤心比喻为闲锁宫阙的珪月，移情入景，别具情味。第二首写歌舞形态也形象生动。《后庭花》句式参差，且句句押韵，所以无论是其音调还是其格调都清隽清越，让人含玩不尽。

<h1 style="text-align:center">一一</h1>

（阎选）[1]词唯《临江仙》第二首[2]有轩翥之意，余尚未足与于作者也。

[1] 阎选，生卒年不详，蜀人，时人称之"阎处士"，王国维为辑有《阎处士词》。　[2] 阎选《临江仙》第二首："十二高峰天外寒。竹梢轻拂仙坛。宝衣行雨在云端。画帘深殿，香雾冷风残。　欲问楚王何处去，翠屏犹掩金鸾。猿啼明月照空滩。孤舟行客，惊梦亦艰难。"

【评】

此则言说阎选尚难以称作一个词人。

此则对阎选词评价颇低，王国维认为其多数作品尚不成熟，故基本不能列入"词人"的范畴。但对其《临江仙》（十二高峰）一首却评价不错，认为有"轩翥"之意。所谓轩翥，本是形容鸾鸟有力飞举之貌，《楚辞·远游》即有"鸾鸟轩翥而翔飞"之句。这里是用以形容其表达感情的力度和动态之意。王国维大概是对阎选其他词称艳或流于绮靡或流于生涩极为不满，而对这首将神女峰的传说与表达羁旅之感相结合的《临江仙》特致青睐，觉得是阎选的代表之作。词中从云端景象写到画帘深殿，从楚王金鸾写到舟行客，而结以"惊梦亦艰难"，将沉郁的情感写出顿挫的姿态。

一二

　　昔沈文悫[1]深赏泌[2]"绿杨花扑一溪烟"[3]为晚唐名句。[4]然其词如"露浓香泛小庭花"[5]，较前语似更幽艳。

　　[1]沈文悫：即沈德潜。　[2]泌：即张泌，生卒年、籍贯不详，曾官舍人，故有"张舍人"之称。王国维为辑《张舍人词》。　[3]"绿杨"句：出自五代词人张泌《洞庭阻风》："空江浩荡景萧然，尽日菰蒲泊钓船。青草浪高三月渡，绿杨花扑一溪烟。情多莫举伤春目，愁极兼无买酒钱。犹有渔人数家住，不成村落夕阳边。"　[4]"昔沈文悫"句：参见沈德潜编选《唐诗别裁集》卷十六张蠙《夏日题老将林亭》诗后评语："晚唐佳句，如'绿杨花扑一溪烟'，如'芰荷翻雨泼鸳鸯'，皆近小样；惟'水面回风聚落花'，归于自然，宜王衍与徐后见其诗而欲官之也。"又卷十六《洞庭阻风》诗后亦评曰："夜泊洞庭湖边港汊，故有'绿杨花扑一溪烟'句，否则风景全不合矣，玩末句自明。"　[5]"露浓"句：出自五代词人张泌《浣溪沙》："独立寒阶望月华。露浓香泛小庭花。绣屏愁背一灯斜。　云雨自从分散后，人间无路到仙家。但凭魂梦访天涯。"

【评】

　　此则论张泌，以"幽艳"取胜，其标准实与其"深美闳约"四字相通。

王国维首引沈德潜所评张泌名句"绿杨花扑一溪烟"之论，但沈德潜所谓"佳句"，似是承袭传统而言，并非自己的看法。实际上，沈德潜对张泌"绿杨"句的肯定相当有限，认为与"芰荷翻雨泼鸳鸯"句相似，"皆近小样"。所谓"小样"其实就是言其写景格局不大，有故作精巧之感。所以沈德潜反而将"水面回风聚落花"这样的句子，认为其得自然之趣，不见雕琢痕迹，故是大家气度。沈德潜结合《洞庭阻风》结尾"犹有渔人数家住，不成村落夕阳边"之句，认为只是因为夜泊洞庭湖边港汊，所以"绿杨"一句才能合乎风景。

应该说，王国维对沈德潜原意的把握是略有偏差的。但王国维欣赏"露浓香泛小庭花"一句的幽艳，却也是颇有眼光的。张泌的《浣溪沙》写恋人分别后的相思，从结局"但凭魂梦访天涯"来看，起句"独立寒阶望月华"或是梦醒后的情状。因"望月"之无奈，而回看寒阶、庭院，这才有"露浓香泛小庭花"一句，以花香露浓来将愁情稍作转移，意象艳丽，而情感趋于深沉，王国维"幽艳"之称，或缘于此。

一三

昔黄玉林赏其[1]"一庭花雨湿春愁"[2]为古今佳句。[3]余以为不若"片帆烟际闪孤光"[4]，尤有境界也。

[1] 其：指孙光宪（约895—968），字孟文，自号葆光子，贵平（今贵州省仁寿县）人，王国维为辑《孙中丞词》。　[2] "一庭"句：出自五代词人孙光宪《浣溪沙》："揽镜无言泪欲流，凝情半日懒梳头。一庭疏雨湿春愁。杨柳只知伤怨别，杏花应信损娇羞。泪沾魂断轸离忧。"王国维引文将"疏"

字误作"花"字。按，应是黄升误引在前。　　[3]"昔黄玉林"句：参见《历代词话》卷三引黄升语："孙葆光'一庭华雨湿春愁'，佳句也。"　　[4]"片帆"句：出自孙光宪《浣溪沙》："蓼岸风多橘柚香。江边一望楚天长。片帆烟际闪孤光。　　目送征鸿飞杳杳，思随流水去茫茫。兰红波碧忆潇湘。"

【评】

此则评孙光宪词句有境界。

黄升所举"一庭疏雨湿春愁"，以一"湿"字绾合春雨与春愁，确实十分贴切，而且与起句和结句的两个"泪"字形成呼应，堪称秀句。但王国维认为"片帆烟际闪孤光"更有境界。何以如此说呢？詹安泰在《孙光宪词的艺术特色》一文中分析说："正因为是孤光，才显出是片帆；正因为在烟际，才看到它闪耀。所表现的事物越微细，所集中的眼力越突出，所伸展的境界越广阔，所引逗的情思越深长；是凝望，是痴望，是怅望，种种神态，都从这里透露出来。"尤须强调的是：句中的"闪"字是境界得以展现的句眼，用王国维的表述方式就是：著一"闪"字而境界全出。"一庭"句直言春愁，而"片帆"句纯粹写景，但盼归之意却更趋细腻而强烈。王国维的"尤有境界"四字，或许当如此理解。

一四

先生[1]于诗文无所不工，然尚未尽脱古人蹊径。平生著述，自以乐府为第一。词人甲乙，宋人早有定论。[2]惟张叔夏病其意趣不高远。[3]然北宋人如欧、苏、秦、黄，高则高矣，至精工博大，殊不逮先生。故以宋词比唐诗，则东坡似太白，欧、秦似摩诘，耆卿似乐天，方回、叔原则大历十才子[4]之流。南宋惟一稼轩可比昌黎[5]。而词中老杜[6]，则非先生不可。昔人以耆卿比少陵[7]，犹为未当也。

[1] 先生：指周邦彦。 [2]"词人"二句：参见南宋陈振孙《直斋书录解题》集部歌词类《清真词》二卷《续词》一卷："周美成……多用唐人诗语，檃括入律，浑然天成。长调尤善铺叙，富艳精工，词人之甲乙也。" [3]"惟张叔夏"句：参见南宋词学家张炎《词源》卷下："美成词只当看他浑成处，于软媚中有气魄。采唐诗融化如自己者，乃其所长。惜乎意趣却不高远。"
[4] 大历十才子：唐代大历（766—779）初年十位诗人的并称，具体是李端、卢纶、吉中孚、韩翃、钱起、司空曙、苗发、崔峒、耿湋、夏侯审。"十才子"之名，最初见于中唐诗人姚合编的《极玄集》。 [5] 昌黎：即韩愈（768—824），字退之，河阳（今河南省孟州市）人，著有《韩昌黎集》等。 [6] 老杜：即杜甫（712—770），字子美，曾居长安城南少陵，故自称少陵野老，世称杜少陵，原籍襄阳（今属湖北省），出生于河南巩县，著有《杜工部集》等。 [7]"昔人"句：参见张端义《贵耳集》卷上："项平斋训：'学诗当学杜诗，学词当学柳词。杜诗、柳词皆无表德，只是实说。'"

【评】

此则以宋词拟唐诗，以其成就相当也。

此则将周邦彦比喻为词中的杜甫，这是对《人间词话》中对周邦彦缺乏创意之才和其词缺乏深远之致批评的一个重要转向，也反映了王国维词学思想的调整轨迹。

王国维为了得出"词中老杜"应归于周邦彦名下，用了两种方式来为周邦彦赢得地位。其一，提出"精工博大"的审美标准。王国维认为周邦彦的词在宋代早已拥有崇高的地位，陈振孙《直斋书录解题》将周邦彦誉为"词人甲乙"就是一个明证，只有张炎《词源》认为其意趣不够高远。王国维在撰述词话时，其实是接受了张炎的这个思想。王国维在这里没有对张炎之说加以品评，但认为评价词人应该注重的是"精工博大"，则实际上是部分地否定了张炎立说的基础，而就精工博大而言，北宋词人如欧阳修、苏轼、秦观、黄庭坚就明显不如周邦彦了。其二，就宋词人对应唐诗人而言，王国维认为苏轼与李白为近，欧阳修、秦观接近王维，柳永则宛然是宋代的白居易，贺铸、晏几道则与"大历十才子"的地位相当，南宋的辛弃疾也可比肩韩愈，在经过了这一番对应之后，王国维得出"词中老杜，则非先生不可"的结论，并对历史上将柳永与杜甫并论的做法提出了批评。王国维的这一番用心，体现了其词学的转境，值得充分注意。

一五

先生之词，陈直斋谓其多用唐人诗句檃括入律，浑然天成。张玉田谓其善于融化诗句，然此不过一端。不如强焕云："模写物态，曲尽其妙。"[1]为知言也。

[1]"模写"二句：出自南宋强焕《题周美成词》："余慕周公之才名者有年……抑又思公之词，其模写物态，曲尽其妙。"

【评】

此则权衡陈振孙、张炎与强焕三家论周邦彦词，而以强焕之言为上。

此则肯定周邦彦描写物态之妙，这与其《人间词话》中称赞周邦彦"言情体物，穷极工巧"的意思是一致的，也是为前云"精工博大"之"精工"一词来做诠释。周邦彦模写物态往往能得其神韵，如其"叶上初阳干宿雨。水面清圆，一一风荷举"数句，王国维认为即堪称得荷花之神理。王国维在此则没有另行举例，但前后对勘，其理路仍是相近的。为了将周邦彦的这一特点彰显出来，王国维对此前陈振孙、张炎等只是注意周邦彦融化唐诗隐括入词而不失其浑成之致的特点，隐然表达了不满。在王国维看来，这种"以诗为词"并非周邦彦最具创造性和最具特色之处，所以援引强焕之语以作自己立论之资。

一六

山谷云："天下清景，不择贤愚而与之，然吾特疑端为我辈设。"[1]诚哉是言！抑岂独清景而已，一切境界，无不为诗人设。世无诗人，即无此种境界。夫境界之呈于吾心而见于外物者，皆须臾之物。惟诗人能以此须臾之物，镌诸不朽之文字，使读者自得之。遂觉诗人之言，字字为我心中所欲言，而又非我之所能自言，此大诗人之秘妙也。境界有二：有诗人之境界，有常人之境界。诗人之境界，惟诗人能感之而能写之，故读其诗者，亦高举远慕，有遗世之意。而亦有得有不得，且得之者亦各有深浅焉。若夫悲欢离合、羁旅行役之感，常人皆能感之，而惟诗人能写之。故其入于人者至深，而行于世也尤广。先生之词，属于第二种为多。故宋时别本之多，他无与匹。[2]又和者三家[3]，注者二家[4]。（强焕本亦有注，见毛跋）自士大夫以至妇人女子，莫不知有清真，而种种无稽之言，亦由此以起。[5]然非入人之深，乌能如是耶？

[1]"天下清景"三句：出自宋代释惠洪《冷斋夜话》卷三引黄庭坚语。　[2]"宋时别本"二句：参见王国维《清真先生遗事·著述二》："案先生词集，其古本则见于《景定严州续志》《花庵词选》者曰《清真诗余》。见于

《词源》者曰《圈法美成词》。见于《直斋书录》者曰《清真词》，曰《曹杓注清真词》。又与方千里、杨泽民《和清真词》合刻者曰《三英集》。（见毛晋《方千里和清真词跋》）子晋所藏《清真集》，其源亦出宋本，加以溧水本，是宋时已有七本。别本之多，为古今词家所未有。"　　[3] 和者三家：即宋人之和清真全词者三家：方千里《和清真词》、杨泽民《和清真词》、陈允平《西麓继周集》。　　[4] 注者二家：即宋人注释《清真词》者曹杓、陈元龙两家。曹注已逸，陈注即《彊村丛书》本《片玉集》。　　[5] "种种无稽之言"二句：参见宋代张端义《贵耳集》、周密《浩然斋雅谈》、王明清《挥麈余话》、王灼《碧鸡漫志》等相关记载。王国维在《清真先生遗事·事迹一》中对这些无稽之言有详细的辨析。

【评】

此则言一切境界皆为诗人设，有诗人方有境界。

此则不仅深化了境界说，而且扩展了王国维的文学观念。其内容约分三端：其一，解释"大诗人"的内涵；其二，区分诗人之境界与常人之境界的不同；其三，周邦彦词的境界归属。

黄庭坚曾认为，天下之清景，虽然不因贫富贵贱贤愚而改其貌，但其神韵只有诗人能够予以表现，所以说是"特疑端为我辈设"。王国维在援引黄庭坚之语的基础上，进而将世间一切境界——自然与人文等，都看作是为诗人所预备的。原因是这些境界时时存在，但世人多漠然视之，只有诗人能够将心物交融后的"须臾之物"——境界，用准确而形象的语言描写出来。常人虽然不能写，但能从这些作品中读出自己内心能感受却无法表达的内容。所以，所谓"大诗人"，应该有一颗锐敏的心，能感人所未感；应该有一支神奇的笔，能写人所不能写；应该思虑深沉而广阔，能最大限度地反映出众人深蕴的感情。

王国维关于常人之境界与诗人之境界的分类，是其境界体系的一部分，与其有我之境与无我之境的分类可以在一定程度上相通。

诗人之境界与常人之境界的区别，主要在于感受的范围和程度上。常人所感多限于自身，如悲欢离合、羁旅行役之类，无论身在其中其外，都能深切地感受到其情感的影响；而诗人所感则往往越出自身之外，将情感向深度和广度推进，因此也更具普遍性。所以读常人之境界的诗，读者往往喜怒随之；而读诗人之境界的诗，读者则生出"高举远慕"的"遗世之意"，往往脱略具体情景而生高远之心。显然，诗人之境界要高出常人之境界，这就好像在王国维的语境中，无我之境高出有我之境一样。

王国维将周邦彦比喻为"词中老杜"，但在境界的类属上仍将其归入常人之境界。这与周邦彦所写题材多切近生活，而其情感也往往带有具体性有关。周邦彦的词之所以在宋代为贵人、学士、市侩、妓女等不同阶层的人所喜欢，就是因为其情感带有很强的针对性，与"常人"的心理贴合紧密，所以其词风行甚广，各种版本的周邦彦词集也因此在宋代十分流行。虽然因过受关注而遭受种种无稽之言，但这正是其广受欢迎的另外一种证明。

一七

楼忠简谓先生妙解音律[1]。惟王晦叔《碧鸡漫志》谓："江南某氏者，解音律，时时度曲。周美成与有瓜葛。每得一解，即为制词，故周集中多新声。"[2]则集中新曲，非尽自度。然"顾曲名堂，不能自已"，固非不知音者。故先生之词，文字之外，须兼味其音律。惟词中所注宫调，不出教坊十八调[3]之外。则其音非大晟乐府[4]之新声，而为隋、唐以来之燕乐[5]，固可知也。今其声虽亡，读其词者，犹觉拗怒之中，自饶和婉；曼声促节，繁会相宣；清浊抑扬，辘轳交往。两宋之间，一人而已。

[1]"楼忠简"句：参见南宋楼钥《清真先生文集序》："（周邦彦）风流自命，又性好音律，如古之妙解，'顾曲'名堂，不能自已。"楼忠简：即楼钥（1137—1213），字大防，号攻媿主人，鄞县（今属浙江省）人，　　[2]"王晦叔"数句：参见南宋王灼《碧鸡漫志》卷二。王晦叔：即王灼，字晦叔，号颐堂，遂宁（今属四川省）人，著有《颐堂词》《碧鸡漫志》等。　　[3]教坊十八调：指宋代教坊所用宫调，属于唐代燕乐二十八调范围。王国维《宋元戏曲史》云："宋教坊之十八调，亦唐二十八调之遗物。"据《宋史·乐志》，教坊所奏十八调为：正宫调、中吕宫、道调宫、南吕宫、仙吕宫、黄锺宫、越调、大石调、双调、小石调、歇指调、林锺商、中吕调、南吕调、仙吕调、黄锺羽、般涉调、正平调。而高宫、高大石、高般涉、赵角、商角、高大石角、双角、小石角、歇指角、林锺角十调则被弃而不奏。　　[4]大晟乐府：即大晟府，由宋徽宗于崇宁四年（1105）设置的音乐管理机关，其职责在整理旧乐、创制新乐等。周邦彦曾任大晟府提举。大晟府新制的曲调即称为大晟乐。[5]燕乐：一作宴乐，是指隋唐时期以中国传统音乐与外来之胡乐交融而成的新型音乐体系，包括胡乐、俗乐和清乐三类。

【评】

此则论周邦彦之音乐成就乃两宋之一人而已。

此则论周邦彦音乐修养之高，认为应在文字之外，体会其词的音律美。

王国维先分别援引楼钥和王灼的相关言论，来说明周邦彦"妙解音律"的事实。其堂以"顾曲"命名，即可见其对音乐的自许之意。因此，王国维认为读周邦彦的词，揣摩其意义固然是必要的，但同时要注意品味其词中的音律之美。在王国维看来，周邦彦词在音律上的最大特点是能将不同风格甚至互相对立的音乐元素自如地融合在一起，形成一种充满变化却整体和谐的音乐氛围。譬如拗怒与和婉，曼声与促节，清与浊，抑与扬，等等，在周邦彦的笔下，都能糅合成一种很奇妙的音乐境界。这种音乐修养及其在词中的体现，王国维认为周邦彦是"两宋之间，一人而已"。

这个评价与王国维在《人间词话》中称赞其"创调之才多"，也可联系起来。但细微的变化仍可以感受得到。譬如王国维注意到周邦彦词中所注明的宫调，不超过宋代教坊常奏的十八调，这说明周邦彦创制的词调仍在隋唐以来所流行的燕乐范围之内，而并非大晟府创制的新声。这是对周邦彦词的音乐属性的一个归类。

一八

《天仙子》词 [1] 特深峭隐秀，堪与飞卿、端己抗行。

[1]《天仙子》词：即敦煌出土的《云谣集杂曲子》内《天仙子》二首："燕语啼时三月半。烟蘸柳条金线乱。五陵原上有仙蛾，携歌扇。香烂漫。留住九华云一片。　犀玉满头花满面。负妾一双偷泪眼。泪珠若得似珍珠，拈不散。知何限。串向红丝应百万。""燕语莺啼惊觉梦。羞见鸾台双舞凤。天仙别后信难通。无人问，花满洞。休把同心千遍弄。　叵耐不知何处去。正是花开谁是主。满楼明月应三更，无人语。泪如雨。便是思君肠断处。"王国维在撰写《唐写本〈云谣集杂曲子〉跋》时所见《天仙子》词当为第一首。

【评】

此则言说敦煌词之艺术成就有堪与温庭筠、韦庄媲美者。

此则评价敦煌发现之《云谣集杂曲子》中《天仙子》词"深峭隐秀"，实际上揭示其带有文人词的某些特征。王国维的《唐写本〈云谣集杂曲子〉跋》当作于1920年，是在阅读到日本狩野直喜博士从英国伦敦博物馆录归斯坦因掠夺我国敦煌莫高窟后所藏唐人写本曲子残卷后，而写的题跋。

王国维虽然在残本中读到了八个词调名，但实际看到的词只有《凤归云》二首和《天仙子》一首。王国维的基本推断是：因为这八个调名都已见于崔令钦的《教坊记》，而《教坊记》所记至"开元"而止，所以这八曲也当是"开元教坊旧物"了。两首《凤归云》，句法和用韵各不相同，而唐人皇甫松所作《天仙子》乃是单曲，《云谣集杂曲子》中所收录之《天仙子》却有二叠。以此可见唐代词律之宽松和体制之不稳定。王国维特别提到《天仙子》词"特深峭隐秀"，或许是认为其可能为文人所作，起码是为文人所润色，因为其词确实富有文采，而且用情深至，已经带有词体"深美闳约"的若干特征了。王国维在后来撰写的《题敦煌所出唐人杂书六首》之三也有"虚声乐府擅缤纷，妙语新安迥出群"之句。因此，王国维认为《天仙子》词已经堪与温庭筠、韦庄媲美了。

一九

有明一代，乐府道衰。《写情》[1]《扣舷》[2]，尚有宋、元遗响。仁、宣以后，兹事几绝。独文愍（夏言）[3]以魁硕之才，起而振之。豪壮典丽，与于湖、剑南为近。

[1]《写情》：即《写情集》，刘基词集，后以《诚意伯诗余》驰名。
[2]《扣舷》：即《扣舷集》，高启词集。　[3]文愍：即夏言（1482—1548），字公谨，号桂洲，谥文愍，贵溪（今属江西省）人，著有《桂洲集》《桂翁词》等。

【评】

此则论明词愈趋愈下之势，而以夏言为振起之才。

此则言明词发展，以夏言为其中代表人物。王国维认为明词在总体上呈衰落之势，只是明代初年的刘基与高启尚在词中保留了若干宋元词的韵味。至明代仁宗、宣宗之后，词道便几乎息绝了。然而在这种衰落的整体气象中，王国维对夏言评价颇高，认为其才情过人，以与张孝祥、陆游相似的"豪壮典丽"词风，挽救明词粗率、俗艳之弊，是明词流脉能够勉强维持的关键人物。以现在的眼光来看，王国维显然过于擢拔夏言的作用和地位了。但在明清之时，夏言的影响确实是很大的。王世贞《艺苑卮言》即认为其雄爽堪比辛弃疾，而钱谦益《列朝诗集小传》更说："（夏言）诗余小令，草稿未削，已流布都下，互相传唱。"可见一时之盛况。

二〇

欧公《蝶恋花》（面旋落花）[1]云云，字字沉响，殊不可及。

[1] 欧阳修《蝶恋花》："面旋落花风荡漾。柳重烟深，雪絮飞来往。雨后轻寒犹未放。春愁酒病成惆怅。　枕畔屏山围碧浪。翠被华灯，夜夜空相向。寂寞起来褰绣幌。月明正在梨花上。"

【评】

此则言欧阳修词之高者，为它词所不及。

此则以"沉响"评欧阳修《蝶恋花》词，体现了王国维的特殊眼光。王国维在《人间词话》中曾评价欧阳修"人生自是有情痴，此恨不关风与月""直须看尽洛城花，始共春风容易别"是"于豪放之中有沉著之致"。此则"沉响"云云，意近于此。所谓"沉"，即沉着之意，形容感情的低沉和深沉；所谓"响"，当指景物的飞扬明亮之貌。"沉"和"响"本是一对矛盾的概念，但在欧阳修的词中却以反向对比的方式而得以统一了。欧阳修《蝶恋花》要表达的情感，歇拍"春愁酒病成惆怅"一句概括殆尽，但描写的景象却是面旋落花、春风荡漾、柳重烟深、屏山碧浪、翠被华灯、月明梨花等。这样的景象要映衬的却是惆怅与寂寞，所以情之"沉"与景之"响"——也宛然是低音之"沉"与高音之"响"，就如此和谐地统一在作品之中。王国维认为这样的作品非一般人可及，可见其大力推崇之意。

二一

《片玉词》"良夜灯光簇如豆"[1]一首，乃改山谷《忆帝京》[2]词为之者，似屯田最下之作，非美成所宜有也。

[1]"良夜"句：出自北宋周邦彦《青玉案》："良夜灯光簇如豆。占好事、今宵有。酒罢歌阑人散后。琵琶轻放，语声低颤，灭烛来相就。　玉体偎人情何厚。轻惜轻怜转唧溜。雨散云收眉儿皱。只愁彰露，那人知后。把我来僝僽。"　[2]山谷《忆帝京》：即北宋黄庭坚《忆帝京》："银烛生花如红豆。占好事、而今有。人醉曲屏深，借宝瑟、轻招手。一阵白苹风，故灭烛、教相就。　花带雨、冰肌香透。恨啼乌、辘轳声晓。岸柳微凉吹残酒。断肠时、至今依旧。镜中消瘦。那人知后。怕夯你来僝僽。"

【评】

此则论传为周邦彦之作与其风格非相一致。

此则考订《青玉案》（良夜灯光簇如豆）一词的作者归属问题。周邦彦词因为在宋代影响巨大，所以相关刊本也颇多。在辗转刊刻中，往往会有增补现象，特别是强焕"旁搜远绍"增补较多，但也因此带来了多收误收的现象。王国维在《清真先生遗事》中便直言强焕所增多半是伪词。收录在周邦彦《片玉词》中的这首《青玉案》，无论是措辞还是内容，都明显是由黄庭坚《忆帝京》（银烛生花如红豆）点化而来。点化他人之作本是宋人常见之习惯，不足为奇。只是这首《青玉案》写情艳丽而流于淫靡，在风格上很像柳永，应该不是周邦彦惯常的做法。尤其是王国维在撰述《清真先生遗事》之时，相比数年前对周邦彦的看法已有了很大改变，誉之为"词中老杜"，在音律上更称其是"两宋之间，一人而已"。在这样的高度上来看，王国维对周邦彦的这首《青玉案》自然是有些难以认同了。不过，王国维虽然有疑问，但仍是谨慎的。所谓"非美成所宜有"，一方面，可能怀疑是他人之作混入周邦彦集中；另一方面，也可能是对周邦彦失去分寸写下这类作品的批评之意。

二二

温飞卿《菩萨蛮》："雨后却斜阳，杏花零落香。"[1] 少游之"雨余芳草斜阳。杏花零落燕泥香"[2]，虽自此脱胎，而实有出蓝之妙。

[1]"雨后"二句：出自唐代词人温庭筠《菩萨蛮》："南园满地堆轻絮。愁闻一霎清明雨。雨后却斜阳，杏花零落香。　无言匀睡脸。枕上屏山掩。时节欲黄昏。无聊独倚门。"　[2]"雨余"二句：出自北宋词人秦观《画堂

春》："东风吹柳日初长。雨余芳草斜阳。杏花零落燕泥香。睡损红妆。　宝篆烟销龙凤，画屏云锁潇湘。夜寒微透薄罗裳。无限思量。"

【评】

此则言秦观点化温庭筠词而有出蓝之妙。

前一则言全篇点化之例，此则言词句点化之例。王国维认为秦观的"雨余"二句虽然是由温庭筠"雨后"二句点化而来，但其艺术效果反而在温庭筠原句之上。可能是限于《菩萨蛮》的句式，温庭筠只写了斜阳、杏花两个意象，而秦观则写了芳草、斜阳、杏花、燕泥四个意象。所以，两人虽然都将这些意象置于"雨后"这一背景中，但形成的画面感却有丰富和单薄的对比；再则，雨后斜阳、杏花零落的景象，毕竟比较空泛，但秦观前加一个"芳草"将空泛的意象收束在草地上，后加一个"燕泥"，将杏花的香味带到了燕泥上，画面的整体感明显增强，是典型的"借古人之境界为我之境界"了。王国维的"出蓝"之评，我认为是准确的。

二三

白石尚有骨，玉田则一乞人耳。

【评】

此则以"骨"为标准裁断姜夔与张炎词之高下。

此则评判姜夔与张炎二人高低，这在王国维的语境中，不过是在等而下之的词人中再加序列而已。在南宋词人中，王国维只对辛弃疾评价甚高，而对吴文英、张炎等，评价最低。在王国维看来，南宋词人中姜夔的地位应该是介于辛弃疾与张炎等人之间，所以《人间词话》对姜夔赞弹均有，既有"古今词人格调之高，无如白石"的赞誉，也有"南宋词人，白石有格而无情"、"白石虽似蝉蜕尘埃，然终不免局促辕下"的讥评。王国维此则所说的"骨"，在内涵上应该近乎"格"，因为其词的"清空"特征确实令人神远。但姜夔毕竟在人品与词风方面存在着差距，这当然根源于其"局促辕下"的幕僚身份。不过，与姜夔的近乎"狷者"不同，张炎就更接近"乡愿"了。因为张炎"不肯换意"的特点尤为明显，而不具备创意之才的词人则必然要多借鉴他人之意，王国维所谓"乞"应该主要就是指在意思上的承袭。此则勉强称赞姜夔，大力抨击张炎，目标当是针对"家白石而户玉田"的浙西词派。

二四

美成词多作态，故不是大家气象。若同叔、永叔虽不作态，而一笑百媚生矣。此天才与人力之别也。

【评】

此则言大家气象多天才自然生媚，人力则多作态，乃求真与自然也。

此则以周邦彦为例，说明"自然"是天才的重要表现特征。在《人间词话》中，周邦彦虽然以"言情体物，穷极工巧"而被列入第一流词人之列，但周邦彦词创意之才少、多用替代字、缺乏深远之致等不足，仍时时动摇着他在王国维心目中的地位。此则王国维批评周邦彦词"多作态"，当是针对周邦彦言情体物方面穷极工巧的负面作用而言的。其实,"工巧"本身就不是大家气象,自然中流出韵味才是他人难以企及的地方。王国维认为晏殊与欧阳修的词就在自然中呈现出韵味,而且这种韵味就好像女子的媚态,不是装扮出来,而是在一笑之间不自觉地流淌出来。人力苦思所能达到的境界,远不及天才随意挥洒之间所体现的从容自如的境界。至于周邦彦词为何多作态,为何难具大家气象,这可以与王国维在其著名的"出入说"中批评周邦彦"能入而不能出"的创作方式联系起来看,也可以在王国维将周邦彦词列入"常人之境界"的境界归属中找到答案。

二五

周介存谓:"白石以诗法入词,门径浅狭,如孙过庭[1] 书,但便后人模仿。"[2] 予谓近人所以崇拜玉田,亦由于此。

[1] 孙过庭:字虔礼,陈留(今属河南省)人,唐代书法家,著有《书谱》等。　[2]"白石"四句:出自清代周济《介存斋论词杂著》。

【评】

此则言模仿乃衍生局限。

此则言近人模仿张炎词风,乃是出于避难就易的心理。此意已先见于周济《介存斋论词杂著》。周济批评姜夔好以诗歌句法入词,其实是自收身段,自限门径,即如唐代书法家孙过庭,在草书上得王羲之、王献之父子之法。其实这并非大家路数。但何以姜夔、孙过庭能同样受到追捧呢?因为这种浅狭的门径方便后人模仿。王国维认为近人好模仿张炎,也是因为张炎的门径浅仄而已。王国维对张炎的这一番批评以及对近人师法张炎的风气的批判，明显受到了周济的影响。周济在《介存斋论词杂著》中说："玉田近人所最尊奉，才情诣力亦不后诸人。终觉积谷作米，把缆放船，无开阔手段。……叔夏所以不及前人处，只在字句上著功夫，不肯换意。……近人喜学玉田，亦为修饰字句易，换意难。"王国维似乎面临与周济相似的境地，所以对周济之言戚戚有感。从更深刻的意义上说，这是王国维对学词贪求平易之风的一种批评。《人间词话》第43则云："近人祖南宋而祧北宋，以南宋之词可学，北宋不可学也。学南宋者，不祖白石，则祖梦窗，以白石、梦窗可学，幼安不可学也。学幼安者率祖其粗犷、滑稽，以其粗犷、滑稽处可学，佳处不可学也。"其精神与此则可以相通。

二六

予于词，于五代喜李后主、冯正中而不喜《花间》。于北宋喜同叔、永叔、子瞻、少游而不喜美成。于南宋只爱稼轩一人，而最恶梦窗、玉田。介存此选[1]，颇多不当人意之处。然其论词则颇多独到之语。始有知天下固有具眼人，非予一人之私见也。

[1] 介存此选：即周济辑《词辨》二卷。

【评】

此则言自己喜恶词人之形，兼及论词与选词之不协调若周济者。

此则评词之语，最初由陈乃乾从王国维旧藏《词辨》眉批中录出，发表在徐调孚注《人间词话》开明书店1947年的第二版中。因为一般读者难以接触到王国维旧藏原本，故文字也一直以陈乃乾所录出者为准。1977年，日本学者榎一雄将日本东洋文库所藏王国维手抄手校的25种词曲书跋文整理后发表在《东洋文库书报》第8号，其中第19种即是"《周氏词辨》二卷、《介存斋论词杂著》一卷"。据榎一雄录出之王国维原跋，虽与陈乃乾录出文字基本相同，但也偶有点串，本则乃以榎一雄录出文字为准。

王国维将词人大体分为喜欢、不喜欢、最恶三种类型。五代之李煜、冯延巳，北宋之晏殊、欧阳修、苏轼、秦观，南宋之辛弃疾，都是属于被喜欢的词人；《花间集》中温庭筠、韦庄等词人，北宋周邦彦，属于不被喜欢的词人；南宋吴文英和张炎，则是被列为最恶的词人。王国维虽然用了"喜""不喜""最恶"这样带有感性色彩的语言，但其实与他在《人间词话》的评述态度也是颇为一致的。只是周邦彦算是个例外，因为王国维不仅在《人间词话》中将其列入第一流词人的行列，而且在此后撰述的《清真先生遗事》中将其誉为"词中老杜"，而此则却直言"不喜美成"，可能只是在撰述词话前的一些初步印象而已。

此则后半评述周济选词与论词不平衡的现象，看似与前半关系不大，其实也是在一定程度上为自己对词人的喜恶之情提供理论来源。周济《介存斋论词杂著》中的许多言论对王国维都产生了直接的影响，《人间词话》中明引暗用之处即甚多。但王国维对其选词却不敢苟同，这里的所谓"介存此选"，即指周济编选的《词辨》一书，其与后来编选的《宋四家词选》一书宗旨大体相似，而周济在后一选本中所提出的"问途碧山，历梦窗、稼轩，以还清真之浑化"的学词路径，在王国维看来是路数有误了。当然，到了王国维撰述《清真先生遗事》之时，可能对周济将周邦彦悬为学词的最高境界就会表达认同了。

二七

王君静安将刊其所为《人间词》,诒书告余曰:"知我词者莫如子,叙之亦莫如子宜。"余与君处十年矣。比年以来,君颇以词自娱。余虽不能词,然喜读词。每夜漏始下,一灯荧然,玩古人之作,未尝不与君共。君成一阕,易一字,未尝不以讯余。既而睽离,苟有所作,未尝不邮以示余也。然则,余于君之词,又乌可以无言乎?夫自南宋以来,斯道之不振久矣!元、明及国初诸老,非无警句也,然不免乎局促者,气困于雕琢也。嘉、道以后之词,非不谐美也,然无救于浅薄者,意竭于摹拟也。君之于词,于五代喜李后主、冯正中,于北宋喜永叔、子瞻、少游、美成,于南宋除稼轩、白石外,所嗜盖鲜矣。尤痛诋梦窗、玉田。谓梦窗砌字,玉田垒句。一雕琢,一敷衍。其病不同,而同归于浅薄。六百年来词之不振,实自此始。其持论如此。及读君自所为词,则诚往复幽咽,动摇人心,快而沈,直而能曲,不屑屑于言词之末,而名句间出,殆往往度越前人。至其言近而指远,意决而辞婉,自永叔以后,殆未有工如君者也。君始为词时,亦不自意至此,而卒至此者,天也,非人之所能为也。若夫观物之微,托兴之深,则又君诗词之特色。求之古代作者,罕有伦比。呜呼!不胜古人,不足以与古人并,君其知之矣。世有疑余言者乎,则何不取古人之词,与君词比类而观之也?光绪丙午三月,山阴樊志厚叙。

【评】

此借樊炳清之口而评说其《人间词甲稿》,而以天才自任。

此《人间词甲稿序》乃王国维自作，罗振常曾亲见樊志厚（即樊炳清）拆阅王国维从苏州来信中夹存此序，樊志厚不过是署名而已。因为是模拟樊志厚的口吻而写，所以此序第一部分乃从樊志厚的角度追溯两人十年来读词、作词之经历。第二部分是论述词史发展及王国维对词人的取舍，其基本判断即见于后来完成的《人间词话》中。第三部分是以樊志厚的口气评价王国维的填词成就。

因为预设作者是樊志厚，所以第一部分便从两人的交往说起。在将近10年的交往中，王国维以词自娱，而樊志厚也好读词。两人更是常常一起读古人之词，王国维的词学观念很可能也是在这种共同读词的过程中，在彼此的讨论中形成的，则樊志厚对王国维词学观念的影响也是不可否认的。樊志厚对王国维词作修订所提供的意见，也应该是切实的，而且这种修订在两人分别的时候依然以邮件的方式进行着。词序虽然是王国维代拟的，但这一部分应该是有充分的事实依据。

第二部分论词史发展及王国维对词人的取舍，其中当也部分地包含着樊志厚的若干意见。序言先从南宋说起，而归结到"六百年来词之不振，实自此始"。接下来元、明与清初之词，虽也有名句，但总体上流于雕琢，格调不高。清代乾隆、嘉庆以后的词，看似谐美，但因为摹拟成习，终成浅薄。这是王国维对南宋以后词的一个基本定位。而对于南宋以前的词，序言只是将王国维喜好与厌恶的词人列出名单。五代的李煜、冯延巳，北宋的欧阳修、苏轼、秦观、周邦彦，南宋的辛弃疾与姜夔都是王国维喜欢的词人。这里有两个人需要注意：其一是周邦彦。王国维在《词辨》的眉批中曾经明确说过"不喜美成"的话，如何这里却将周邦彦列入喜欢的词人名单呢？这应该与王国维词学观念的变化有关。就《人间词话》的撰述而言，王国维对周邦彦也是喜恶参半的，而在后来所撰述的《清真先生遗事》中，他对周邦彦则已近乎膜拜了。所以序言中直言喜欢周邦彦，并没有什么值得奇怪的。其二是姜夔。王国维在《词辨》眉批和《人间词话》中，对姜夔的批评都颇为犀利，如认为其写景隔，为人狷，等等。而这里却将其与辛弃疾并列为所欣赏的两个南宋词人之列。这只能说明王国维的词学观念是处于变化之中的。姜夔的词虽然问题多多，但其富有格调，却是王国维所认同的审美趣味所在。所以在不同的语境中，随着关注中心的不同，喜恶的感情也会随之变化。序言说及王国维痛诋吴文英的雕琢字面、张炎的敷衍意旨，参诸王国维的词学著述，这个思想倒是一以贯之的。

毕竟是为《人间词》作序，所以序言在缕述两人交往、略述王国维词学观念之后，便自然切入对王国维词的评价上。序言不吝赞美，约分四端：其一，观物细微，托兴遥深，能入而善出，兼具生气与高致；其二，情感盘旋而郁结，得沉着与痛快之致，故有动摇人心的艺术魅力；其三，格调高远，名句间出，饶有境界之美；其四，语言婉转而自然，用意深至而有力度，具有深远之致。这四点评价如果与《人间词话》对词的体性的界定对勘，其实就是认为王国维的词符合词体"深美闳约""要眇宜修"的体制特点，具有境界之美。序言对王国维词的定位颇高，认为其成就可直接北宋之欧阳修，完全可以与古代词人相提并论。而王国维词之所以能有如此成就，完全是天才的作用所致，所以才能"不屑屑于言词之末"，而具有"大家气象"。王国维对自己创作的这份自信与对其《人间词话》提出"境界说"的自信，精神上颇为一致。但实事求是说，王国维的自我评价不免过高了。尤其是《人间词甲稿》中词多以哲理入词，与古人多斟酌于情景之间而得其意境之美，路数已有一定的差异。如果就"创意"而言，倒是颇有值得称道之处的。

此序虽是王国维手笔，但王国维也确实曾有敦请樊志厚作序之举。故序言开头数句："王君静安将刊其所为《人间词》，诒书告余曰：'知我词者莫如子，叙之亦莫如子宜。'"应是契合事实的。与王国维、樊志厚交往甚密，并始终知晓此事的罗振常大约在20世纪30年代末曾特撰《〈人间词甲稿·序〉跋》略述其序成经过。其言曰："樊少泉茂才（炳清），与人间同肄业东文学校，交甚契。顾体羸多病，怠于进取。尝自憾志行薄弱，遂更名'志厚'，字抗甫，故《序》后所署如此（其后仍用原名）。时人间在吴门师范校授文学，先其来书，谓词稿将写定，丐樊作序。樊应之，延不属稿。一日，词稿邮至，余与樊君开缄共读，而前已有《序》。来书云：《序》未署名，试猜度为何人作？宜署何人名则署之。樊读竟大笑，遂援笔书己名。盖知樊性懒，此《序》未可以岁月期，遂代为之也。……时人间方究哲学，静观人生哀乐，感慨系之，而《甲稿》词中'人间'字凡十余见。故以名其词云。"罗振常不仅讲述了王国维约请樊志厚作序，又因樊志厚性疏懒而序"未可以岁月期"，遂援笔自作之事，而且将"樊志厚"的得名经过、署名原因以及王国维何以用"人间"名其词集诸事一一交代清楚。故关于此序之作者问题，已没有再争论的必要了。

二八

去岁夏，王君静安集其所为词，得六十余阕，名曰《人间词甲稿》，余既叙而行之矣。今冬，复汇所作词为《乙稿》，丐余为之叙。余其敢辞。乃称曰：文学之事，其内足以摅己，而外足以感人者，意与境二者而已。上焉者意与境浑，其次或以境胜，或以意胜。苟缺其一，不足以言文学。原夫文学之所以有意境者，以其能观也。出于观我者，意余于境。而出于观物者，境多于意。然非物无以见我，而观我之时，又自有我在。故二者常互相错综，能有所偏重，而不能有所偏废也。文学之工不工，亦视其意境之有无与其深浅而已。自夫人本能观古人之所观，而徒学古人之所作，于是始有伪文学。学者便之，相尚以辞，相习以模拟，遂不复知意境之为何物，岂不悲哉！苟持此以观古今人之词，则其得失，可得而言焉。温、韦之精艳，所以不如正中者，意境有深浅也。《珠玉》所以逊《六一》，《小山》所以愧《淮海》者，意境异也。美成晚出，始以辞采擅长，然终不失为北宋人之词者，有意境也。南宋词人之有意境者，惟一稼轩，然亦不欲以意境胜。白石之词，气体雅健耳，至于意境，则去北宋人远甚。及梦窗、玉田出，并不求诸气体，而惟文字之是务，于是词之道熄矣。自元迄明，益以不振。至于国朝，而纳兰侍卫以天赋之才，崛起于方兴之族。其所为词，悲凉顽艳，独有得于意境之深，可谓豪杰之士，奋乎百世之下者矣。同时朱、陈，既非劲敌；后世项、将，尤难鼎足。至乾、嘉以降，审乎体格韵律之间者愈微，而意味之溢于字句之表者愈浅。岂非拘泥文字，而不求诸意境之失欤？抑观我观物之事自有天在，固难期诸流俗欤？余与静安，均夙持此论。静安之为词，真能以意境胜。夫古今人词之以意胜者，莫若欧阳公；以境胜者，莫若秦少游；至意境两浑，则惟太白、后主、正中数人足以当之。静安之词，大抵意深于欧，而境次于秦。至其合作，如《甲稿》《浣溪沙》之"天末同云"、《蝶恋花》之"昨夜梦中"、《乙稿》《蝶恋花》之"百尺朱楼"等阕，皆意境两忘，物我一体，高蹈乎八荒之表，而抗心乎千秋之间，骎骎乎两汉之疆域，广于三代，贞观之政治，隆于武德矣。方之侍卫，岂徒伯仲！此固君所得于天者独深，抑岂非致力于意境之效也。至君词之体裁，亦与五代、北宋为近。然君词之所以为五代、北宋之词者，以其有意境在。若以其体裁故，而至遽指为五代、北宋，此又君之不任受。固当与梦窗、玉田之徒，专事摹拟者，同类而笑之也。

　　　　　　　　　　光绪三十三年十月　山阴樊志厚叙

【评】

此则继续借樊炳清之口评其《人间词乙稿》，以其有意境而追踪五代北宋。

此《人间词乙稿序》，一般认为也是王国维所作。但罗振常为《人间词甲稿序》专作一跋，说明序文乃王国维手笔，"樊志厚"不过是托名而已，而对此《人间词乙稿序》却未置一词。若此二序果然都确定无疑是王国维所作，则也应当一并说明，何须特别指明是《甲稿序》？如果因为《甲稿序》乃王国维所作，后人由此而推断《乙稿序》也同样是王国维所作，则理由显然是不充分的。如果因为序文的基本词学观点与王国维相近，就认为必然是王国维手笔，也同样缺乏充足的说服力。因为《甲稿序》在阐明词学观后，明确说明乃是王国维的看法，"其持论如此"一句，乃露出端倪者。而此《乙稿序》在阐释意境的内涵及以意境之得失评骘词史后，却说："余与静安，均夙持此论。"则樊志厚在词学观念上对序言的介入起码在话语上是程度更深了。所以仅从词学观念上来判定作者，是会无所适从的。这里不准备过多地讨论作者问题，但因为序言所阐明的词学观确实与王国维的词学观十分接近，有些具体观点更堪称密合，这与樊志厚在序言中申明他与王国维"均夙持此论"，也是彼此呼应的，所以将其纳入王国维的词学思想中来考量，是有学理依据的。故本篇解说，也是在将王国维预设为序言作者的前提下而展开。

此序从内容上看，可分三个部分：其一，说明文学与意境的关系；其二，以意境为标准裁断古今词人之得失；其三，具体分析王国维词中的意境特点。由于这三个部分都不离乎"意境"二字，而"意境"与"境界"在王国维的语境中又时相混杂，难分彼此，所以此序与后来的《人间词话》确实更多词学观念上的承传痕迹。

与《甲稿序》始终就词论词不同，《乙稿序》是从"文学"的角度来讨论意境问题的，立说背景更为广阔。王国维认为文学的价值和作用，无非在于充分地表达作者内心的感受和让读者获得更多的情感共鸣。而要达成这种双向的作用，都离不开意和境两个因素。作为"文学"，意和境不可缺一，两者的结合以"意与境浑"为最上，但也容有偏至，或以意胜，或以境胜。之所以会出现这种意或境的偏胜现象，原因在于"观我"与"观物"的不同。所谓"观我"，就是着重表达诗人内心的情感，所以在作品中就会形成"意余于境"的现象；所谓"观物"，就是着重描摹外物的形态、神韵，所以在作品中就会形成"境多于意"的现象。但这种"观我""观物"的区别只是相对而言的，因为文学总是"我"与"物"的结合，"观我"也总是通过"物"才得以观，并非抽象意义上的"观我"；"观物"也是"我"在观物，而"观我"之时，原来的"我"其实也等乎一物，所以王国维说"观我之时，又自有我在"，意谓作为观者的"我"与作为被观者的"我"，在"观我"之时，也宛然是一种"我"与"物"的关系。所以王国维认为意与境——即"我"与"物"能有所偏重，而不能有所偏废。意境之有无与深浅是衡量文学工与不工的最佳尺度。古人之佳作，或出于观我，或出于观物，然注重意境之创造则一。而在文学史上，却不乏既不"观我"，也不"观物"，而只是观古人之所作的所谓"文学家"。因为他们立足于摹仿，遂不仅失却自我，也失却外物，"意境"之不存，"伪文学"由此而产生。王国维关于意境说的阐述堪称周密。

《甲稿序》也曾评说词史，但主要表述个人之喜恶的成分居多。《乙稿序》则以意境说为基本尺度以裁断词史和词人高下。温庭筠与韦庄之词精工艳丽，但意境浅于冯延巳。晏殊、晏几道比不上欧阳修、秦观，亦是意境不如也。周邦彦词早年文采焕发，但终能注重意境之创造，所以无愧于"北宋"二字。南宋则唯有辛弃疾词饶有意境，姜夔词虽然清空醇雅，但其意境与北宋词人已不可同日而语。

至宋末吴文英、张炎等，只是在字句间下功夫，词之道便也因此息绝了。元明词沿宋末之绪，愈趋而下，自不足论。清代只有纳兰性德以天赋之才，勃然振兴，同时代的朱彝尊、陈维崧，后来的项鸿祚、蒋春霖都难以与其匹敌。乾、嘉之后词人，同样拘泥于文字，不讲究意境。所以在整个词史上，王国维认为只有李白、李煜、冯延巳数人堪当"意境两浑"之评，而欧阳修则是以意胜，秦观以境胜，其对唐五代词的评价显然居于最高位置，北宋其次。这与其《人间词话》偏尊北宋之倾向其实是略有不同的。其对词人的褒贬大体在《人间词话》中得以承传下来了。需要指出的是：王国维对词史的判断只是他个人依据意境说而作的取舍，其间不尽合理之处，所在多有，这里不拟延伸分析。

《甲稿序》对王国维词的分析是立足于"观物之微、托兴之深"的特点而进行的。《乙稿序》则大体将王国维词置于"意境两浑"的背景下来认知。虽然王国维将欧阳修、秦观分别列为古今词人中以意胜、以境胜之第一人，而王国维自己却是"意深于欧""境次于秦"，这其实是以"意境两浑"来自许的。在以"创意"为填词基本要义的王国维的语境中，这"意深于欧"一句，简直是要将自己居于词史顶峰的意思了；而"境次于秦"一句虽略有谦逊，其中仍不无自负之意。序言列出了《甲稿》中的《浣溪沙》（天末同云）、《蝶恋花》（昨夜梦中）和《乙稿》中的《蝶恋花》（百尺朱楼）等阕，称之"意境两忘，物我一体"，并直言可比肩纳兰性德。平心而论，这一评价是过高了。序言指出，王国维的词是天赋才华与致力意境的结合，这一结论倒是有道理的。可能是王国维词多小令的缘故，所以在序言最后，特别提到王国维的词在体裁上与五代北宋为近的事实，但其实体制相近只是表象而已，在意境创造上自觉追随五代北宋词，才是王国维词的价值所在。所以王国维非常反对仅从体裁角度来肯定其与五代、北宋词人相似，如果体裁相似也值得称道的话，这与吴文英、张炎专事摹拟，也就没有多少差别了。

应该说，《乙稿序》的价值主要在提出并阐释意境说的理论，在理论深度和体系性方面非《甲稿序》可及，清晰地反映出王国维词学观念渐趋成熟的轨迹。作为词集序言，直接针对《乙稿》的文字并不多，而在所列举的"意境两忘"的词作中，《甲稿》的数量更在《乙稿》之上，所以这篇《乙稿序》其实也涵盖了《甲稿》的内容，带有"总评"性质。这一点，也是需要提出的。

二九

长夏苦热，不耐深沉之思，偶得仁和吴昌绶伯宛[1]所作《宋金元现存词目》[2]，叹其蒐罗之勤，因思仿朱竹垞《经义考》[3]之例，存佚并录，勒为一书。蒐录考证，月余而成，聊用消夏，不足云著述也。

一、明人及国朝人词多散在别集，既鲜总汇之编，亦罕单行之本，一人见闻既惭狭隘，诸家著录亦一毫芒，故以元人为断。

一、诸家词集由刻本者著刻本，无刻本者著钞本。刻本有以词单行者著单行本，无者著全集本。亦有刻本罕见而著某氏钞本者，单行本不足而著全集本者，求其当也。

一、海内藏书家收藏词曲者昔不多觏，近惟钱唐丁氏[4]、归安陆氏[5]藏词最富。乃一岁之中，陆氏之书归日本岩崎氏[6]，丁氏书亦为金陵图书馆所购。然近于厂肆又屡见丁氏之书，知金陵典守并未严密，此后又不知流落何处。所幸丁氏藏词除元三数家外，仁和吴氏皆有副本。陆氏藏词与丁氏别出者亦不多，吴氏亦间录之。欲移录者，尚可问津耳。

一、竹垞《词综·序例》所举前人集中附词，如《林处士集》附词、刘子翚《屏山集》附词，皆仅三首。罗愿《鄂州小集》、顾瑛《玉山璞稿》附词仅一首。以不能成书，故不录。余鄙人所未见，不能定其多少者，仍著于篇，亦遇而废之，不若遇而存之之意也。

一、词人字里、官阀，其词无通行本者略注于下；有刻本者阙之，间有考证亦辄附入。

一、诸家词集或注"佚"，或注"未见"。然注"未见"者非无已佚，注"佚"者，亦或能发见，固不能定精密之界限也。

一、长夏畏热，终日简出，参考之书无多，商榷之益尤鲜，尚冀大雅君子匡其不逮，幸甚。

光绪戊申秋七月　海宁王国维识

[1] 吴昌绶（1867—1924），字伯宛，仁和（今浙江省杭州市）人。吴昌绶专意搜罗宋以来名家词集，刊有《仁和吴氏双照楼景刊宋元本词》17种，编纂有《宋金元词集见存卷目》等。　[2]《宋金元现存词目》：即《宋金元词集见存卷目》，吴昌绶编纂，上海鸿文书局1907年印行。　[3]《经义考》：朱彝尊著，汇考历代经籍著作，原名《经义存亡考》，分存、佚、阙、未见四门。　[4] 钱唐丁氏：即晚清钱塘（今浙江省杭州市）著名藏书家丁申、丁丙兄弟家族，藏有大量珍贵书籍，藏书楼名"八千卷楼"。丁丙之子丁立中编有《八千卷楼书目》20卷。　[5] 归安陆氏：即陆心源（1834—1894），字刚甫，号存斋，晚称潜园老人，归安（今属浙江省）人。藏书达15万多卷。其藏书楼分为皕宋楼、十万卷楼、守先阁。皕宋楼因其藏有200余种宋版书而得名，故也以"皕宋楼"代称陆氏所有藏书。编有《皕宋楼藏书志》等。[6] 陆氏之书归日本岩崎氏：指1907年陆心源皕宋楼、守先阁、十万卷楼藏书被日本静嘉堂秘密收购之事。静嘉堂位于东京都世田谷区冈本，系三菱财阀岩崎弥之助（1851—1908）、岩崎小弥太（1879—1945）父子1892年创建的私人文库，以庋藏丰富珍稀汉籍而著称于世，被傅增湘誉为"海东之天一、汲古也"。收购陆心源藏书是在静嘉堂的首任文库长重野安绎（1827—1910）安排下完成的。重野安绎为岩崎弥之助的受业恩师。

【评】

此为《词录·序例》全文，乃言说编撰《词录》之缘起及基本体例。

《词录》乃王国维在辑录《唐五代二十一家词辑》之后，完成的一部词集目录著作。此书在王国维生前未曾付梓，王国维去世后，一直由罗振常及其家属珍藏，未为外界获知。诸种王国维的"全集"或"遗书"等，均未收录此书，直到2003年，始由徐德明整理，由北京学苑出版社出版。这本词学文献学著作，虽然王国维谦称"不足云著述"，但正如赵万里在《王静安先生手校手批书目》附记中所说："先生之治一学，必先有一步预备工夫。"这部词学文献学著作便属于王国维词学研究中的"预备工夫"，所以其地位应该受到重视。

按照《序例》所述，王国维是因为见到吴昌绶编著的《宋金元词集见存卷目》一书，受到启发，同时参照朱彝尊《经义考》存佚并录的体例，以丰富吴昌绶原编。王国维借以丰富的资料主要来自吴昌绶所录诸种词集副本，宋代词集多采汲古阁《宋六十名家词》本和《四印斋所刻词》本，也有少量来自抄本等，唐五代词集则多以自己此前辑录的唐五代二十一家词集作为版本来源。而在版本选录上，一般先刻本后抄本，刻本中先单行本后全集本，当然也有例外。而在收录范围上，则以博收为务，"遇而存之"。故其求"全"求"当"之意也颇为明显。《词录》录别集314种，其中唐代3种、五代18种、宋代229种、金代11种、元代53种，另有"总集目附"30种。数量超过吴昌绶《宋金元词集见存卷目》所录197家的一半以上。《词录》以元人为断，亦限于闻见，同时与明清人词集多散在别集，单行本少，词集汇编也罕见有关。

三〇

　　唐人诗词尚未分界，故《调笑》《三台》《忆江南》诸词皆入诗集，不独《竹枝》《柳枝》《浪淘沙》诸词本系七言绝句出也。致光[1]词之见于《尊前集》者仅《浣溪沙》二阕，然《香奁集》[2]中之近似长短句者尚若干阕，余故写为一卷。《忆眠时》本沈约创调，隋炀帝继之，升庵视为词之滥觞，惟致光词少一韵耳。"春楼处子"三首，比《三台》多二韵，比冯延巳《寿山曲》少一韵。……《玉合》《金陵》二首皆致光创调，而《金陵》尤纯乎词格。兹于原题之下各加"子"字，以别之于诗。《木兰花》本系七古，然飞卿诗之《春晓曲》《草堂诗余》已改为《木兰花》，固非自我作古也。

　　[1]致光：即韩偓（约842—923），字致尧（一作致光），号玉山樵人，京兆万年（今陕西省西安市）人，著有《香奁集》等。　　[2]《香奁集》：韩偓诗集，一卷。王国维从中辑出13首为《香奁词》。

【评】

　　此则言唐时诗词虽未分界，但在体制上也渐有区别。

　　王国维为《词录》中《香奁词》所作的这个版本说明，当由其《唐五代二十一家词辑》中《香奁词·跋》略加润色移录过来。王国维主要分析唐代诗与词两种文体尚未分界的情况，同时以韩偓为例说明自己辑录这一时期词的主要标准。

　　韩偓的词为《尊前集》收录者仅二阕，而王国维辑录本《香奁词》则有13首之多，原因是《香奁集》中"近似长短句"者有若干阕，故并为辑录。王国维这种略微宽泛的辑录原则，主要来源于唐代诗词文体尚未完全分界的事实。如《调笑》《三台》《忆江南》等，现在均被视为词调，但在唐代都入个人诗集，王国维别出为词，是因为词体本身就来源于诗体，如《浪淘沙》等都是唐诗中的七言绝句演变而来，有的更是在形式上完全是诗歌的体式，只是情味近词而已。温庭筠的《春晓曲》是收录于其诗集的题目，而《草堂诗余》收录这一作品时即改名《木兰花》，即将七古诗体变为词调了。当然这种诗词文体的转换并非只是简单地变易题目，多一韵或少一韵的情况也时常出现，可见诗人对于诗体的"破体"观念，而这种"破体"观念恰恰为词体产生奠定了一定的基础。这一时期的若干创调，则更堪称一种颇为稳定的词体了。王国维列举了《玉合》《金陵》二调，即属韩偓创调，而且是"纯乎词格"的创调。则唐代诗词渐趋分途的轨迹，还是清晰可辨的。

三一

其[1]《金浮图》[2]一调长至九十四字，五代词除唐庄宗《歌头》[3]外，以此为最长，然颇似康伯可、柳耆卿手笔也。

[1] 其：即尹鹗，生卒年不详，成都（今属四川省）人，王国维为辑有《尹参卿词》。　[2]《金浮图》：即尹鹗《金浮图》："繁华地。王孙富贵。玳瑁筵开，下朝无事。压红茵，凤舞黄金翅。玉立纤腰，一片揭天歌吹。满目绮罗珠翠。和风淡荡，偷散沉檀气。　堪判醉。韶光正媚。折尽牡丹，艳迷人意。金张许史应难比。贪恋欢娱，不觉金乌坠。还惜会难别易。金船更劝，勒住花骢辔。"　[3] 唐庄宗《歌头》：即李存勖《歌头》："赏芳春，暖风飘箔。莺啼绿树，轻烟笼晚阁。杏桃红，开繁萼。灵和殿，禁柳千行斜，金丝络。夏云多，奇峰如削。纨扇动微凉，轻绡薄。梅雨霁，火云烁。临水槛，永日逃烦暑，泛觥酌。　露华浓，冷高梧，凋万叶。一霎晚风，蝉声新雨歇。惜惜此光阴，如流水，东篱菊残时，叹萧索。繁阴积，岁时暮，景难留，不觉朱颜失

却。好容光，旦旦须呼宾友，西园长宵，宴云谣，歌皓齿，且行乐。"唐庄宗：即后唐庄宗李存勖（885—926），小名亚子，唐代沙陀部人，晋王李克用之长子。

【评】

此则言五代之长调《金浮图》，然风格俗艳。

此王国维为《词录》中《尹参卿词》所作的说明文字。主要追溯早期长调的基本情况，并对其风格特征略加评骘。词学史多有将长调起源归诸柳永者，但实际上在晚唐五代时期，即已经不乏长调之作，王国维举了后唐庄宗李存勖《歌头》（赏芳春）为例，其字数即多达136字，而尹鹗的《金浮图》（繁华地）也长达94字，都超出了明人以90字以上为长调这一标准。其实类似的长调在《云谣集杂曲子》中也有其例，如《内家娇》104字，《倾杯乐》110字。这些都说明长调与小令几乎同时产生的事实，只是在早期创作中，长调数量较少而已。王国维认为尹鹗《金浮图》与李存勖《歌头》二词，其内容都不外乎岁时变化和歌舞之乐，其俗艳风格与柳永、康与之为近。但是否疑其为伪作，王国维并未明言。张璋、黄畲所编《全唐五代词》则明确揭出疑问，证据似乎不足。

三二

《乐府纪闻》[1]谓其[2]国亡不仕，词多感慨之音，盖指《临江仙》[3]一调言之。然此词载《花间集》，《花间集》选于后蜀广政三年，此时去后蜀之亡尚二十年。若云伤前蜀，则虔扆固仕于昶[4]。《纪闻》之言实无所据。

[1]《乐府纪闻》：是清人编纂的一部有关唐宋金元明人轶事、词作本事的辑录杂纂，其所录史料或据一书节录删改，或从诸书杂凑成篇，时有讹误。大约编定于康熙十八年（1679）至康熙二十六年之间，编纂者不详。其书被广泛征引于《古今词话》《历代诗余》《词林纪事》《词苑萃编》等书中，而原书则失传。　　[2] 其：即鹿虔扆，生卒年不详，仕于后蜀，与欧阳炯等以小词供奉后主，存词6首，王国维据以辑为《鹿太保词》。　　[3] 鹿虔扆《临江仙》："金锁重门荒苑静，绮窗愁对秋空。翠华一去寂无踪，玉楼歌吹，声断已随风。　　烟月不知人事改，夜阑还照深宫。藕花相向野塘中，暗伤亡国，清露泣香红。"　　[4] 昶：即孟昶（919—965），五代时后蜀国君。934—965年在位。

【评】

此则以鹿虔扆《临江仙》为例，言说《乐府纪闻》所述之非。

此王国维为《词录》中《鹿太保词》所作的考订文字，大意在考证《临江仙》一词之主题。《乐府纪闻》称鹿虔扆之词多表达亡国不仕后的感慨之音，王国维认为这一评论所针对的当是其《临江仙》一词，因为其词下阕确实有"烟月不知人事改，夜阑还照深宫。藕花相向野塘中，暗伤亡国，清露泣香红"之句，"暗伤亡国"的主题乃在词中清晰说明。但此词既已收录在《花间集》中，《花间集》编定在后蜀亡国前20年，鹿虔扆何以能预有亡国之思？若是追怀前蜀，则鹿虔扆本人又曾经在后蜀任职，似乎也有矛盾。所以王国维对《乐府纪闻》的说法深致怀疑。但鹿虔扆既是以小词供奉朝廷，则其所作当不止《花间集》所收录之六阕。若是在后蜀灭亡后作词追怀，也是有可能的。王国维将《乐府纪闻》之评限定在《临江仙》一调，也属预设主题。

三三

陈直斋谓："世传伯可词鄙亵之甚，此集颇多佳语。"[1] 黄叔旸亦云："书市刊本皆假托其名，今得官本……篇篇精妙。"[2] 是宋时伯可词已有数本。余从古人选本中辑为一卷。其词实学耆卿而失者也。

[1]"世传"二句：出自南宋陈振孙《直斋书录解题》卷二十一："世所传康伯可词鄙亵之甚，此集颇多佳语。"王国维引文漏"所""康"二字。　　[2]"书市"三句：出自南宋黄升《花庵词选》："书市刊本皆假托其名。今得官本，乃其婿赵善贡及其友陶安世所校定，篇篇精妙。"王国维引文漏"乃其"一句。

【评】

此则言说康与之乃学柳永而等而下之者。

此王国维为《词录》中康与之《顺庵乐府》所作的评说文字，旨在说明康与之词的版本情况及基本风格。陈振孙和黄升都提到康与之的词存在书市刊本与官本的不同情况：坊间传本多鄙亵之词，而官本则篇篇精妙。出现这种两本不同的情况，原因当然会比较复杂，但很可能与官本做了较多的删减有关。王国维似乎对书市刊本颇为认同，其称康与之学柳永词而多得其"失"，即意在批评其鄙亵之甚的词风。康与之以文词待诏金马门，《花庵词选》说："凡中兴粉饰治具，及慈宁归养，两宫欢集，必假伯可之歌咏，故应制之词为多。"这种粉饰太平的应制之作，也是王国维极力反对的。王国维将康与之置于柳永之下，这与其《人间词话》强调真景物、真感情的境界说，也是有着一定的联系的。

三四

黄升《书阮阅〈眼儿媚〉词后》曰："阅休[1] 小词唯有此篇[2] 见于世，英妙杰特，所谓百不为多，一不为少。"以今观之，殊不然也。

[1] 阅休：即阮阅，生卒年不详，"阅"一作"阅"，原名美成，字阅休，自号散翁、松菊道人，舒城（今属安徽省）人，著有《阮户部词》《诗话总龟》等。　[2] 此篇：即阮阅《眼儿媚》："楼上黄昏杏花寒。斜月小栏干。一双燕子，两行征雁，画角声残。　　绮窗人在东风里，洒泪对春闲。也应似旧，盈盈秋水，淡淡春山。"

【评】

此则引黄升评阮阅《眼儿媚》词而不以为然。

此王国维为《词录》中阮阅《阮户部词》所作的评说文字。王国维引用黄升《书阮阅〈眼儿媚〉词后》之语略表疑义。阮阅在宋代颇有词名，吴曾《能改斋漫录》卷十七称其"能为长短句，见称于世"，但似乎流传很少，所以黄升才有"阅休小词唯有此篇见于世"的说法，可能大多散失了。黄升又评价其《眼儿媚》（楼上黄昏）一词"英妙杰特"，大约是以卓然本色视之的。王国维"殊不然"的感慨应该包括两层含义：其一是认为阮阅词的数量非止一篇，今存即有6首；其二是对黄升的评价似乎也不完全认同，《眼儿媚》固然本色，写闺思而语淡情深，但也难当"英妙杰特"之评的，毕竟就王国维特别重视的"创意"而言，是流于平常了。

三五

　　《端正好》第一首[1]，亦檃括同叔《凤栖梧》[2]。寿域[3]殆长于音律，故改谱他人词。即其自制，亦与他人音节不同，或以此也。

　　[1]《端正好》第一首：即北宋杜寿域《端正好》："槛菊愁烟沾秋露。天微冷，双燕辞去。月明空照别离苦。透素光，穿朱户。　夜来西风凋寒树。凭栏望，迢迢长路。花笺写就此情绪。特寄传，知何处。"　[2]同叔《凤栖梧》：即北宋词人晏殊《凤栖梧》："槛菊愁烟兰泣露。罗幕轻寒，燕子双飞去。明月不谙离恨苦。斜光到晓穿朱户。　昨夜西风凋碧树。独上高楼，望尽天涯路。欲寄彩笺兼尺素。山长水阔知何处。"　[3]寿域：即北宋词人杜寿域，字安世，京兆（今陕西省西安市）人，著有《杜寿域词》等。

【评】

　　此则论杜寿域雅擅音律，故檃括、改谱或自制词皆有可观处。

　　此为王国维《寿域词·跋》节录文字，主要以北宋杜寿域《端正好》为例，说明"檃括"这一创作方式问题。王国维批校之《寿域词》原本现存日本东洋文库。所谓"檃括"，原是指矫正竹木邪曲的工具，揉曲叫"檃"，正方称"括"。后来引申为对此前的相关作品进行剪裁、改写，一般以不易其意为前提。刘勰《文心雕龙·熔裁》云："蹊要所司，职在镕裁，檃括情理，矫揉文采也。"其"檃括"云云也是侧重在对"情理"的涵盖的。

　　宋代檃括词数量颇多，尤其是苏轼、黄庭坚等，不仅檃括前人诗文，也檃括前人之词。檃括的目的虽然也有借镜古人的成分，但主要是为了适应新的文体格式，而其中声律的要求起了重要的作用。

苏轼在檃括陶渊明《归去来兮辞》而成的《哨遍》一词的小序中说："陶渊明赋《归去来》，其有词而无其声。余既治东坡，筑雪堂于上，人俱笑其陋。独鄱阳董毅夫过而悦之，有卜邻之意。乃取《归去来》词，稍加檃括，使就声律，以遗毅夫，使家僮歌之，时相从于东坡，释耒而和之，扣牛角而为之节，不亦乐乎?"所以，"使就声律"往往是檃括词的目的所在。王国维举出杜寿域《端正好》檃括晏殊《凤栖梧》之例，指出杜寿域能檃括晏殊之词而别成他调，正是其长于音律的表现。而称其自制与他人不同，大概是针对其创调——即自度曲而言的。但正如清代李佳《左庵词话》所说，像这种檃括之作，确实"非有大力量不能"。即将晏殊原作与杜寿域所檃括之词相对照，其高下便可立见。《四库全书总目》称杜寿域词"往往失之浅俗，字句尤多凑泊"，移之以评杜寿域此词，也应该是切合的。

三六

《满路花·风情》[1]，无限风情，令人玩索。

[1] 周邦彦《满路花·风情》："帘烘泪雨干，酒压愁城破。冰壶防饮渴，培残火。朱消粉褪，绝胜新梳裹。不是寒宵短，日上三竿，嬭人犹要同卧。

如今多病，寂寞章台左。黄昏风弄雪，门深锁。兰房密爱，万种思量过。也须知有我。著甚情悰，你但忘了人呵。"

【评】

此则言说周邦彦《满路花》饶有风情韵味。

此是王国维在所藏《草堂诗余》上的眉批，由陈鸿祥录出。陈鸿祥在标题上列《满路花·风情》的作者是朱希真，但在注释中则说明朱希真《樵歌》中并无此词，而周邦彦《片玉集》则收录此词，因据以径改。此词以女子口吻写今昔之感，该女子或是青楼出身，但姿色非凡，即使褪去胭脂和铅粉，也一样"绝胜新梳裹"。她似乎有过一场刻骨铭心的爱情，所以有"兰房密爱，万种思量过""日上三竿，婢人犹要同卧"等种种回忆。而现在是"如今多病，寂寞章台左"，只有一人在黄昏风雪之时被深锁门院。但此女子的情感也有一个从开始的泪雨滂沱到最后的淡然开解的过程，所以结以"著甚情怀，你但忘了人呵"，将自己被冷落的感情以一种调侃的口吻消解掉。实际上，既然是如此追想往日的密爱，则这种貌似轻闲之语，内蕴的仍是肺腑之痛。大概因为词中描写兰房密爱，有风情旖旎之致，故王国维有"无限风情"之叹；而在今昔之中又寄寓了女子隐痛，所以起"令人玩索"之心。

三七

朱竹垞《蝶恋花·重游晋祠题壁》[1]，其"天涯芳草"二句，自南宋后即不多见，无论近人。

[1] 朱彝尊《蝶恋花·重游晋祠题壁》："十里浮岚山近远。小雨初收，最喜春沙软。又是天涯芳草遍。年年汾水看归雁。 系马青松犹在眼。胜地重来，暗记韶华变。依旧纷纷凉月满。照人独上溪桥畔。"

【评】

此则言朱彝尊词偶有北宋风味。

此是王国维在旧藏谭献《箧中词》上的批语，罗振常曾将其录出收集在其编辑的《观堂诗词汇编》中，陈鸿祥又据以发表在其

《人间词话注评》中。以朱彝尊为代表的浙西词派奉姜夔、张炎为正鹄，并以此导引一代词风。王国维素恶张炎，对姜夔词也多不满，故其《人间词话》对朱彝尊明贬暗讽之处甚多。但对朱彝尊的这首《蝶恋花·重游晋祠题壁》却颇致青睐，以此也可见王国维辩证分析的眼光。

　　晋祠位于太原市西南的悬瓮山下，此山也是晋水发源处。晋祠始建于北魏，初名唐叔虞祠，是为纪念周武王次子姬虞而建。姬虞封于唐，故称唐叔虞。后姬虞子燮继承父位，因晋水通贯全境，故将国号"唐"改为"晋"。唐叔虞祠也因此改名为"晋王祠"，简称"晋祠"。北魏郦道元《水经注》描写唐叔虞祠"际山枕水"，唐代诗人李白也有"晋祠流水如碧玉""微波龙鳞莎草绿"诗句，形容晋祠的风景之胜。朱彝尊此词上阕写晋祠的山水胜景，与郦道元、李白所述堪称契合。歇拍"天涯"二句，前句虽由苏轼"天涯何处无芳草"句化出，但自具境界，写出了重游晋祠之时即见之景，真切而自然；而"年年汾水看归雁"，则由朱彝尊个人的"又是"之感上升为恒久之叹，境界也由此得以提升。王国维说这两句南宋后即不多见，当是因为这两句即景抒情，有伫兴而成之感，且"借古人之境界，为我之境界"，深得融化不涩之妙。而认为近人难以匹敌，也是因为近人虽瓣香姜夔、张炎之词，但才情不足以自成境界。下阕则写重游后年华偷换的孤独之感，结句尤具晏殊词含思言外之致。在朱彝尊的词中，这首《蝶恋花》确实写景自然不隔，且含思深远，允称佳作。

三八

项莲生词，在国朝自非皋文、止庵辈所能及，然尚不如容若、竹垞，况鹿潭以下耶！

【评】

此则言说项莲生词在清词中之地位。

此则情形同前，也是王国维在《箧中词》上的批语，先由罗振常录出辑入其《观堂诗词汇编》中，陈鸿祥《人间词话注评》复移录发表。此则当是王国维撰写《人间词话》手稿第六一则时的初稿。手稿第六一则云："谭复堂《箧中词选》谓：蒋鹿潭《水云楼词》与成容若、项莲生，二百年间分鼎三足。然《水云楼词》小令颇有境界，长调唯存气格。《忆云词》亦精实有余，超逸不足，皆不足与容若比。然视皋文、止庵辈，则偒乎远矣。"两则对勘，可以见出王国维观点的细化和调整。就"细化"而言，此则直言清代词人地位高下，只是将项鸿祚置于纳兰性德、朱彝尊与张惠言、周济之间，而蒋春霖似乎连项鸿祚也比不上，至其所以如此高下的原因，则不遑说明。《人间词话》手稿第六一则则细化为根据其小令与长调的不同特征或整体风格来比较高下。就"调整"而言，此则将朱彝尊与纳兰性德并列，而在《人间词话》手稿中则将朱彝尊的名字刊落，主要在项鸿祚、蒋春霖、纳兰性德三人之间评说，显然是对于初稿并列纳兰性德与朱彝尊的一种否定，同时对蒋春霖词的评价也有了提高。此则主要是针对谭献在《箧中词》中对蒋春霖、项鸿祚词的过高评价而发，立说背景值得注意。

后　记

我此前在中华书局出过好几个解说、译注《人间词话》的本子。王国维这部词话虽然发表在上海的《国粹学报》，但从撰写到修订是在北京完成的，选择北京作为出版地，乃是出于文学生产的地缘因素。

而在王国维的故乡出版这本评注本词话，我觉得也很有意义。毕竟最早启发他诗词之思的，还是在浙江尤其是在海宁这片土地上。我曾数次踏访王国维海宁故居，亲耳聆听过不远处钱塘江一线潮的宏壮潮声，甚至连故居周边的一草一木也曾仔细端详过。因为诗词确实如孔子所说，不仅可以产生强大的情感力量，也可以"多识鸟兽草木之名"，或者说由鸟兽草木也可逆溯其情感之本末。

王国维在甫过而立之年撰写的这部《人间词话》，现在来看，特色固然鲜明，也曾振起一代之词心，但问题同样客观存在。其中最重要的一点是："境界"说主要针对小令或中调而言，对于长调就未免考虑不周，甚至以小令的创作要求衡诸长调，这也直接导致王国维在裁断词史时，标准过于单一，从而留下诸多贻人口实之处。他偏重词之本色与本原，而对于词体的发展变化就无暇顾及了。不过，结合晚清以来群奉南宋词以为正鹄的风气，或许我们可以明白，王国维乃是为革新晚清词风而作，既具特殊的时代背景，亦具个人的革命精神。

经典总是常读常新，也总是在一代又一代读者的接受中不断丰富其内涵。从这个角度来说，我的评析也只具有一定的参考意义。

事实上，面对这部堪称我"熟参"过的词话，每读一过，也总能引发我一些新的思考。我因此知道，对经典最好的姿态就是敬畏加上沉潜含玩，那种奢望用一种简单的方式就能对经典的内涵和意义一锤定音、一网打尽的想法，与其说是幼稚的，不如说是粗暴的。

敬畏经典，享受读书，我愿以此与读者共勉！

彭玉平

2021 年 12 月 6 日